Hermann Heiberg

Grevinde

Hermann Heiberg

Grevinde

1. Auflage | ISBN: 978-3-75230-627-9

Erscheinungsort: Frankfurt am Main, Deutschland

Erscheinungsjahr: 2020

Outlook Verlag GmbH, Deutschland.

Reproduktion des Originals.

Grevinde

Roman

von Hermann Heiberg

Berlin

Endlich, nach langer, heißstaubiger Fahrt hielt die Postkutsche, und mit den rauh betonten Worten:

"Hier geht's nach Schloß Rankholm—" öffnete der Schwager den Wagenschlag und bedeutete einem darin sitzenden Herrn, daß er ansteigen müsse. Und während dieser, ein junger, vornehm ansehender Mann seiner Aufforderung folgte, wandte sich derselbe Postillon zu dem Gepäckkasten, riß des Reisenden Koffer heraus, stieß ihn unsanft auf den Erdboden und ließ ihn dort liegen.

Und als der Fahrgast, Graf Axel Dehn, ein Wort über Wegrichtung und Weiterbeförderung seines Gepäcks hinwarf, setzte er statt zu antworten, die Finger an den Mund und ließ in der Richtung eines von Knicken eingefaßten Seitenweges dreimal hintereinander einen scharfschrillen Pfiff ertönen.

Alsbald erschien ein alter, gebückt gehender Mann oben an der Biegung des Pfades, erhob mit phlegmatischer Bewegung die Hand zum Zeichen, daß er gehört habe, und näherte sich mit derselben Gemächlichkeit dem seiner Wartenden.

"Denne Mand besorger alt—" warf der sich nunmehr erst wieder zu Worten anfragende mundfaule Rosselenker hin, nickte obenhin und schritt mit einem mürrischen Ausdruck das ihm gebotene Trinkgeld wegsteckend, dem Wagen mit den beiden Braunen zu. Alsdann schwang er sich abermals auf den Bock und hieb, nunmehr taktmäßig mit der Peitsche ausholend, auf die dann auch rasch im Staub der Landstraße verschwindenden Gäule ein.

"Wie weit ist's noch nach dem Schloß?" warf Graf Dehn, während sich der Alte, nach ehrerbietiger Verneigung, den schweren Koffer auf die Schultern packte, hin.

"Saa omtrent ti Minuter!" (So ungefähr zehn Minuten) gab der Alte, in auffallend plattem Dänisch sprechend, zurück.

Und dann setzen sie sich in Bewegung, und je mehr sie sich dem zwischen mächtigen Parkbäumen hervorschimmernden Rankholmer Schloß näherten, desto unfreier wurde dem jungen Fremden zu Mute.

Schon als Knabe hatte er von seinen Eltern von dieser großen, dänischen Besitzung vernommen und jedesmal mit einem Gefühl der Beklemmung zugehört. So viel Absonderliches und Unheimliches hatte sich in den dunklen Prachtsälen, den verschwiegenen Kemenaten, den dickwandigen Turmzimmern und Fremdengemächern, aber auch auf den versteckten Treppen dieses seit Jahrhunderten bestehenden und allezeit in dem Besitz der

Grafen Lavard befindlich gewesenen Schlosses abgespielt! Ein wild trotziges Geschlecht hatte dort gehaust, um Erbschaften, Geld und schöne Frauen Ränke geschmiedet und sich nicht selten ingrimmig angefeindet.

Die Frau des nunmehrigen alleinigen Besitzers, des Grafen Lavard, war eine Französin aus vornehmem Geschlecht! Er hatte die sehr begüterte Vikomtesse von Verdeuil bei seiner Anwesenheit in Paris auf einem Balle beim dänischen Gesandten vor zwanzig Jahren als fünfzehnjähriges Mädchen kennen gelernt, und sie war ihm, mit einem schwermütigem Verzicht auf die unvergleichbaren Reize ihrer Heimat, hierher in die einsame nordische Welt gefolgt.

Lavards besaßen zwei Töchter, Imgjor und Lucile, von denen sich die erstere, etwas ältere, zur Zeit auf Rankholm aufhielt, während sich Lucile gegenwärtig auf Reisen befand.

Graf Dehns Vater und Graf Lavard hatten einst zusammen bei den dänischen Dragonern in Kopenhagen gestanden, aber ihren Abschied genommen, nachdem sie beide gelegentlich einer Urlaubsreise die ihren Augen und Herzen genehmen Frauen gefunden.

Graf Dehn war eine Ehe mit einer Baronesse von Berg eingegangen. Mit ihr hatte er reiche Güter in der Lausitz geerbt und war infolgedessen nicht nur aus dem dänischen Unterthanenverbande ausgeschieden, sondern auch dorthin übergesiedelt. Immer waren jedoch die beiden Freunde in Verbindung geblieben, und nun eben ging der junge Graf Axel von Dehn, der einzige Nachkomme dieser Familie, nach Rankholm zur Brautschau.—

Mitten in der Einsamkeit lag das mächtige Schloß. Nur ein zu der Herrschaft gehörendes, in einer Thalmulde malerisch hingestrecktes Dorf, mit Namen Kneedeholm, teilte diese stille Abgeschlossenheit von der Welt und der großen Heerstraße.

Noch bevor die beiden Wanderer in die zu dem Schloß führende Allee eintraten, nahm Graf Dehn das Wort und richtete einige Fragen an seinen Führer. Und da er's geschickt begann, empfing er, wenn auch knappe, doch allerlei für ihn wertvolle Mitteilungen aus dem Munde des Alten.

Und unter solchen lebhaften Reden gelangten sie dann an das Kastell, das seine Front einem mächtigen, freien Platz zuwandte.

Da aber dieser und das Gebäude ringsum von hohen, laubreichen Bäumen und dichtem Gebüsch umschlossen waren, erschien's dem Auge, als ob Rankholm—wie ein Dornröschenschloß—mitten in einem Walde liege.

Freilich war's anders! Aus den Hinterfenstern schaute man durch den zu solchem Zwecke gelichteten Park ins Thal hinab, und da lag in malerischer Schönheit und in solcher Nähe, daß man bei hellem Wetter die Häuser, Wege und Menschen aus den Schloßfenstern genau zu erkennen vermochte, das

Dorf Kneedeholm mit seiner schlanken Kirche, seinen reichen Bauerhäusern und einem alten romantisch gebauten Jagdschloß vor einem.

Einen überwältigenden Eindruck empfing Graf Dehn, als er nach Ueberschreiten der Schloßbrücke, die auf einen peinlich sauber gepflasterten Vorhof führte, durch das mächtige, von zwei Steinernen Löwen flankierte Portal in das Innere eintrat.

Er befand sich auf einem großen, in der Mitte durch einen sprudelnden Neptunbrunnen geschmückten und von den Mauern des stolzen Gebäudes eingeschlossenen Innenhof.

Zu Seiten einer im Mittelbau befindlichen, mit dem Wappen der Grafen Lavard gezierten Rampe—eine Faust, die einen Dolch hielt, zückte ihn gegen einen sich wild anlehnenden Geier—strebten mächtige Säulen empor.

Auf ihnen erhoben sich Marmorgestalten aus der Antike, und zu ihren Füßen streckten zwei Tiger aus Bronze ihre Leiber und Tatzen aufs Pflaster aus.

Und zwischen diesen mit Vorsprungtürmen, zahlreichen hohen Eingangspforten, bogenförmigen, von Epheu und Schlinggewächsen umzingelten Fenstern und Altanen geschmückten Mauerwänden herrschte eine lautlose, gleichsam furchterregende Stille. Sie wurde nur jetzt unterbrochen durch das Geräusch einer sich öffnenden Thür im Portierhause, der sich der Alte soeben genähert hatte, um den Gast beim Pförtner anzumelden.

Nachdem das geschehen, verabschiedete er sich, nach Empfang eines reichlich bemessenen Trinkgeldes, mit still verbindlicher Miene, und der Pförtner, ein ebenfalls gebückt einhergehender Alter, stellte sich entblößten Hauptes vor dem Fremden auf und zog, nachdem er gehört, wer er sei, wiederholt kräftig an einer Schelle.

Laut und zudringlich, ja, schreckhaft tönte sie über den einsamen Hof, und im Nu erschien der Haushofmeister in einem schwarzen Frack oben auf der Schloßtreppe, eilte die Stufen hinab und geleitete den Grafen mit einer Ehrerbietung, wie sie nur Königen dargebracht zu werden pflegt, in das Schloß.

"Nein, es ist kein Brief eingetroffen, sonst würde jedenfalls Fuhrwerk am Bahnhof oder am Wege gewesen und ohne Zweifel der Herr Graf selbst zum Empfang des gnädigen Herrn, der schon seit mehreren Tagen erwartet wurde, erschienen sein," erklärte der Haushofmeister Frederik, als welcher er sich, unter bescheidener Verneigung, dem Grafen vorstellte.

Und der Graf sei nicht zu Hause, auch die Komtesse Imgjor sei nicht anwesend. Aber die gnädige Frau befänden sich in ihren Gemächern. Er bitte, daß der gnädige Herr geruhen möge, in seine Zimmer einzutreten, er werde inzwischen dessen Ankunft der Herrschaft zu melden sich beeilen.

Unter solchen Erklärungen schritt der Haushofmeister, ein hagerer Mann mit grauschwarz meliertem Haar und ernsten, überaus vertrauenerweckenden Mienen, neben dem Grafen Dehn die große Freitreppe im Innern empor und führte ihn hinten links durch einen durch zahlreiche Familiengemälde etwas verdunkelten, hohen und langen Korridor. Am Ende desselben befanden sich die für den Gast bestimmten Räume.

Und gleichzeitig erschienen auch schon zwei rotlivrierte Lakaien und luden des Grafen Gepäck ab, und nachdem dies geschehen, entfernte sich Frederik unter ehrerbietiger Verneigung.

Die Gemächer waren ebenso reich, wie geschmackvoll und bequem eingerichtet.

Blaue, venetianische Seidentapeten bedeckten die Wände, helle, sanftgeblümte Fußteppiche den Fußboden und dunkle Möbel fesselten das Auge.

Auch boten die Räume einen Ausblick auf die Gärten, den Park und das Dorf, das gleich einem Zauberbilde in dieses entzückende Tableau hinein geschoben schien.

Nach einer Viertelstunde, nach Auspacken und Ordnen der Toilette, erschien auch schon Frederik wieder, verbeugte sich mit der ihm eigenen natürlichen Würde und meldete, daß die gnädige Frau sehr glücklich sei, den Herrn Grafen empfangen zu dürfen. Sie würde schon gleich diese Botschaft gesandt haben, wenn sie nicht geglaubt hätte, daß ihm eine Pause der Erholung angenehm sein werde.

Sie durchschritten denselben Korridor, machten einen kurzen Halt auf dem mit mächtigen Jagdbildern geschmückten, in weißem Marmor getäfelten Flur und nahmen den Weg durch einen großen, mit grünseidenen Tapeten, schmalen, hohen Spiegeln und seidenen Polstermöbeln ausgestatteten Saal.

Und nachdem sie diesen verlassen und noch zwei daranstoßende Prunkgemächer durchmessen, traten sie in einen kleineren Gartensalon, der mit verschwenderischer Pracht eingerichtet war. An diesen stieß wieder ein zweifenstriges Kabinett, und in ihm lag, umgeben von französischen Möbeln, blühenden Blumen, Statuetten und Bequemlichkeiten, auf einem hellen, seidenbezogenen Divan die Gräfin Lucile Lavard.

Sie hatte braunes Haar, braune Augen und ebensolche Wimpern. Ueber einer geschmeidigen Figur hob sich eine volle Büste, und die Formen und die Linien ihres Körpers zeigten überhaupt jene üppigeren Reize, durch die sich die gesättigte Fülle einer verheirateten Frau von der sprossenden Schönheit junger Mädchen unterscheidet.

Als sie des Grafen ansichtig wurde, erhob sie sich mit dem ruhig ausgeglichenen Wesen einer Huldigungen gewohnten Frau, und reichte ihm gleichzeitig mit einem so bezaubernden Ausdruck und einem so bestrickenden Lächeln die Hand, daß sich der sympathische Eindruck ihres jede Wirkung verschmähenden, liebenswürdig einfachen Wesens nur noch erhöhte.

"Ich bin wirklich sehr unglücklich, daß niemand zu Ihrem Empfange da war, lieber Herr Graf—" stieß sie heraus. "Aber Sie haben schon von Frederik gehört, daß wir wirklich nicht schuld sind. Lassen Sie mich in jedem Falle hoffen, daß sich die Ihnen dadurch gewordenen ungünstigen Eindrücke inzwischen bereits wieder verwischt haben!"

Freilich trat nach diesen Einleitungsworten ein anderer Ausdruck in ihre Züge, ein abwartender, etwas forschender.

Auch sprach sie, nachdem er ihr geantwortet, auch kavaliermäßig den Arm geboten und sie gebeten hatte, die frühere bequeme Lage wieder einzunehmen, fast ein wenig schroff:

"Nein, nein, ich danke! Ich habe genug geruht. Auch möchte ich mich nach Ihren Wünschen erkundigen. Sie werden flau sein, lieber Herr Graf. Wir speisen erst in einigen Stunden. Darf ich Ihnen nicht irgend etwas anbieten? Vielleicht nehmen Sie ein wenig alten Portwein und scharfen Käse?"

Und als Graf Dehn erklärte, keinen Hunger zu haben, hörte sie nicht einmal hin, zog vielmehr an einer breiten, seidenen Glockenschnur und hieß einem sogleich durch die Korridorthür eintretenden Diener das von ihr Erwähnte bringen.

"Es ist besser, Sie genießen etwas, lieber Herr Graf. Die Zunge wird freier, das Gemüt belebter, wenn man eine gewisse Nüchternheit verbannt. Ich möchte, daß Sie sich gleich heimisch, behaglich fühlen. Ich kenne die Indisposition nach einer Reise. Niemals ist eine Erfrischung angebrachter—"

"Schon Ihre wenigen gütigen Worte haben alles Unbehagliche verscheucht, gnädigste Gräfin. In der That, man kann liebenswürdiger, herzlicher nicht empfangen werden. Mir ist, als ob ich schon jahrelang das Glück gehabt hätte, Sie zu kennen—"

"Ich freue mich, daß Sie so sprechen, Graf Dehn. Aber mit derselben Offenheit: Sie gehören zu jenen Menschen, bei deren Anblick man den Eindruck empfängt, man könne nie enttäuscht werden, bei welcher Gelegenheit man immer die Hand nach Ihnen ausstreckt. Werden Sie nicht sehr geliebt von Ihrer Umgebung, von Ihren Freunden—von den Frauen? Gewiß, gewiß, Sie sind ein Sonnenkind! Und hoffen wir, daß wir noch weit engere Freundschaft schließen—" fügte sie mit einer Anspielung auf die Zwecke seines Kommens hinzu und lud ihn zugleich durch eine liebenswürdige Geste ein, sich des inzwischen gebrachten Frühstücks zu bedienen.

"Bringen Sie auch Champagner und die Florentiner Krystallgläser! Vite!" befahl sie dem Diener, ließ sich neben dem Grafen nieder, schenkte ihm ein und goß sich, als nach wenigen Minuten Champagner erschien, selbst das kühl sprudelnde Getränk in das ungewöhnlich geformte, unten und oben schmale, in der Mitte sanft ausgebogene und hier hellgold, sonst aber krystallhell schimmernde Glas und setzte es an die Lippen.

Aber auch Axels Glas hatte sie gefüllt, und als sie das ihrige abermals voll gegossen, stieß sie mit ihm an und sagte:

"Nehmen wir uns vor, daß wir die kommenden Tage besonders vergnügt zusammen verleben wollen. An mir soll's nicht fehlen, lieber Graf. Rankholm ist sehr schön, aber die Einsamkeit tötet doch bisweilen die Lebensgeister. Es ist eine wahre Wohlthat, wenn uns jemand besucht. Die ländliche Bevölkerung gleicht einer Familie von Schnecken. Auch die meisten Gebildeten haben Bleikugeln in ihren Seelen, Köpfen und Beinen. Natürlich, ich habe Dienstboten, die Feuerwerkskörper in sich bergen.—Sie werden nichts von der Langsamkeit der Jüten bei ihnen finden. Anfangs versuchte ich es mit hiesigen, aber gab's bald auf. Brave Menschen, ehrlich, gutherzig, aber strafbar phlegmatisch und von einem Trotz, wenn sie einmal ihren Kopf aussetzen, der an Starrheit grenzt. Ach, lieber Graf, wie ist das Dasein zu ertragen, wenn man es so ernsthaft nimmt, wenn man immer daran denkt, was kommt darnach, statt die Lebenslust zu pflegen, sich für sie geistig und körperlichen schmücken!"

"Es fehlt den meisten leider dazu die Veranlagung, Frau Gräfin. Besäße die Welt Ihr Temperament, Ihre Gesundheit, Ihre Schönheit und Ihren Reichtum, würde sie schon Ihren Lehren folgen.—Zum Leben im feineren Sinne gehört wenigstens Geist und Temperament: die besitzen nur Auserwählte."

"Ich freue mich, daß Sie nicht, wie alle, lediglich die günstigen materiellen Verhältnisse als Bedingung hervorheben. Es beweist eine geringe Erfahrung und wenig Erhabenheit des Geistes, wenn man vermeint, es könne uns der durch den Reichtum herbeigeführte Genuß mit dem Dasein versöhnen. Ich möchte das Gegenteil behaupten. Man muß etwas entbehren, man muß noch etwas Verlangen und Sehnsucht empfinden, nicht nach dem Unbestimmten, das nie Erfüllung findet, sondern nach den kleinen Freuden, die uns durch die Natur, durch Eindrücke, durch den Verkehr mit Menschen, durch Thätigkeit, durch unsere behaglichen Reflexionen, unsere Wünsche und Erwartungen, endlich auch durch die Fähigkeit werden, immer eine stille Hoffnung in unseren Herzen zu pflegen—"

Und als Graf Dehn, der diesen Ausführungen mit starker Beipflichtung zugenickt hatte, bei den letzten Worten fragend das Auge erhob, schloß die Gräfin:

"Ja, es ist die Wahrheit: Wir können ohne irgend eine stete, starke Hoffnung nicht glücklich sein."

Sie wurden in ihrem Gespräch unterbrochen, weil plötzlich in der nach dem Korridor führenden Thür die Gestalt eines jungen Mädchens erschien.

Der Ausdruck in ihren Zügen war gemessen, aber eine solche Fülle zarter Schönheit war über ihrem ganzen Wesen ausgegossen, daß der Gedanke emporstieg, hier habe die Natur alles zusammengemischt, was sie nur immer einem lebendigen Geschöpf an Bevorzugungen zu verleihen vermöge.

Trotz der fröhlichen Jahreszeit war sie schwarz gekleidet; auch ein dunkler Spitzenschleier umhüllte ihren von rotbraunen Haaren umflossenen Kopf, und rasch zog sie die Umhüllung von diesem herab.

Nach der durch die Gräfin herbeigeführten Vorstellung, verschönte vorübergehend ein freundlicher Ausdruck ihren reizend geschnittenen Mund, dem zwar ebenso rasch wieder ein solcher stolzer Kälte wich. Auch wandte sie sich nach einigen, flüchtig an ihre Mutter gerichteten Worten und nach einer steif gemessenen Verneigung gegen den Gast, derselben Thür, durch die sie eingetreten, wieder zu und war seinen Augen entschwunden, bevor er sich noch von der bezwingenden Gewalt des Eindrucks ihrer Erscheinung zu lösen vermochte.

Und seltsam! Die Gräfin gab zu diesem ausfallenden Verhalten keine Erklärung.

Sie sah nur Graf Dehn mit einem eigentümlich forschenden Blick an und zog, als er zu einer Frage anheben wollte, mit einer Miene die Schultern, als ob sie ihm durch diese stumme Geberde eine Antwort erteilen, ihn aber zugleich ersuchen wollte, sich mit dieser Erwiderung zu begnügen.

Sie erhob sich jedoch nunmehr und sagte:

"Trinken wir das letzte Glas, lieber Graf, auf die Erfüllung unserer Hoffnungen, gleichviel, welche sie sein mögen. Und nun, ich bitte, kommen Sie, Sie müssen unseren Garten und unseren Park bewundern—"

Und nachdem auf ihr Zeichen ein Kammermädchen erschienen war und beider Garderobe gebracht hatte, schritt sie ihm, einen weißseidenen Sonnenschirm über sich, seidengraue, bis über die Arme fallende Handschuhe an den Händen und ein grauseidenes, zartes Tuch mit langen, schneeweißen

Seidenfranzen um die Schultern geschlungen, von dem hochgelegenen freien Balkon herab in den Garten voran.—

Noch vor Tisch erschien Graf Lavard in Axels Gemächern. Er klopfte kurz und stark an die Thür, trat mit einem gleichsam von ihm ausstrahlenden Freimut auf den Sohn seines besten Jugendfreundes zu, sah ihm liebenswürdig in die Augen und schüttelte ihm mit jener lebhaft höflichen Herzlichkeit die Hand, welche den Dänen und den Franzosen gemeinsam eigen ist.

Er bot eine überaus vornehme, aber auffallende Erscheinung. Auf einem geschmeidigen, noch jugendlichen Körper saß ein mit weißem Haar bedeckter, kurzglatt geschorener Kopf, auch der Schnurrbart war weiß, während die Farbe des Angesichts nicht spurenweise, wie bei anderen Menschen, gerötete Farben, sondern ein über und über gesund gerötetes, feuriges Kolorit zeigte. Und alles, was er trug und wie er's trug, paßte zu seiner Persönlichkeit. Ueber Lackstiefeln saßen kreideweiße Gamaschen, auch die Weste war aus weißem Stoff, während den übrigen Körper ein loser, grauer, sogenannter englischer Anzug umschloß. In der That, ein schönes, vornehmes Geschlecht, diese Lavards! Graf Dehn fühlte sich fast ein wenig herabgedrückt neben diesen überall von den Erscheinungen ungewöhnlichen Reichtums umgebenen Menschen.

"Ich habe," hub er an, "meinen Freund den alten Grafen Knut, und den Doktor unten aus unserm Dorf Kneedeholm zu Tisch geladen.—Ist Ihnen hoffentlich nicht unangenehm, lieber Graf Dehn?

O nein, o nein, ich weiß! Gleich am ersten Tage mag man nicht gleich von zu vielen Eindrücken bestürmt werden. Haben Sie Imgjor schon gesehen?—So —so—Hm vortrefflich!—Ich sprach meine Frau nur flüchtig. Also, auf Wiedersehen in einer Viertelstunde!"

Und dann ging er, Axel warmherzig zunickend, und dieser, die Brust voll von unruhigen Erwartungen blieb allein.—

Das Speisegemach in Rankholm lag zu Seiten des großen Empfangssalons, welcher wegen seiner Spiegelwände der Spiegelsaal genannt wurde. Als Axel von dem in einem tadellosen Frack und weißer Binde steckenden Frederik zunächst in den ersteren geleitet wurde, fand er die Herrschaften schon versammelt.

Die Gräfin, die ihm gleich liebenswürdig zunickte, befand sich in einem Gespräch mit dem Grafen Knut, einem kleinen, starken, beweglichen Herrn mit hinkendem Bein und tiefer Schmarre in dem sehr ausdrucksvollen, dänisch geschnittenen Gesicht.

Graf Lavard unterhielt sich dagegen mit dem jungen Doktor Prestö, einem

Mann, der wie ein Korpsbursch aussah und durch die dunklen Farben seines Angesichts und durch das tiefe Schwarz seines Haares eher einem Italiener, als einem Bewohner des Nordens glich.

Imgjor endlich stand vor einem großen, reich vergoldeten Käfig und beschäftigte sich mit einem prachtvollen, buntgefiederten Papagei, den sie zärtlich verhätschelte und der auch ihr sehr zugethan zu sein schien.

Sogleich fand die allgemeine Vorstellung und ein lebhafter Wortaustausch zwischen Axel und dem Grafen Knut statt, und nur Imgjor blieb nach steif formeller Verneigung neben dem Bauer stehen und trat erst von diesem zurück, als Frederik die Flügelthüren zu dem Speisegemach und der dort aufgehellten, in Krystall und Silber strahlenden Tafel aufstieß.

Graf Knut führte die Gräfin, der Graf gab einer noch eben hinzugetretenen, als Imgjors Lehrerin vorgestellten, älteren Hausdame den Arm, und Axel erhielt seinen Platz zwischen Imgjor und dem Doktor Prestö, in der Art, daß er und die übrigen, mit Ausnahme von Imgjor, für die an dem unteren Ende der Tafel ein Kouvert gedeckt war, einander gegenübersaßen.

Das Gespräch wurde zunächst so ausschließlich von der Gräfin in Anspruch genommen, daß die anderen zu einer Einzelkonversation keine Gelegenheit fanden. Erst später gelang es Axel, sich mit Imgjor zu beschäftigen und mit dem Doktor eine Unterhaltung anzuknüpfen. Allerdings zeigte dieser eine ähnliche unhöfliche Zürückhaltung wie Imgjor.

Es giebt junge Leute, die ohne ein zu Tage tretendes Bestreben, sich vordrängen zu wollen, mit einer Geschlossenheit und Sicherheit des Wesens auftreten, als ob alle Geheim- und Weisheitsbücher der Welt schon vor ihnen aufschlagen gewesen seien. Ein solcher Mensch war der Doktor. Er gab sich Axel gegenüber sehr unbiegsam und nichts weniger als zuvorkommend. Von seinem mit bürgerlichem Hochmut gepaarten Selbstgefühl wurde Axel in solcher Weise abgestoßen, daß er es sehr bald ablehnte, seinen Nachbar überhaupt noch zu beachten. Er redete ihn nicht mehr an und hörte auch nicht mehr zu, wenn jener sprach. Allerdings kehrte Prestö auch eine ziemlich unpersönliche Art gegen Imgjor hervor. Er sprach zwar sehr viel mit ihr, aber über Gegenstände, die sonst nur zwischen Männern erörtert werden. Er machte ihr in keiner Weise den Hof, legte vielmehr an den Tag, daß ein Prestö gerade so viel Beachtung in der Welt verdiene und dasselbe Recht auf Selbstgefühl besitze, wie die Familie Lavard auf Schloß Rankholm. Und Imgjor hörte ihm zu, als ob ein Evangelium von seinen Lippen flösse; sie richtete ihre Augen und Gedanken so ausschließlich auf ihn und wich Axel so geflissentlich aus, daß dieser zuletzt wie ein Freitischschüler neben ihnen saß.

Allerdings hielt das nicht lange an. Graf Dehn verband mit Geist und sehr großer Gewandtheit eine starke Initiative, und sie und seine

Menschenkenntnis gaben ihm stets die Mittel an die Hand, sich, wenn er es wollte, zum Herrn der Situation zu machen. Und so geschah's auch heute.

Im Nu wußte er an der anderen Seite des Tisches das Gespräch an sich zu ziehen und entwickelte einen so anziehenden, von den Beifallsbezeugungen jener begleiteten Redefluß, daß auch Prestö und Imgjor zum Zuhören gezwungen wurden.

Er erzählte mit packendem Humor von einer Jagd in der Lausitz und charakterisierte die Personen, die dabei zugegen gewesen, mit solcher Meisterschaft, daß ihm Graf Lavard und Graf Knut unter lebhaftem Gelächter und mit sehr beifälligen Mienen zutranken.

Aber Axel benutzte auch diese Gelegenheit, um dem Doktor Prestö einen Denkzettel zu geben.

Indem er Prestö lediglich einen anderen Namen beilegte, entwarf er ein so sprechendes Bild von dessen äußeren Erscheinung, seinem Auftreten und Wesen und führte solche Kolbenschläge gegen dessen Ueberhebung und Erziehungsmangel, daß die Hausdame, Fräulein Merville, die offenbar Axels Abneigung gegen Prestö teilte, zunächst mit einem Ausdruck höchsten Erschreckens, dann aber mit einem solchen höchster Befriedigung die Lippen verzog.

Nicht weniger schien die Gräfin durch diese Abfertigung angemutet. Nachdem sie anfangs mit einer Miene des Zweifels, ob die Betreibung nur zufällig auf Prestö passe oder ob Axel jenen bewußt charakterisiere, zugehört, erschien in der Folge etwas in ihren Zügen, das Axel nicht nur über ihre Meinungen bezüglich Prestös belehrte, sondern die auch sagten, daß sie ihm deshalb durchaus nicht gram sei.

Anders aber Imgjor, in der es sichtlich vor Aufregung kochte.

Ganz abweichend von ihrer bisherigen stummen Gleichgültigkeit gegen die Vorgänge ihrer Umgebung, brach sie das Schweigen und mischte sich in das Gespräch, indem sie nicht nur spöttisch Zweifel an der Wahrscheinlichkeit der von Axel erzählten Vorgänge äußerte, sondern auch zum offenen Angriff vorging. "Die Personen, die Sie uns schilderten, Herr Graf, sind, wie ich es garnicht bezweifle, wirklich lebende Menschen, und Sie erreichen Ihren Zweck, zu beweisen, daß Sie scharf zu beobachten verstehen. Aber Sie beweisen auch, daß Sie besser in fremde Spiegel zu schauen vermögen, als in den eigenen. Letzterer schafft nachsichtige Urteile. Diejenigen, die sich anmaßen, über andere den Stab zu brechen, vergessen allzu oft bei ihren Vorträgen, daß sich den Zuhörern eine nicht zu ihrem Vorteil ausfallende Betrachtung über ihre Einseitigkeit aufdrängt—"

"Sie haben vollkommen recht, gnädigste Komtesse—" entgegnete Axel auf diese herausfordernde Rede mit vollendeter Höflichkeit. "Nur glaube ich, daß ich diese Unvollkommenheit, oder, wie Sie liebenswürdig äußern, diese Einseitigkeit, mit fast allen meinen Mitbrüdern und Mitschwestern teile.— Nur eine Ausnahme giebt's—ich spreche nicht, um Komplimente zu sagen, gnädigste Komtesse—und diese fand ich hier auf Schloß Rankholm. Sie sind's! Sie geben jedem, was ihm zukommt und gelangen sicher stets zu gerechten, wenn auch nicht immer völlig milde klingenden Richtersprüchen!"

Der Eindruck dieser Rede war ein sehr verschiedener.

Imgjors Wangen bedeckten sich mit der Blässe des Zorns. Die schwarzen Augen in ihrem bleichen Angesicht mit dem braunrötlichen Haar funkelten unheimlich. Der Doktor aber, zugleich erregt an einem Brotkügelchen knetend, riß den Mund jähzornig zur Seite. Die anderen standen vorläufig noch unter dem Eindruck, daß es sich vielmehr um eine scharf zugespitzte Neckerei handelte, als daß jene sich bekämpfen wollten.

Der Graf äußerte sich auch in diesem Sinne, indem er hinwarf: "So, Imgjor! Nun weißt du, aus welchen Himmelshöhen du zu uns hinabgestiegen bist. Werde noch etwas milder und du kannst einst als Heilige verehrt werden!"

Und die Gräfin warf Axel einen ihrer forschenden Blicke zu, einen jener, durch den sie zugleich verriet, daß ihr Interesse für Axel sich immer mehr steigerte.

Wie sehr übrigens diese Zurückweisung Imgjor getroffen hatte, bewies ihr ferneres Verhalten bei Tisch. Sie hörte zwar auch ferner dem zu, was ihr der Doktor vortrug, aber ihre Gedanken waren offenbar nur halb oder gar nicht bei der Sache. Sie sann sichtlich über einen Racheakt nach und mußte doch ihren heißen Drang bezähmen, weil sie Axel auf diese höfliche Abfertigung nicht beizukommen vermochte.

Aber nicht ein einziges Mal richtete sie das Antlitz ihm zu, und ebenso verharrte der Doktor in einer feindselig stummen Abwehr. Axel wußte sich auch in der Folge lediglich den übrigen zuzuwenden, blieb bis zum Tafelschluß in einer lebhaften Konversation mit jenen und entging dadurch der Pflicht, Höflichkeitsakte gegen Imgjor zu üben, und irgend welche Notiz von seinem Gegenüber zu nehmen.

Nach Tisch empfahl sich der Doktor, indem er Krankenbesuche vorschützte, und auch Imgjor verschwand. Erst beim Thee, den sie zu bereiten hatte, erschien sie wieder.

Sie hatte aus irgend einer Laune nunmehr wieder ein schwarzes Kleid angelegt und sah in diesem mit ihrem bleichen, kaltstummen Gesicht wie eine trotzige Büßerin aus.

"Wo warst du, Imgjor?" forschte die Gräfin, die mit den drei Herren nach Tisch einen Spaziergang im Park unternommen, später eine Partie Boston gespielt und diese jetzt eben beendigt hatte.

"Ich bin nach Mönkegjor durch den Wald geritten—" gab Imgjor kurz zurück.

Als sich Axel noch vor dem Schlafengehen und allgemeinen Aufbruch Imgjor näherte—sie saß mit einem Buch für sich in einer durch eine Hängelampe erleuchteten Ecke des Kabinetts—und sie fragte, welche Lektüre sie so sehr beschäftige, entgegnete sie tonlos und ohne seinen auf das Buch gerichteten Bewegungen zu entsprechen und es ihm zur Prüfung anzubieten:

"Ich lese Geist in der Natur von Oersted—"

"Und eine so schwere Lektüre fesselt Sie?"

"Mich fesselt alles, was mich über die einseitige Enge des Daseins zu erheben vermag!"

"Sie betonen Ihre Worte so stark! Haben Sie bereits so unerfreuliche Erfahrungen gemacht, Komtesse?"

Aber sie gab auf diese Frage keine Antwort. Sie zuckte nur die Achseln.— Aber deshalb trieb's ihn, die Schranke gewaltsam zu durchbrechen, die sie trennte.

Sanft sprechend, sagte er:

"Ich würde gern Ihre Freundschaft erringen, Komtesse! Aber Sie weichen mir schroff aus, Sie gebrauchen sogar Waffen gegen mich. Ich sinne über die Gründe nach, die Sie so handeln lassen. Giebt's keinen Weg, der uns zusammenführen könnte?"

Aber was er erhoffte, ward ihm nicht.

Indem sie ihn kalt und unbeugsam anblickte, sagte sie kurz und hart im Ton:

"Nein, keinen, Graf Dehn!"

Nach diesen Worten benutzte sie einen Anruf von Fräulein Merville, machte eine kühl entschuldigende Geste, stand auf und entfernte sich rasch.

Er aber schaute ihr nach, umfing mit seinen Blicken ihre Psychegestalt, seufzte auf und trat zu den übrigen zurück.

Die Herren waren eben im Nebenzimmer beschäftigt, die Gräfin aber, die zu einer Handarbeit gegriffen, erhob bei seiner Annäherung den Kopf und sagte mit liebenswürdiger Milde:

"Ja, leicht ist, lieber Graf, diese Festung nicht zu nehmen. Wären wir beide in gleichem Alter, wäre es Ihnen bequemer geworden!"

"Ich besitze also Ihr Wohlwollen, verehrteste Frau Gräfin? Darf ich Ihre Worte so deuten?" stieß Axel heraus.

"Ja, Graf Dehn!" Sie sprachs und streckte ihm gütig die Hand entgegen.

Und Axel ergriff sie und drückte einen festen Kuß auf die weiße, weiche Fläche, die unter der Berührung seiner Lippen leicht zu beben schien.

* * * * *

Als Axel am nächsten Vormittage der Gräfin nach dem zweiten Frühstück im Park Gesellschaft leistete, erklärte er ihr nach einer vorsichtigen Einleitung, daß Imgjor einen unauslöschlichen Eindruck auf ihn hervorgerufen habe, daß er aber eine Werbung als gänzlich aussichtslos ansehen müsse.

Mit größter Offenherzigkeit erzählte er ihr von dem, was ihm begegnet war, und was er dabei empfunden hatte, auch verschwieg er ihr nicht, daß er bereits am gestrigen Abend einen Anlauf genommen und dabei eine Antwort empfangen, der an schroffer Deutlichkeit nichts gefehlt habe.

Die Gräfin hatte seinem Bericht wohl mit steigendem Interesse, aber doch ohne Befremden, zugehört.

Nachdem er den letzten Satz gesprochen, sagte sie:

"Ah, das war schade! Das ist übel. Hätten wir uns früher gesprochen! Ich durfte, ich konnte ja nicht reden, durfte Ihnen keinen Wink geben, ohne mich eines Mangels an Zartgefühl schuldig zu machen. Nachdem Sie aber die Initiative ergriffen, mir erklärt haben, daß Sie sich für Imgjor interessieren, möchte ich Ihnen folgendes sagen:

Sie wäre von selbst gekommen, wenn Sie die Taktik, die Sie gestern bei Tische beobachteten, fortgesetzt hätten. Man muß sie gar nicht beachten. Sie kommt schließlich immer, wenn es sich um wertvolle Menschen handelt. Aber ihr Mißtrauen, daß man sie um ihres Geldes willen umwirbt, ist so groß, daß sie von vornherein gegen alle jungen Leute die schroffste Seite hervorkehrt. Erst nach Wochen, vielleicht nach Monaten, hätten Sie ihr ein warmes Wort sagen müssen, dann wäre es nicht nur wahrscheinlich, sondern sicher auf einen fruchtbaren Boden gefallen."

"Und Sie fürchten, daß ich nun keine Aussichten mehr habe, Frau Gräfin?"

"Ich traue Ihnen sehr viel zu. Sie besitzen goldene Schlüssel, lieber Graf. Sie öffnen, ich glaube es, die verschlossensten Herzen. Hoffen wir also—"

"Ich danke Ihnen, Frau Gräfin, und ich bitte, entwerfen Sie mir ein Bild von ihrer Tochter. Ich möchte es mit demjenigen vergleichen, das sich in mir gebildet hat, ich möchte mich berichtigen, sofern es nötig. Ich werde leichter den Kampf aufnehmen, wenn ich weiß, mit welchem Gegner ich zu thun habe."

Die Gräfin nickte, beugte sich ein wenig vor und sagte stark betonend:

"Sie ist ein besonderer Mensch. Sie ist absolut wahr, besitzt sehr viel Charakter, ein trotziges Unabhängigkeitsgefühl und eine seltene Objektivität. Jedem Adligen begegnet sie mit Mißtrauen, obschon sie stolzer ist als irgend ein Lavard und ein Verdeuil, die je lebten. Wo sie einmal liebt, besitzt sie die Treue eines Kindes und die Opferfreudigkeit eines Engels."

"Also ist sie wirklich das, was ich vermutete—" stieß Graf Axel erfreut heraus.

"Ich danke Ihnen, Frau Gräfin. Wahrlich, also ein Kleinod, nicht nur schöner als fast irgend ein Weib, sondern innerlich von edelster Art, ein nur der Glätte bedürfender Diamant—"

"Sie finden Imgjor so schön?" fiel die Gräfin ein.

"Ja, gnädige Gräfin! Ich sah nie etwas gleiches, weder auf Bildern, noch im Leben, und ich glaube auch, einem schöneren weiblichen Wesen kaum je wieder begegnen zu können—"

"Dann müssen Sie Lucile kennen lernen! Nun, sie kommt ja nächstens. Da können Sie sich entscheiden!"

Axel machte eine Verneigung, dann sagte er:

"Können, wollen Sie mir also—ich bitte, noch einmal auf Komtesse Imgjor zurückkommen zu dürfen—bei meiner Werbung behilflich sein, Frau Gräfin?"

"Natürlich! Doch auf meine Weise und erst, wenn Sie sich wirklich entschieden haben. Es muß die Bekanntschaft mit Lucile vorangehen. Und eins ist gleich zu sagen, da ich Sie bereits als einen vertrauenswerten Freund betrachte: direkt kann ich Ihnen bei Imgjor nicht helfen!"

"Darf ich den Grund wissen?"

Der Gräfin Züge veränderten sich durch einen Ausdruck von düsterem Ernst. Dann sprach sie in einem sanft gekränkten Ton:

"Mich—mich—meidet sie eher, denn daß sie mich sucht—"

"Wie, Frau Gräfin? Imgjor—Sie—Ich bitte—erklären Sie—?"

Aber was er noch sagen und was sie ihm vielleicht erwidern wollte, wurde nicht gesprochen, weil sich gerade der Graf näherte und ihnen schon aus der Ferne in dänischer Sprache einige Worte hinüberrief.

"Hesterne staae beredt!" (Die Pferde stehen bereit!)

Und da es sich um einen Reitausflug nach dem Gehölz von Mönkegjor handelte, verabschiedeten sie sich sehr bald von der Gräfin und nahmen den Weg vorn vors Schloß, woselbst der Reitknecht mit den beiden weißen Hengsten ihrer wartete.—

* * * * *

Der Rest der Woche und die Hälfte der folgenden verliefen Graf Axel sehr rasch, ja, die Tage flogen förmlich dahin. Bald nahm ihn die Gräfin gefangen, indem sie mit ihm in langen Gesprächen auf weitausgedehnten Spaziergängen philosophierte oder ihn zu einer Partie Schach heranzog. Zu anderer Zeit mußte er dem Grafen in seine mit vielen interessanten Dingen angefüllten Gemächer folgen oder Wagen und Reitausflüge mit ihm und dem Grafen Knut unternehmen. Dazwischen lagen die Mahlzeiten mit ihren Leckerbissen, Weinen und anregenden Gesprächen.

Graf Knut—ein früherer dänischer Reiteroberst—besaß im Dorf, abseits, ein höchst malerisch belegenes Herrenhaus mit Garten und Park, das er nebst einem nicht unbedeutenden Kapital von einer verstorbenen Tante geerbt hatte.

Er führte ein sorgenfreies, äußerst behagliches Leben und gehörte zu jenen Menschen, die schon durch ihre bloße Anwesenheit eine angenehme Atmosphäre um sich verbreiten. Er war ein sehr konzilianter, maßvoll veranlagter Mann, der in allen die Menschheit beschäftigenden Fragen jederzeit einen vermittelnden Standpunkt einnahm und zudem stets aufgelegt war, sich an den Abwechslungen, die ihm dargeboten wurden, zu beteiligen.

Nicht nur das zu der ungeheuren Herrschaft gehörende Gebiet: die Vorwerke, die Fischteiche, die Waldungen und die Förstereien wurden während dieser Woche durchmessen und in Augenschein genommen, sondern auch das eigentliche Gut mit all' seinen Einzelheiten und das zu dessen Füßen hingelagerte Kneedeholm.

Dem Prediger, dem Ortsvorsteher und Apotheker, aber auch, aus Gründen kluger Ueberlegung, dem Doktor Prestö, stattete Axel Besuche ab, und wenn der Abend kam, wurde geplaudert, musiziert, etwas vorgelesen oder eine Partie gemacht.

An all' diesem nahm Imgjor garnicht teil oder sie gab nur die Zuhörerin ab. Entweder hielt sie sich für sich auf ihrem Zimmer auf oder sie durchschweifte, allein oder von einem Reitknecht gefolgt, zu Pferde die Umgegend. Auch machte sie viele Spaziergänge ins Dorf, besuchte hier die Bauern und fühlte sich unter ihnen offenbar am glücklichsten.

Und daß sie sich so absonderte, ward von ihrer Umgebung als so selbstverständlich angesehen, daß sie auch jetzt bei des Grafen Anwesenheit zu einer Aenderung ihres Verhaltens garnicht angefordert wurde.

Der Graf schien auf demselben Standpunkt wie seine Gemahlin zu stehen.

Eine Annäherung zwischen ihr und Axel mußte sich nach und nach ergeben. Jeder Zwang war von Uebel.

Am Freitag der folgenden Woche traf endlich Lucile ein.

Alle fuhren ihr in einem mit zwei schwarzen und zwei weißen Rennern bespannten, offenen Gefährt bis zur Landstraße entgegen. Sie kam mit der Post, ebenso wie Graf Dehn; sie hatte es so gewollt.

Komtesse Lucile Lavard war eine ungemein schlanke Dame mit einer außerordentlich vornehmen Haltung. Ihr Gesicht besaß eine vollendete Regelmäßigkeit; sie glich einer edlen Römerin, die den Schönheitspreis davongetragen. Die Nase war leicht gebogen, die schwarzen Augen glühten in einem dunklen Feuer, die Lippen waren sein geschnitten. Gleich der Abendröte Anhauch lagen sauste Farben auf den weichen Wangen, und ihre Zähne blitzten in dem Weiß der Fischgräte.

Die Gräfin hatte recht, sie war blendend schön und zugleich von einer Liebenswürdigkeit, die etwas wahrhaft Bestrickendes besaß.—

Als man das Schloß erreicht hatte, zog sich Axel absichtlich zurück und wanderte ins Dorf.

Mitten in diesem lag, zurückgelehnt, der Besitz des Grafen Kunt, ein zweistöckiges, schneeweiß angestrichenes Haus mitten unter Grün und Tannen.

Er fand den Besitzer in seinem Garten bei den Blumen, und nachdem ein im Hause eingenommenes Glas Wein und eine Zigarre bereits die Gemütlichkeit erhöht hatten, unternahmen sie zusammen einen Spaziergang durch den sehr ausgedehnten, mit stattlichen Gehöften und Bauerhäusern, aber auch mit vielen ärmlichen Katen besetzten Ort. Bei dieser Gelegenheit ließ sich Axel möglichst viel von Lavards und auch von Lucile erzählen.

Graf Knut berichtete, daß Lucile vor anderthalb Jahren mit einem französischen Gesandtschaftsattaché in Kopenhagen, dem jungen Marquis von Rebullion, verlobt gewesen sei und diese Verbindung wieder gelöst habe.

Dem wäre es zuzuschreiben, daß sie seither keine Ehe eingegangen sei.

Er bezeichnete sie als ein vollendetes Mädchen, sie besitze aber einen unbeugsamen Standesstolz.

Während sie noch sprachen, kam Doktor Prestö vorüber, machte eine Bewegung, als ob er stehen bleiben wolle, besann sich aber und grüßte den Grafen mit großer Artigkeit, Axel aber mit steifer Gemessenheit. Es geschah, obschon Prestö Axels Besuch noch nicht erwidert hatte.

"Ein recht unangenehmer Mensch!" warf Axel hin.

Graf Knut bewegte stumm die Schultern.

"Sie scheinen meine Auffassung nicht zu teilen?"

"Man muß den Zusammenhang der Dinge kennen, um ein gerechtes Urteil zu fällen—" entgegnete Graf Knut. "Prestös Eltern fanden unter dem Druck eines maßlos hochmütigen und gegen seine Untergebenen rücksichtslos harten Gutsherrn, des Grafen Vedelsborg auf Bornholm. Prestös Vater war dort Guts-Inspektor. So sog der Sohn den Haß gegen den tyrannischen Gutsherrn seit seiner Kindheit in sich ein. Prestö ist völlig mittellos; die unvermögenden Eltern sind lange gestorben; nur durch eisernen Fleiß, Stipendien und Stundengeben hat er sein Studium ermöglicht. Durch solche Thaten, durch solches Ringen um die Existenz bilden sich Charaktere, allerdings selten liebenswürdige, eher einseitige und selbstsüchtige. Als unser alter Doktor vor sechs Monaten starb, gab ich die Veranlassung, daß sich Prestö hier niederließ. Ich interessierte mich von jeher für die Eltern. Gewiß, seine Manieren lassen recht sehr zu wünschen übrig, ich gestehe das zu. Auch gären in ihm die Ideen der neuen Zeit. Ich bedaure diese Richtung. Aber— was will man machen? Wechsel regiert die Welt, und mit ihm treten neue Anschauungen und Erscheinungen zu Tage. Wir—die Gutsherren—haben die gute Zeit gehabt, nun wollen auch die Bauern einmal leben!"

"Ah, nun verstehe ich! Deshalb Imgjors Eintreten für ihn! Sie begegnen sich in ihren Anschauungen. Jetzt ist mir alles klar. Nun weiß ich, wer meinem Werben um sie entgegengeht."

"Sie interessieren sich für die Komtesse Imgjor, Herr Graf?"

"Ich gestehe es—außerordentlich! Ich habe auch des Grafen und der Gräfin Beifall für meine Pläne. Bisher glaubte ich nur gegen Vorurteile zu kämpfen. Nun bin ich überzeugt, daß ich in Prestö meinen eigentlichen Widersacher zu suchen habe. Gewiß, sie lieben sich!"

"Vielleicht doch *nicht*—" betonte der Graf, auf das Gespräch ohne Umschweife eingehend. "Daß Imgjor Interesse für ihn besitzt, will mich wohl auch bedünken. Aber er für sie? Er war schon als Student verlobt und ist es, soviel ich weiß, noch—"

"Ah welch' eine gute Nachricht! Erzählen Sie, ich bitte!" fiel Axel lebhaft ein und zog den alten Herrn über das Dorfgebiet hinaus.—

Am folgenden Tage, nach dem zweiten Frühstück, wußte es Axel so einzurichten, daß er mit Lucile im Garten auf- und abwandelte. Der Graf hatte wegen seiner Geschäfte auf eins der Vorwerke fahren müssen, die Gräfin— eine selten vorkommende Erscheinung—mußte wegen einer Migräne das Zimmer hüten.

Lucile war, in Vertretung ihrer Mama, beim Frühstück sehr liebenswürdig um

Axel bemüht gewesen. Sie besaß ähnliche Eigenschaften wie ihre Mutter. Mit Verstand und Geist verband sie große Lebhaftigkeit. Wie sie sonst zu beurteilen sei, mußte er erst ergründen.

Es giebt Frauen, die bei aller sonstigen Beweglichkeit eine stolze Prüderei hervorkehren, sobald ein Mann eine über das Konventionelle hinausgehende Annäherung wagt.

Zu einer engeren Berührung im ersteren Sinne gehört nach ihrer Auffassung die Prüfung eines halben Menschenalters, und Artigkeiten, die ein Interesse verraten, weisen sie mit einer verletzenden Schroffheit zurück.

Der Graf hatte recht: zu diesen schien Lucile zu gehören.

Lucile sprach mit Vorliebe über ihren Aufenthalt in den großen Städten und ihren Verkehr mit den Personen der bevorzugten Stände. Es geschah das aber in einer Weise, die keinerlei Absichtlichkeit durchschimmern ließ; sie behandelte die Dinge als etwas naturgemäß zu ihr gehöriges. Aber es ging aus allem hervor, daß sie Umgang und Beziehungen zu solchen Personen über alles stellte, daß das Leben in diesen Kreisen mit dem Interesse für Toilette, Korsos, Jagden, Pferde und geräuschvolle Geselligkeiten ihr Eldorado war. Und dieses Hervorkehren und dieses Wertlegen auf Dinge, die Axel als minderwertige ansah, reizte ihn und verführte ihn zu starkem Widerspruch.

"Was Sie besonders anzuziehen scheint, Komtesse, stößt mich geradezu ab—" warf er, herabsetzend im Tone, hin.

Und mit einem "So, so! Ja, der Geschmack ist eben ein verschiedener—" antwortete sie darauf.

Statt daß Lucile, wie Axel erwartet hatte, ein Erstaunen darüber an den Tag legte, daß er, der doch zu diesem Kreise gehörte, einen solchen abweichenden Geschmack bekundete, schien sie das hinzunehmen, wie das Zwitschern eines Vögelchens, das über ihnen in den Zweigen huschte.

Sie rechnete mit dem, was einmal vorhanden war; sie entwickelte keinen Eifer darüber, daß es mit ihren Neigungen nicht übereinstimmte.

Während sie sich eben wieder dem Schloß näherten, in dem sie ein Waffenzimmer besichtigen wollten, von dem beim Frühstück die Rede gewesen war, sagte er:

"Sie ziehen also wohl jedenfalls die Stadt dem Lande vor. Sie finden wahrscheinlich gar keinen Geschmack an dem einförmig-stillen Leben auf Rankholm, Komtesse?"

Statt einzutreten—eben hatten sie eine Pforte im Souterrain erreicht, durch die man von hinten ins Schloß gelangen konnte—blieb sie stehen, richtete den Blick geradeaus und sagte, zunächst durch eine Kopfbewegung seinen Worten begegnend:

"Nein, ich bin hier sehr gern. Im Sommer ist mir die Stadt nichts. Aber—ich spreche offen—ich finde die Personen hier wenig anziehend. Wäre nicht mein Vater—" Sie hielt inne und während sie die Lippen schloß, reckte sie den schlanken Hals rückwärts, wie jemand, der einer starken Empfindung Herr zu werden versucht.

Nun wurde Axel aufmerksam.

Scheinbar arglos sprechend, fiel er ein:

"Ja, Ihre Eltern, Ihr Herr Papa, Ihre Frau Mama, die müssen jedermann fesseln!"

"Meine Mutter—?" Lucile zog die Schultern, und in ihren Zügen erschien ein eigentümlicher Ausdruck. Doch sprach sie nicht aus, was sie dachte, und offenbar empfand sie Reue, daß sie sich so weit vergessen hatte.

Auch suchte sie den von ihr hervorgerufenen Eindruck rasch wieder zu verwischen, indem sie sagte:

"Ich wollte betonen, daß ich mit meinem Vater besser hamoniere als mit Mama und Imgjor"—Und plötzlich abschweifend:

"Wie finden Sie Imgjor?"

"Bezaubernd!"

"So—!? Ja, das ist ein Mädchen, um das alle Männer werben. Es geschieht, weil sie ihnen nicht einen Finger giebt. Solche strecken ganze Scharen zu ihren Füßen."

Dann schwieg sie. Als sie aber oben in das Waffenzimmer getreten waren und sich hier, nach Besichtigung der Gegenstände, noch einmal niedergelassen hatten, sagte Lucile Lavard:

"Ich gehe gern hier hinauf, weil meine Vorstellungen rege werden. Ich wollte, ich hätte damals leben können, als noch Rankholm der Mittelpunkt der vornehmen Welt war, als noch unsere Vorfahren Gesandte, Staatsminister und Feldmarschälle waren, als sie die Herrscher Dänemarks wochenlang zum Besuch bei sich sahen!"

"Sie sind offenbar sehr ehrgeizig, Komtesse!—Sie sind aus dem alten Lavardschen Blut."

"Ja, ich bin ehrgeizig, Sie haben recht, Graf Dehn! Ich leugne es nicht. Ich lege Wert auf meinen Stamm, auf unser Ansehen und unsern Reichtum. Ich bin aber—" hier lächelte Lucile Lavard mit einem liebenswürdig anschmiegenden Lächeln—"durchaus nicht so äußerlich, wie Sie glauben mögen. Ja, ja, ich hab's schon bemerkt, Herr Graf, daß Sie mich recht abfällig beurteilen.—Lassen Sie mich Ihnen sagen, wie ich denke! Ich wünsche mich auszusprechen, da ich Sie bereits zu uns zähle: Ich überhebe mich über niemanden, das wäre eine Beschränktheit. Gott gab mir objektiven Verstand. Aber ich leugne nicht, daß ich, je höher die Verfeinerung der Sitten und je vornehmer, sorgloser die Lebensverhältnisse sind, um so größeren Geschmack an den Menschen und Verhältnissen finde. Das Leben mit den gesellschaftlich Auserwählten ist mir Bedürfnis, ich teile durchweg ihre Interessen und Neigungen. Freilich unterscheide ich stark. Der Oberflächlichkeit gehe ich möglichst aus dem Wege; die Männer, die unthätig nur in den Tag hinein leben, verabscheue ich. Finde ich Verstand, Streben, Geist und wahrhaft kavaliermäßige Eigenschaften, so suche ich eine Annäherung. Mein Ziel ist das Bündnis mit einem Mitglied der höchsten Stände. Eine Lavard hat das Recht, ihre Hand nach einer Fürstenkrone auszustrecken. Und wenn ich das erreicht habe, so will ich mir Beachtung erwerben durch die Pflege der Künste und Wissenschaften, durch Wohlthun, durch die Förderung alles dessen, was im wahren Sinne wertvoll und sittlich ist. So denke ich mir mein künftiges Leben, dahin geht mein Ehrgeiz."

Axel hatte ihr aufmerksam zugehört, und so sehr wuchs durch die Verminderung seiner Vorurteile ihre Persönlichkeit in seinen Augen, daß er sich zu einer eifersüchtigen Regung fortreißen ließ.

"Wahrlich, ich bewundere Sie, Komtesse!" stieß er heraus. "Aber ich empfinde einen starken Schmerz um die, welche mit keiner Krone im Wappen zur Welt kamen und deshalb nicht einmal Ihre Fingerspitzen berühren dürfen."

Sie sah ihn an, und ein reizvoll gütiges Lächeln umspielte ihren Mund. Dann sagte sie:

"Sie dürfen es, Graf Dehn! Auch dahin wollte ich noch Ihre Voraussetzungen berichtigen. Ich bin nicht stolz oder gar hochmütig in Ihrem Sinne. Ich hab' etwas Selbstgefühl, weil ich mir bewußt bin, daß ich stets vernünftig zu handeln suchte, weil ich Grundsätze habe und dem Besseren—wenn auch nur in meiner Weise—ehrlich nachstrebe. Aber glauben Sie es mir, ich bin für meine Leute ein guter Kamerad. Ihnen will und werde ich es jederzeit sein, wenn Sie mich brauchen können."

"Ah, welche Musik für mein Ohr, gnädigste Komtesse! So sprach auch Ihre Frau Mama.

"Ich danke Ihnen, danke Ihnen von Herzen! Ich bitte Ihre Hand zum Zeichen meiner Verehrung berühren zu dürfen!"

Ein stiller, freundlicher Blick traf ihn, während sie gewahrte, worum er bat, ein Blick, ähnlich wie der, welcher in den Augen ihrer Mutter bisweilen erschien. Voll Nachdenken über diese Frauen, die sich so offen gaben und in denen allen sich doch etwas Rätselhaftes verbarg, stieg Graf Axel an der Seite Luciles wieder in die unteren Räume hinab.—

Nach dem Frühstück am folgenden Tage wurde über eine, einem geplanten größeren Fest noch vorherzugehende, kleine Abendfête beraten.

Man wollte Lucile nach ihrer langen Abwesenheit Gelegenheit geben, mit den gesellschaftsfähigen Personen in Kneedeholm und einigen der höheren Gutsangestellten ein Wiedersehen zu feiern. Ueber das Erscheinen der letzteren, des Pastors Nielsen und des Apothekers war man sich einig. Die Hinzuziehung des Doktor Prestö stieß auf Schwierigkeiten.

"Wenn's nicht Graf Knut gewesen, würde ich mich in diesen Ersatz für unsern alten, vortrefflichen Doktor Kröde nicht so willig gefügt haben—" warf die Gräfin hin.

"Der Prestö ist mir eigentlich sehr unsympathisch, er besitzt gar keine Lebensart, und sollte ich krank werden, würde mich sein Kommen eher beschweren, als erleichtern!"

"Ja, Manieren hat er wenig, oder eigentlich keine—" bestätigte der Graf. "Er ist ein selbstbewußter Herr, und, wie der Gutsförster schon neulich behauptete, sicherlich ein fanatischer Bauernfreund. Gestern erhielt ich auch wieder eine Probe von seiner alles bekrittelnden Art. Als ich beim alten Peder Ohlsen vorsprach, fand ich ihn dort mit der kleinen Sine beschäftigt, und als ich ihn fragte, was ihr fehle, zuckte er, ohne mich überhaupt zu begrüßen, die Achseln und sagte: "Sie hat sich den Magen mit Obst vollgepfropft, und statt ihr einen Finger in den Hals zu stecken, schickt man nach dem Arzt, als ob's ans Sterben ginge!" Und auf eine vermittelnde Aeußerung von meiner Seite, die nämlich, daß der Laie doch den Zustand des Patienten nicht beurteilen könne, entgegnete er in seiner belehrenden Art: "Ja, man sollte die Bauern zu selbständigem Denken erziehen. Statt dessen wird womöglich ihre Dummheit noch gefördert. Der Schulmeister hier im Dorfe macht tiefe Katzenbuckel vor der Gutsherrschaft, er ist nichts anderes als ein Streber, der längst hätte wieder zurückgeschickt werden müssen."

Graf Axel hatte während dieser Erörterung absichtlich seine Blicke auf Imgjor gerichtet. Schon bei ihrer Mutter Einwände war ein Ausdruck der Auflehnung in ihre Züge getreten. Axel sah's an ihren Mienen. Nun hielt sie's nicht mehr. Indem sie das Buch, auf das sie trotz des Gespräches ihre Augen geheftet, in den Schoß gleiten ließ, fiel sie mit deutlicher Gereiztheit im Tone ein:

"Der Doktor Prestö hat doch ganz recht, Papa. Markholm ist ein widerwärtiger Augendiener und ein Schulmeister zum Erbarmen. Nichts,

nichts weiß die Jugend. Und daß man einen Arzt um jeden Quark bemüht, ist doch in der That ein Mangel an praktischer Schulung. Prestö ist eine tüchtige, energische Natur mit vielen neuen, wahrhaft reformierenden Ideen."

"Ja, ja—reformierende Ideen! Das ist das glückselige Schlagwort, das einst nicht nur die Gutshäuser, sondern auch die Hütten der Bauern zertrümmern wird!" fiel Lucile erregt ein. "Solche Menschen, wie dieser Doktor einer zu sein scheint, sind ein wahres Unglück. Sie wollen alles verbessern. Sie müssen des Schöpfers Weisheit, die auf eine besonnene, nicht überstürzende Entwickelung aller Dinge im Natur- und Menschenleben hinausgeht, übertrumpfen. Im Grunde aber lauert hinter diesen Weltverbesserern nichts anderes als die ewig sich wiederholende Unzufriedenheit des Subjekts mit seinem Schicksal oder eine grenzenlose Eitelkeit. Nicht die Sache—einige unpraktische Schwärmer abgerechnet—leitet sie, sondern ihre Person. Innerster Ingrimm darüber, daß sie in den Thälern marschieren müssen, statt auf den Gipfeln zu stehen, wo ihnen das Schicksal nun einmal keinen Platz eingeräumt, ist das Motiv ihrer Handlungen. Ging's Jahre und Jahre so und in Frieden, wird's auch mit allmählichen, aus den Erfordernissen herauswachsenden Umgestaltungen so gehen, ohne daß der Herr Doktor den Bauern, dem Lehrer und Papa schulmeisterliche Unterweisungen erteilt."

Imgjors Augen sprühten, während Lucile sprach.

Ihre weißen Hände fieberten, sie ballten sich in ihrem Schoß, und sie konnte es nicht erwarten, ihrer Schwester zu antworten.

Aber statt ihrer wußte die Gräfin, die Lucile durch ihre Mienen bereits zugestimmt hatte, rasch das Wort zu nehmen.

"Ja, ich teile vollkommen deine Ansicht, Lucile. Und ich glaube, wir alle! Was meinen Sie, Graf Dehn? Wie finden Sie unsern neuen Aeskulap?"

"Ich beurteile ihn milder, nachdem ich näheres über ihn durch den Grafen Knut vernahm. Aber ich muß—ich gestehe es—meiner Objektivität stark aufhelfen. Wenn ich meinen Geschmack sprechen lasse, sage ich: Dieser junge Mann besitzt weder äußere noch innere Erziehung. Er sollte erst einmal bei sich beginnen, bevor er über andere schulmeisternd urteilt oder gar gegen ältere Leute den Präceptor spielt.

Vielleicht wird seine künftige Frau—ich höre vom Grafen Knut, daß er mit einer Kopenhagenerin verlobt ist—vorteilhaft auf ihn einwirken, sie und der Einfluß so verstandesreicher und humaner Personen, wie dies Schloß sie birgt."

Graf Dehn richtete nach diesen Worten einen gespannten Blick auf Imgjor. Er wünschte den Eindruck seiner letzten Rede auf sie zu beobachten. In der That schien sie etwas beunruhigt, aber es war offenbar nicht Enttäuschung, die ihre

Wangen verfärbte, sondern etwas anderes, das sie trieb, sich zu entfernen.

Sie fingierte einen sie plötzlich überfallenden Hustenanfall, stand auf, drückte die Hand auf die arbeitende Brust und verließ, als ob sie die Anwesenden von der lästigen Störung befreien wolle, das Zimmer.

Aber eben die Zweifel über das, was in Imgjor vorging, veranlaßte Axel für des Doktors Erscheinen an dem geplanten Besuchsabend einzutreten. Es lag ihm daran, Prestö und Imgjor noch einmal beisammen zu beobachten, um daraus seine Schlüsse zu ziehen und darnach seine künftige Handlungsweise einzurichten.

Er betonte der Gräfin gegenüber, daß eine Umgehung des Doktors bei einer Gelegenheit, wo alle übrigen eingeladen würden, eine allzu stark hervortretende Zurücksetzung an sich trage. Wenn Prestö auch zur Kritik stark herausfordere, so habe er sich doch gegen die Familie bisher eigentlich nichts zu Schulden kommen lassen. Er wage deshalb zu bitten, daß man ihn hinzuziehe.

"Ihr Wunsch entscheidet, lieber Graf!" erklärte Graf Lavard verbindlich, und die beiden Damen neigten nicht weniger bereitwillig den Kopf, nun, da es sich um die Bitte des Gastes handelte.

Als Axel eine Stunde vor dem Diner sein Zimmer betrat, um Toilette zu machen, fand er auf seinem Schreibtisch eine Karte von Prestö, erfuhr aber durch seine an Frederik gerichtete Frage, daß niemand den Doktor im Schloß gesehen habe.

"Er wird hinten durchs Haus eingetreten sein, Frederik—"

Der Angeredete schüttelte den Kopf.

"Es kann keiner unbemerkt eintreten. Ich war fortwährend unten beschäftigt, und oben hat Christian heute den Dienst."

"Es liegt mir daran, zu wissen, wann der Doktor hier war. Vielleicht weiß der Portier auf dem Schloßhof von des Doktors Hiersein. Bitte, fragen Sie ihn und Christian! Es liegt mir daran—"

Aber Frederik kehrte mit dem Bescheide zurück, daß Doktor Prestö während des Tages Rankholm nicht besucht habe. Es mußte also jemand im Schloß die Karte in des Grafen Zimmer gelegt haben, und es mußte während des Reitausfluges geschehen sein, den Axel mit dem Grafen zwischen dem zweiten Frühstück und dieser Stunde unternommen hatte. Vor Verlassen des Schlosses war Axel noch in seinen Räumen gewesen und hatte keine Karte gefunden.

Nachdem Axel den Kammerdiener entlassen und zur Vermeidung falscher Auffassungen noch vorher hingeworfen hatte, daß es sich nur um eine kleine, lustige Wette handle, und daß er nur deshalb nachgefragt habe, kam ihm bei fernerem Grübeln über diesen Fall plötzlich die Idee, daß—Imgjor in seinem Zimmer gewesen, daß sie die Ueberbringerin der Karte war.

Man hatte Prestö Mangel an Lebensart vorgeworfen, man hatte ihn überhaupt aufs schärfste verurteilt, und er, Axel, war der einzige gewesen, der ihm das Wort geredet. So war die nachträgliche Aufmerksamkeit vielleicht der Dank, und Imgjor, die sich schon einmal als Prestös Verteidigerin aufgeworfen, hatte dem Doktor möglicherweise einen Wink gegeben.

Und wenn Axel in solcher Annahme das rechte traf, so waren diese beiden Menschen also im stillen mit einander einig. Freundschaft macht erfinderisch, wie Not.

Als Axel den Weg in den Speisesaal nahm, war er überzeugt, daß sich die Dinge so verhielten, und er beschloß, nicht zu ruhen, bis er über Imgjor und Prestö völlige Klarheit gewonnen.—

Indessen fand er bei Tisch keine Gelegenheit, Imgjor zu beobachten. Lucile erklärte kurz vor dem Niedersitzen, daß ihre Schwester nicht erscheinen werde. Sie sei bei ihr im Zimmer gewesen, und Imgjor habe erklärt, daß sie sich unwohl fühle und bis zum Abend das Bett hüten müsse. Es sei nichts Erhebliches, sie wünsche nur zu ruhen und habe keinen Appetit.

Da man Axel bereits so sehr zu der Familie rechnete, daß in seiner Gegenwart alles Vorkommende besprochen wurde, so nahmen der Graf, die Gräfin und Lucile auch heute keinen Anstand, sich über Imgjor zu äußern.

"Sie wird immer unzugänglicher und geht immer mehr ihren Kapricen nach —" warf die Gräfin hin. "Du müßtest einmal energisch mit ihr reden, Lavard! Sie sollte sich doch wenigstens anders verhalten, wenn wir Gäste haben."

Der Graf nickte.

"Wenn sie nicht zugleich ein solcher Engel für die Kranken und Armen auf der Herrschaft wäre, hätte ich ihr schon ihre fortwährenden Entfernungen verboten. Das ist's ja! Man kann ihr eigentlich keinen anderen Vorwurf machen, als daß sie sich für sich hält und ihren besonderen Neigungen nachgeht."

"Es schickt sich doch wirklich nicht, daß sie fortwährend umherflankiert, mit den Bauern und oft mit den Knechten verkehrt. Gestern wurde sie, wie ich weiß, im Dorfwirtshaus gesehen, wo sie ihre bauernfreundlichen Ansichten zum Besten gegeben hat," fiel Lucile ein.

"Wer hat dir das mitgeteilt?" rief der Graf nunmehr in erheblicher Erregung.

"Vom Gutsförster von Kilde hörte ich es, Papa."

"Da siehst du's, Lavard! Es geht wirklich nicht mehr. Sie rührt uns das ohnehin aufsässige Bauernvolk noch mehr auf. Und der Doktor agitiert auch schon seit seiner Niederlassung im Dorf. Du weißt doch, daß Pastor Nielsen ganz außer sich darüber ist, welche Ideen er vor den Bauern entwickelt. Greife ein! Sprich morgen mit dem Doktor und stelle ihm die Wahl, sich solcher Dinge streng zu enthalten oder seinen Stab wieder in die Hand zu nehmen!"

Graf Lavard nickte.

"Ja, es soll geschehen. Nur morgen geht's nicht. Er ist unser Gast; da wäre es unzart, ihm grade Vorhaltungen zu machen."

"Und Imgjor?" fiel Lucile ein.

"Willst du ihr nicht auch gebieten, daß sie ihre Besuche in den Wirtshäusern einstellt? Nächstens erscheint das Bauernvolk auf dem Schloßhof und stellt dir Forderungen, und wenn du sie nicht erfüllst, stecken sie uns das Dach über dem Kopfe an!"

"Na, na—Ihr seht allzu schwarz! Ich bewege mich doch auch unter ihnen—ich kenne sie—"

"Es mag sein, Lavard! Aber daß hier vom Schloß aus durch unsere eigene Tochter die neuen Ideen gefördert werden, daß sie indirekt gegen ihre eigene Familie zum Widerstand aufreizt, geht doch wahrlich nicht mehr—"

"Ich bin derselben Ansicht, Papa, und willst du gründlich vorgehen, so schicke Imgjor einmal fort. Und bevor sie zurückkehrt, gieb dem Monsieur Prestö auch den Laufpaß!"

"Warum so lange warten, Lucile?" fiel die Gräfin ein. "Will er sich nicht fügen, mag er auch gehen, gleich—"

Lucile zog die Lippen.—Sie zögerte noch eine Weile, dann sagte sie und warf zugleich einen stillen Blick auf Axel:

"Ich riet nicht ohne Absicht so, wie ich riet, liebe Mama. Denn wisset, beide, alle: Seit der Scene gestern habe ich die feste Ueberzeugung, daß Imgjor völlig unter dem Einfluß Prestös steht. Als ich vorher mit ihr sprach und auf sie einredete, Graf Dehns halber sie ermahnte, sich mehr zu Hause zu halten, liebenswürdiger, entgegenkommender sich zu geben und den ganzen, sich nicht für sie schickenden Verkehr drunten aufzugeben, entwickelte sie geradezu erstaunliche Ansichten. Wir gerieten aufs heftigste aneinander. Sie warf mir Beschränktheit, Hochmut und lächerlichen Adelsstolz vor.—Die Zeiten seien vorüber, wo man sich so geben dürfe wie ich. Sie, Imgjor, würde, wenn es an ihr läge, den Adel abthun, das Schloß verlassen und sich ganz den armen, geknechteten Bauern widmen. Es müßte in ganz Dänemark von Männern und Frauen der besseren Stände das Veredelungs- und Samariterwerk für die niedere Klasse, für die Armen und Elenden, ins Werk gesetzt werden. Zu diesem Zwecke sei das Land in Distrikte einzuteilen, und in diesen habe dann die Wirksamkeit der Brüder und Schwestern des neuen Vereins zu beginnen. Volksprediger sollten Vorträge halten, um Menschenliebe, Pflichterfüllung und ein von allem ceremoniellen Beiwerk befreites Christentum zu predigen. Der Arbeitslosigkeit, Not und Krankheit solle Einhalt gethan werden, es sei durch Errichtung von öffentlichen Versorgungs- und Krankenanstalten in jedem Ort, sowie durch öffentliche Speisehäuser überall den Armen zu helfen und damit den Forderungen der Neuzeit gerecht zu werden."

"Wie? Mit solchen Dingen beschäftigt sie sich? Das alles hat sie dir erklärt?" fielen beide Lavards ein, und auch Axel erhob mit nicht geringerem Erstaunen das Haupt.

"Ja, das und noch anderes! Man könnte einen gelehrten Vortrag daraus machen."

Nachdem Lucile geendigt hatte, verharrten die Anwesenden zunächst in Schweigen. Was sie gehört hatten, beschäftigte sie ausschließlich.

"Ach ja, nun verstehe ich auch vieles—" nahm sinnend die Gräfin wieder das Wort. "Wahrhaftig es ist höchste Zeit zum Einschreiten," fuhr sie, gegen ihren Mann gewendet, fort,—"wenn wir nicht einen großen Affront erleben sollen. Du mußt deine Rechte üben und noch im Beginn durch geeignete Mittel zu mildern oder auszumerzen suchen, was sich in ihr für sie selbst Verderbliches festgesetzt hat.—Was sagen Sie, Graf Dehn, was sagen Sie? Hätten Sie das gedacht, das in Imgjor gesucht?"

Axel bewegte die Schultern und sagte: "Was die Komtesse will, ehrt sie und hebt sie in meinen Augen! Aber allerdings glaube ich auch, daß sie starke Enttäuschungen erleben und sehr unglücklich werden wird, wenn's keine Mittel giebt, ihr schönes Menschentum auf ein richtiges Maß herabzumindern."

Er wollte noch mehr sprechen, aber nun öffnete eben Frederik, den die Gräfin beim Beginn der Unterredung für eine Zeit lang abgewinkt hatte, von neuem die Thür und brachte, von Christian und einem anderen Lakaien gefolgt, die dampfenden Schüsseln des nun folgenden Ganges.

Er hob die silbernen Deckel ab, und ein auf portugiesische Art bereiteter, gebratener Fisch aus dem Teiche des Gutsgebiets mit einer dazu gehörenden duftenden Sauce verbreitete einen so köstlichen Hauch, daß die Sinne für diesen Leckerbissen das Interesse für Imgjors Umgestaltungsideen vorläufig verschlangen.

* * * * *

Als Graf Dehn am folgenden Vormittag zwischen dem ersten und zweiten Frühstück von einem Spaziergang aus dem Park heimkehrte, hörte er in der Gegend des Schlosses ein lautes Wimmern und bemerkte, als er nachforschte, Hektor, den Hund von Imgjor, mit mühsam hinkenden Bewegungen dem hinteren Eingang zustreben.

Aber bevor der Hund noch die Thür erreicht hatte, verließen ihn die Kräfte; er blieb, vor Schmerzen wimmernd, liegen und erfüllte mit seinen Wehlauten die Luft.

Rasch eilte Graf Dehn herbei, spähte nach, was dem armen Geschöpf fehlte und sah, daß nicht nur die eine Pfote gebrochen, sondern daß dem Tier auch noch das eine Auge derart verletzt war, daß nur noch eine blutige Höhlung unter der Stirn klaffte.

Und während Graf Dehn noch sorgend um das Tier bemüht war, erschien, durch die Klagetöne von oben herbeigelockt, Komtesse Imgjor, erkannte, nach einem Graf Dehn gespendeten, flüchtig höflichen Gruß, was vorgefallen war, und erging sich, ihren Liebling liebevoll streichelnd und tröstend, in aufgeregten Worten über das Geschehene. Aber sie nickte auch erkenntlich, als Dehn sich bereit erklärte, Wasser, Schwamm und Leinewand herbeizuholen, und hob, nachdem dies herbeigeschafft und das Tier verbunden war, solches zur Bettung im Schloß auf ihre eigenen Arme.

"Bitte, begleiten Sie mich und öffnen Sie mir die Thüren!" bat sie. "Ich will ihn in mein eigenes Zimmer bringen, ihn dort selbst pflegen," fügte sie, sich zu dem ihr dankbar die Hand leckenden Hunde liebevoll herabbeugend, hinzu.

Imgjors Gemächer befanden sich in der ersten Etage in einem Vorbau, der in Form eines Turmes die linke, äußerste Zwischenecke des Schlosses flankierte. Man konnte sie vom Hofe aus, aber auch von demselben Korridor erreichen, in dem sich Graf Dehns Zimmer befanden.

Unmittelbar neben dem Eingang zu seinen Gemächern führte eine Treppe zunächst zu einem halbrunden Flur empor, und auf diesen mündete die vom Hofe emporstrebende Wendeltreppe.

Graf Dehn hatte lange schon das lebhaftere Verlangen gespürt, einmal einen Blick in die Räume zu werfen, in denen das seine Gedanken und seine Sinne so ausschließlich beschäftigende junge Mädchen wohnte. Nun sollte ihm das werden, und mit einer gewissen Hast folgte er Imgjor und ihrer Bürde.

Sie ging aber nicht ins Schloß, sondern wählte den Weg, der über den Hof und von dort hinauf zu ihrer Wohnung führte.

"Bitte, hier!" unterwies sie Axel, als sie oben angekommen waren, und zeigte auf einen verborgenen Winkel, in dem an einem verdeckt angebrachten Haken ein Schlüssel hing.

Und Graf Dehn beeilte sich, ihrem Befehl zu entsprechen. Er öffnete das Gemach.

Es war aber erst ein einen Blick auf den inneren Schloßhof gewährendes Vorzimmer mit Tapetenthüren und altmodischen Möbeln.

Die eigentlichen beiden Wohnstuben befanden sich nach der Parkseite. Graf Dehn war völlig benommen von der reizvollen Eigenart des ersten Gemaches, das Imgjor als ihr Wohnzimmer bezeichnete.

Ein großer Tisch, bedeckt mit Büchern und allerlei kostbaren Gebrauchsgegenständen, stand in der Mitte. Ihn umgaben eine Anzahl kleiner Sofas, die mit rosenroten, blumendurchwirkten Seidenstoffen bezogen waren, und ebensolche Divans standen zwischen den das Zimmer füllenden schneeweiß und goldfarbigen Rokokomöbeln.

Auch eine reiche Bibliothek in kostbaren Einbänden befand sich in der einen Wandseite, und sie ward halb beschützt von einem weißseidenen Vorhang. Blumen und Vogelkäfige standen in den tiefen Fenstern, und prachtvolle, rosaseidene Gardinen fielen, um besser Licht zu lassen, ungerafft von oben bis auf den Fußboden herab.

"Wie feenhaft wohnen Sie hier, Komtesse!" nahm Graf Dehn das Wort, nachdem Imgjor das Tier nebenan in ihrem Schlafgemach gebettet hatte und nun, rasch zurückkehrend, ihm wieder gegenüberstand.

"Ja, viel zu schön!—Wer hat ein Recht, derartig sich einzurichten, wenn in der Welt so viele arme Geschöpfe darben—" entgegnen sie herb im Ton. "Ich lerne den Luxus immer mehr hassen. Wäre nicht der die Seele belebende, schöne Ausblick, könnte ich nicht in mein geliebtes Thal und ins Dorf hinabschauen, wäre ich schon ausgezogen und hätte mir Räume gesucht, die mich an Einfachheit und Entsagung gewöhnen—" Und dann kurz abbrechend, nachdem sie ihm nochmals ihren Dank wiederholt hatte, sagte sie: "Sie können gleich rechts die Treppe hinuntergehen, um Ihre Zimmer zu erreichen. Wir sind sozusagen Nachbarn, das heißt Nachbarn von oben und unten—"

Hierauf neigte sie mit gewohnter, kaum gemilderter Ausdruckslosigkeit den Kopf und begab sich—Axel hörte es, während er die Thür hinter sich schloß —eilends wieder zu dem kranken Tiere in ihr Schlafgemach.

Aber diese Sicherheit, nicht beobachtet zu werden, veranlaßte Graf Dehn, nicht so gleich das Vorzimmer zu verlassen, sondern sich noch einen Augenblick darin umzuschauen, ja, sogar die Klinke einer der beiden Tapetenthüren zu berühren.

Da nach seiner Berechnung die Wände des Gemachs zugleich die Außenmauern des Turms bilden mußten, war er sehr neugierig, zu erfahren, wohin die Eingänge führten.

Zu seiner Ueberraschung gab das von ihm geprüfte Schloß nach, und vor ihm lag eine dunkle Treppe.

Das beschäftigte ihn dermaßen, daß er,—unten in seinen Gemächern angelangt,—alle Wände untersuchte. Aber er fand nichts. Wahrscheinlich führte diese in die dicke Mauer eingelassene, geheime Treppe in den Garten hinab, und auffallend war's nur, daß die Thür unverschlossen war, daß sie also noch gebraucht wurde.—

Daß übrigens Imgjor ihre Stellung zu Axel nicht verändern wollte, zeigte sich schon an demselben Tage sowohl bei Tisch, wie beim Abendessen. Sie begegnete Graf Dehn, trotz dieses sie enger verknüpfenden Vorfalles, mit derselben kühlen Gemessenheit wie bisher, und als von dem Hunde die Rede war, erwähnte sie seiner Hilfeleistung mit keiner Silbe.

Die beiden folgenden Tage boten wiederum allerlei Abwechslungen, durch die Graf Dehns Gedanken vorübergehend von Imgjor abgelenkt wurden.

Er machte mit dem Grafen, der Gräfin und Lucile und mit diesen allein, da Imgjor heftige Migräne vorschützte, eine Wagenpartie nach einem der umliegenden Güter, wohin die Herrschaften schon zum Frühstück geladen waren, und am folgenden Tage fuhr er mit dem Grafen Knut und dem Herrn des Hauses in das zwei Meilen entlegene Städtchen Oerebye, woselbst sie an einem Diner bei einem Herrn von Kjärholm teilnehmen sollten.

Am letzten Abend vor der angesetzten Gesellschaft hatten sich der Graf, Lucile und Imgjor früher zurückgezogen. Graf Lavard fühlte sich durch eine Erkältung beschwert, und Lucile und Imgjor hatten sich, über starke Müdigkeit klagend, schon bald nach Aufhebung der Tafel in ihre Gemächer begeben.

Nur Graf Dehn blieb, durch eine Partie Schach gefesselt, neben der Gräfin sitzen.

Sie sei noch durchaus nicht schläfrig, sie bitte, ihr Gesellschaft zu leisten, hatte sie erklärt.

Nachdem Graf Dehn als Sieger aus dem Kampfe hervorgegangen war, lehnte sie sich zurück, sah ihn mit dem ihr eigenen forschenden Blick an und warf plötzlich unvermittelt hin:

"Nun, wie sieht's, Graf Dehn? Wer gefällt Ihnen besser, Lucile oder Imgjor? Nicht wahr, Lucile ist ungewöhnlich schön?"

Graf Dehn bejahte stumm, dann sagte er:

"Um die Komtesse Lucile zu werben, würde, selbst wenn man meinen möchte, ohne sie nicht leben zu können, zwecklos sein. Sie wird niemals einen Mann meiner Art heiraten."

Die Gräfin schärfte erst das Auge in einer Art, als ob sie in des Sprechers Inneres dringen wolle. Dann sagte sie stark betonend:

"Ist Ihrer Antwort zu entnehmen, daß Ihnen auch Lucile gefährlich werden könnte?"

"Ich kann nur jüngst Gesagtes wiederholen, Frau Gräfin. Ich liebe Komtesse Imgjor leidenschaftlich. Noch will ich einige Zeit prüfen, ich will nicht so leichten Kaufes meine Wünsche begraben. Ist's aber entschieden, werde ich Rankholm verlassen. Ich würde mich innerlich verzehren, sollte ich ferner aussichtslos neben ihr hergehen."

"Seltsam!" stieß die Gräfin heraus. "Was die Männer haben können, das verschmähen sie. Nur das Unerreichbare hat Reize für sie—"

"Sie meinen—?" setzte Graf Dehn an;—stockte aber, weil er der Gräfin Auge begegnete.

Sie sah ihn mit einem Blick an, der ihn befangen machte, und der Widerschein seiner Verwirrung spiegelte sich in seinen Mienen. "Ah—Sie Kind—Sie gutes Kind!" warf sie überlegen, aber nicht ungütig hin.

Doch gab sie sich unmittelbar darauf wieder mit der sonstigen Geradheit ihres Wesens.

"Lucile will hoch hinaus, gewiß! Aber sie wird doch nie einen Mann heiraten, den sie nicht liebt"—fügte sie, an Axels vordem hingeworfene Aeußerungen anknüpfend, hinzu.—"Und deshalb glaube ich auch, daß sie ihre unfruchtbaren Pläne aufgeben und sicher einen anderen ehrenwerten Mann aus einem weniger bevorzugten Stande heiraten würde.

Daß Lucile sich für Sie interessiert, weiß ich. Aber Sie—Sie—empfinden nichts für sie—?"

Nun erschien ein überaus forschender Ausdruck in ihren Zügen.

"Ja, Frau Gräfin—" entgegnete Graf Dehn halb ernst, halb leicht im Ton, um dem Gespräch einen möglichst unbefangenen Charakter zu verleihen—"ich müßte ein Stein sein, wenn ich nicht ein so vollendetes, junges Mädchen, wenn ich nicht jede Tochter einer Gräfin Lavard anbetete. Aber es steigt ein Wunsch nach ihrem Besitz nicht auf, weil mich, ich wiederhole es, Komtesse Imgjor ganz gefangen nimmt. Komtesse Lucile hat mir überdies rückhaltlos erklärt, sie werde nur einem Manne die Hand reichen, der eine Fürstenkrone im Wappen führt."

"Haben meine Töchter—" stieß die Gräfin, die nachdenklich zugehört, stark betonend heraus, "Ihnen gegenüber ein Urteil über mich gefällt?"

Graf Dehn sah befremdet empor.

"Ich bitte, sprechen Sie, Graf Dehn! Ich bin Ihnen für ein offenes Wort dankbar.—Ich werde dann auch reden, nicht heute, aber ein andermal—"

"Da Sie mich fragen—ja, Frau Gräfin! Es scheint mir bei aller Verehrung eine kleine Einschränkung vorhanden zu sein. Ich habe schon darüber gegrübelt, wie es möglich ist, Sie nicht schwärmerisch zu lieben—"

Die Gräfin sah eine Weile still vor sich hin. Dann sagte sie mit einem Seufzer:

"Glücklich der, welcher im Familienleben das findet, was er erwartet. Wenige sind ganz glücklich! Würden die Eheakten einmal hervorgeholt, statt der Vergessenheit übergeben zu werden, würde man erstaunen, wie oft Frauen gelitten haben, wie groß ihre Seelen waren!"

Graf Dehn richtete einen gespannten Blick auf die Gräfin, die durch diese Worte die Aufdeckung eines Familiengeheimnisses vorbereitete.

Aber heute vernahm er nichts mehr. Mit einem sanften gütigen Ausdruck bot sie ihm zum Abschied die Hand und begab sich, ihm noch einmal freundlich zunickend, in ihre Gemächer.—

* * * * *

Als sich Graf Dehn am folgenden Vormittag nach Imgjor erkundigte, wurde ihm von Frederik gesagt, daß sie schon früh und zwar, wie er zu hören geglaubt habe, nach dem Mönkegjorer Gehölz fortgeritten sei.

Das veranlaßte Axel, sich ebenfalls ein Reitpferd zu bestellen und, des Weges kundig, dieselbe Richtung einzuklagen. Dem schönen Mädchen möglichst oft zu begegnen, sie durch einen häufigen Verkehr allmählich von ihren Vorurteilen zu heilen, endlich ihre Freundschaft zu gewinnen, lag in seinem Plan.

Zwar hatte die Gräfin geäußert, daß man sie gehen lassen müsse, sie komme dann zuletzt ganz von selbst; aber er wollte es doch auf seine Weise versuchen. Wie konnte er warten, bis sie ihm auch nur einige Beachtung schenkte!

An dem heutigen Morgen beherrschte ihn zudem die Vorstellung, daß sie nicht nur fortgeritten sei, um sich eine Abwechslung zu verschaffen, sondern daß sie irgend etwas vorhabe, das sie zu verbergen wünschte. Vielleicht hing es mit dem Doktor Prestö zusammen.—

Er hielt auch, als er zunächst durch das Dorf trabte, einen Augenblick vor des Arztes Hause still, um sich unter irgend einem Vorwande nach Prestö zu erkundigen.

Eine unbestimmte Ahnung sagte ihm, daß er abwesend sein werde.

Anfänglich war sein Rufen vergeblich. Es erschien niemand, und schon wollte er sich zum Absteigen bequemen.

Dann aber öffnete Prestös Wirtschafterin, eine einfache, alte Frau aus einem der umliegenden Dörfer, die Hausthür und gab auf Graf Dehns Frage Antwort.

"Der Doktor sei vor reichlich einer halben Stunde nach Oerebye geritten. Er kehre wahrscheinlich erst gegen den Spätnachmittag zurück," erklärte sie.

"Nach Oerebye? Besitzt der Herr Doktor dort auch Praxis?"

"Nein—das nicht. Ich hab' etwas von einer Bauernversammlung gehört, wo er dabei sein will. Ich weiß es aber nicht genau. Kann ich etwas bestellen?"

"Nein, ich danke! Es liegt nichts Besonderes vor. Sie brauchen nicht einmal zu sagen, daß ich mich nach ihm erkundigt habe."

Hierauf nickte die Alte zustimmend, und Graf Dehn setzte seinem Tier wieder die Sporen in die Weichen.

Oerebye und der große Forst Mönkegjor lagen in derselben Wegrichtung.

Nachdem Graf Dehn diesen, scharf trabend, nach Verlauf einer halben Stunde erreicht hatte, durcheilte er ihn von einem Ende zum anderen, hielt auch auf einem mitten im Gehölz auf einer Anhöhe befindlichen Pavillon an und sah sich hier nach Imgjor um. Aber es war nichts von ihr zu bemerken, und er nahm daher, rasch entschlossen, die Richtung nach Oerebye.

Freilich konnte er, wenn er seinen Ritt soweit ausdehnte, nicht zum Frühstück in Rankholm zurück sein. Aber das ungeduldige Verlangen, festzustellen, ob wirklich Imgjor und der Doktor beisammen seien, ließ das in ihm aufsteigende Bedenken, ohne Entschuldigung fortzubleiben, rasch zurückdrängen.

Unterwegs, während er dahin galoppierte, bestürmten ihn seine Gedanken.

War's nicht im Grunde eine Thorheit, sich auf ein Mädchen zu kaprizieren, das ihm so entschieden auswich?

Und war's, wenn er wirklich ihre Zuneigung gewann, wünschens- und lohnenswert, ein weibliches Wesen solcher Art an sich zu fesseln? Er hatte sich eine ganz andere Vorstellung von der jungen Dame gemacht, von welcher ihm sein Vater gesprochen.

Er hatte ein mit Schönheit: Sanftmut und Liebenswürdigkeit verbindendes junges Mädchen zu finden erwartet und sah sich einer fanatischen Vertreterin der neuen Ideen gegenüber.

Und dann redeten doch wieder andere Stimmen, und sie flüsterten ihm zu, daß Nummern überall zu finden seien, daß er es hier mit einem charakterstarken und trotz aller Schroffheit warm fühlenden, edeldenkenden Wesen zu thun habe. Von einem solchen bevorzugt, gar auserwählt zu werden, erschien ihm des Ringens wert.

Und diese Vorstellung gab dann seinen Gedanken wieder eine andere Richtung.

In Oerebye angelangt, hielt Graf Dehn vor demselben Gasthofe, in dem er kurz vorher mit Imgjors Vater und dem Grafen Knut eingekehrt war, und schon während des Eintritts in die gemütlichen Vorräume des Gebäudes warf er die Frage hin, ob jemand aus Schloß Rankholm anwesend sei.

Der sorgfältig rasierte, höfliche Oberkellner nickte bejahend.

"Ja wohl, Herr Graf. Komtesse von Luvard ist vor einer halben Stunde angekommen."

"So—so!?" fiel Axel lebhaft ein. "Und—und—ist sie im Hotel?"

"Nein, Herr Graf! Sie ist auch nach dem Landhof gegangen—"

"Nach dem Landhof? Was ist das?"

"Der Landhof ist ein öffentliches Lokal. Um ein Uhr spricht da der Volksredner Jens Uesholm. Sämtliche Einwohner und Bauern der Umgegend sind hingelaufen—"

"In der That? Ist man diesen Lehren hier so zugeneigt? Und die Landarbeiter? Werden sie dabei sein? Die haben doch sicher um diese Zeit keine Erlaubnis von ihren Gutsherren—?"

"Sie haben sie sich genommen, Herr Graf. Die Sache ist schon lange im Gange. Das giebt überhaupt gewiß noch ein böses Nachspiel—"

Diese Auskunft bestimmte Axel, nach rasch eingenommenen Imbiß den Weg nach dem Landhof zu nehmen.

Nun war's auch zweifellos:—Prestö und Imgjor—beide würden dort anwesend sein!—

Der Landhof lag mitten in der Stadt, aber nicht unmittelbar an der Hauptstraßenlinie. Man mußte eine große Allee durchmessen, um das auf einer sanft emporsteigenden Anhöhe belegene, eine weite Umschau bietende Vergnügungslokal zu erreichen.

Es war auch ersichtlich, daß die Einwohner etwas Besonderes dahinzog.

Dicht gedrängte Gruppen von Bürgern, Bauern und Feldarbeitern bewegten sich durch den Baumgang, alle waren in Eile, und aus der Umgegend kam noch fortwährend neuer Zuzug.

Axel beschloß, sich einen Platz drinnen zu suchen, auf dem er möglichst unbeachtet zuschauen konnte. Da er aber der Gelegenheit unkundig war, redete er einen älteren Bürger in dänischer Sprache an und erkundigte sich nach der inneren Einrichtung des Landhofes.

Da war ihm dann die Auskunft sehr erwünscht, daß sich eine große Gallerie rings um den Saal ziehe, und daß man sie durch einen vorhandenen, gesonderten Eingang betreten könne.

Und so machte er es. Unter der Führung seines Begleiters, eines ehrsamen Klempnermeisters, betrat er die Gallerie und fand bald einen Platz, von dem aus er den Redner ins Auge fassen und die Zuhörerschaft genügend übersehen konnte.

Vorläufig wogte unten noch alles durcheinander. Menschen drängten sich, Stühle wurden eingeschoben. Das Geräusch lebhaften Schwatzens erfüllte den Raum; nur der Redner selbst war noch nicht sichtbar.

Aber endlich erschien er, von dem brausenden Zuruf der Versammelten empfangen, und sprach mit einer lauten, wohlklingenden Stimme über das von ihm angekündigte Thema.

Und was er sagte, machte Eindruck, weil er seine Worte geschickt zu wählen wußte, weil er niemals den ruhigen Ton verließ, und weil er mit solcher Ueberzeugung von der Berechtigung der Forderungen und von der zweifellosen endlichen Erreichung des zu erstrebenden Zieles sprach, daß er die Zuhörerschaft völlig in seinen Bann schlug.

Zum Schluß entwickelte er, was zunächst zu geschehen habe, und eben das deckte sich genau mit dem Inhalt des Gespräches, das zwischen Imgjor und Lucile stattgefunden hatte.

Nachdem der Redner, ein Mann mit blondhellem Bart, tiefliegenden, dunklen Augen und blassen Zügen, unter nicht endenwollendem Beifall der Versammelten seine Ansprache beendet hatte, erklärte ein Bauer, der als Präsident der Versammlung vorstand, daß nunmehr die Redefreiheit eröffnet sei und daß zunächst Herr Doktor Prestö aus Kneedeholm das Wort nehmen werde.

Und Prestö bestieg—aus einer Seitenloge tretend, woselbst nunmehr Graf Dehn auch Imgjor entdeckte—so gleich die Rednerbühne und hielt unter dem lautlosen Aufhorchen der Menge ebenfalls einen Vortrag.

Und Imgjor, die Graf Dehn fortdauernd scharf beobachtete, folgte diesem mit funkelnden Augen und mit gespanntester Miene. Sie hing gleichsam an seinem Munde, sie verschlang seine Worte.

Prestö sprach über den Landadel, und sein Vortrag zündete deshalb noch mehr, weil er aus dem Munde eines Mannes kam, der selbst unter ihm lebte.

Nachdem er denselben Vorschlägen, die Jens Uesholm gemacht, das Wort geredet und die Inscenierung solcher werkthätigen Reformen noch des Näheren beleuchtet hatte, trat er zurück und begab sich unter dem Jubelruf der Arbeiter und Landbevölkerung auf seinen Platz zurück.

Hatte es schon bisher in Graf Dehn gegärt, hatte er sich förmlich zurückhalten müssen, das Wort zu verlangen und Uesholms Ausführungen entgegenzutreten, durch seine Auslassungen das Erreichbare von dem absolut Unverständigen und deshalb Unerreichbaren zu scheiden, so glühte es ihm jetzt in den Adern, Prestö heimzuführen.

Es hielt ihn auch nicht. Völlig unbekümmert um das teils neugierige, teils feindselige Mustern derjenigen, durch deren Reihen er sich drängte, trat er vor den von ihm vorher ins Auge gefaßten Präsidenten und ersuchte diesen, ihm das Wort erteilen zu wollen.

Des Dänischen war er so gut Herr wie des Deutschen und Französischen. Dennoch leitete er die ihm von dem Leiter der Versammlung gewährte Rede mit einer Entschuldigung ein, wenn er sich etwas unvollkommen ausdrücken werde.

Er wolle, hub er an, sprechen über die Gefahren, einen Himmel zu eröffnen, statt als Mensch beim Irdischen zu bleiben. Bei allem, was der Vernunftbegabte thue, müsse er sich nach seiner Mutter, der Erde, richten. Sie müsse ihm ein Vorbild sein und bleiben. Sie lehre ihn zwar auch täglich und stündlich das Bestreben nach Ausgleich und einer immer höheren Vervollkommnung, aber auch fortwährend das ewige Gesetz des Rechtes des Stärkeren und Begabteren über den von der Natur minder Bevorzugten. Er stelle sich mit den Vorrednern auf denselben Standpunkt, daß werkthätiges Christentum zu üben, nicht nur jedermanns Pflicht, sondern daß es auch weise sei, da alle im Grunde nur einer großen, durch gemeinsame Interessen verbundenen Familie angehörten. Insofern seien die Vorschläge, die gemacht worden, wertvoll und deren teilweise Ausführung durchaus wünschenswert. Aber eben dabei müsse es sein Bewenden haben, und auch dieses Bessere sei in einer ruhigen Weise zu erstreben. Das Geschlecht, das heute lebe, ergehe sich in einem völligen Irrtum, wenn es glaube, daß es zu etwas anderem berufen sei, als zunächst Opfer zu bringen. Die Resultate würden erst, weil sie nur allmählich reifen könnten, den späteren Generationen zu gute kommen können. Und nochmals weise er auf die Natur hin, wenn er vor jeder Ueberstürzung warne. Brauche sie, die große Zauberin, nicht auch für alles Zeit und Vorsicht? Bedürfe nicht jedes Blatt am Baume Licht, Sonne und Regen? Würde es nicht durch Stürme und Kälte, also durch Gewalt, vernichtet? Eine Perspektive zu eröffnen, wie es der erste Redner gethan, sei ein Unrecht. Er verheiße etwas, das eben mit dem Hinblick auf sie, deren Sein und Wesen den Menschen die Gesetze für ihr Thun vorschreibe, unerreichbar sei. Der Staat der völlig Gleichberechtigten werde nach einem Tage zerfließen. Der Adler herrsche in der Natur über den Sperber. Bei den Menschen habe die höhere Intelligenz und das kräftigere Ringen der

Vorwärtsstrebenden das Uebergewicht über den Trägen. Wie denn? Solle der Fleißige und Rührige das Ergebnis seiner Anstrengungen den Müßigen in den Schoß werfen? Er werde sich bedanken! Der Fleißige besitze Ehrgeiz und habe den Drang nach Erfolg, Fortkommen und nach gesondertem Besitz. —"Meine Freunde! Wenn ihr heute eine Erbschaft macht, oder wenn ihr durch Erfindung, die euch Jahre lang beschäftigte, ein großes Vermögen erwerben könnt, wollt ihr das ohne weiteres hingeben, wollt ihr euch mit einem Tausendstel begnügen? Nein, das wollt ihr nicht, und niemand wird's euch verdenken, daß ihr euch dessen weigert. Die Zukunft, eine bessere, liegt nur in der Pflege der Vervollkommnung des sittlichen Menschen, in der Hebung der Schulen, in der Ausübung einer Religion, die zu Thaten der Pflicht und Thaten der Liebe und Duldsamkeit gegen die Mitmenschen auffordert. Wo war heute hier von Nächstenliebe die Rede? Nirgend! Selbst die Befürwortung der Förderung des Humanismus und der Wohlfahrt in Gestalt von Arbeitsstätten, Krankenhäusern, Nächtigungsanstalten, öffentlichen Speisehäusern, Unfallentschädigungen und Altersversorgungen ward nur aus dem Gesichtspunkt einer Forderungsberechtigung an den Geldbeutel der Gutsherrn erörtert! Was aus dieser Klasse der Gesellschaft wird, ist Herrn Doktor Prestö gleichgiltig. Sie mag untergehen. Ja, Freunde, seid ihr Heilige? Nehmt ihr nicht auch einmal ein Gläschen mehr? Seid ihr allezeit voll Christentum gegen eure Umgebung? Liegt ihr nicht auch lieber auf einem weichen Bett als auf Steinen? Wird einer von euch das Anerbieten abschlagen, mehr zu werden und mehr zu verdienen, und ist er nicht auch ein Streber in seiner Art, in solcher Art, daß er sich möglichst gut betten will? Sprecht ihr allezeit die Wahrheit? Erfüllt euch niemals der Neid gegen eure Nachbarn? Seid ihr nicht ebenso hochmütig wie die sogenannten Großen? Hand aufs Herz! Haltet ihr euch nicht für besser, als sie? Habt ihr nicht euren Bauernstolz? Ein Unglück für das Volk ist ein Redner wie der Herr Doktor Prestö. Er möchte euch—ich muß es seiner Rede entnehmen—am liebsten anführen, damit alles vernichtet werde, die Güter und die Bauerngehöfte dazu! Ja, was dann? Die Einöde bietet doch nichts als Hunger und Jammer und Elend! Und wie will der Bauer und Feldarbeiter leben, wenn er den Gutsherrn in den Brunnen versenkt? Ihr könnt alles kaufen für Geld. Aber wenn ihr keines habt, und wenn ihr dem Staat die Möglichkeit nehmt, durch den Wechselverkehr zwischen Angebot und Nachfrage die Lebensfrage und somit die Existenzfrage zu regeln—was erblüht euch dann Gutes? Elend— Elend ist euer Loos! Was uns heute der Staat Schützendes und Förderndes bietet, ist ein Ergebnis des Ringens der Jahrhunderte. Allmählich hat sich die Erkenntnis des Zweckmäßigen entwickelt. Wir müssen säen, die Saat behüten, indem wir das Unkraut von der Frucht scheiden, und müssen zur rechten Zeit ernten. Nur *eine* verständige Volkswirtschaftslehre giebt es: Daß jeder durch strenge Pflichterfüllung seinen Teil zum Allgemeinbesten beiträgt, daß wir unsere engeren Aufgaben darin erkennen, unsere Kinder zu tüchtigen Menschen zu erziehen, sie sowohl etwas Ausreichendes lernen lassen, als auch sie anzuweisen suchen, solches fürs Leben praktisch und möglichst günstig zu verwerten, damit sie dadurch und lediglich dadurch befähigt werden, möglichst sichere materielle Vorteile zu erzielen; daß wir uns fühlen als größere und kleinere Glieder eines Ganzen; daß wir endlich stets alle erst vor unserer eigenen Thür fegen und dann erst den Besen in die Hand nehmen, um unseres Nachbars Schwelle zu säubern! Und so schließe ich: Laßt euch nicht bethören durch Hinweise auf Paradiese, die sich nie eröffnen, die sich nie eröffnen *können*! Bleibt auf der Erde und helfet, daß schon durch gutes Beispiel euern Kindern und Kindeskindern das werde, was zu erstreben möglich ist! Eines schickt sich nicht für alle. Den Sieg, den materiellen und moralischen, trägt allezeit der davon, der einfach, tüchtig und weise ist, der etwas im besten Sinne, im Umfang seiner Kräfte—leistet!"

Graf Dehn hatte nach Beendigung seiner, von eisigem Schweigen begleiteten Rede große Mühe, den Saal zu verlassen.

Niemand machte ihm bei seinem Versuch, durchzudringen, gutwillig Platz; jeder zeigte vielmehr feindselige Mienen, oder drängte ihn wie zufällig zur Seite, in der Art, daß er zweimal fast gestolpert und hingestürzt wäre. Aber er wußte seine Erregung darüber zu bemeistern, er that, als ob er's nicht bemerke.

Draußen angelangt, stieg er rasch die Anhöhe hinab und begab sich auf direktem Wege ins Wirtshaus. Und hier angekommen, ließ er sogleich satteln, berichtigte seine Rechnung und ritt, rasch trabend, nach Rankholm zurück.

Zartsinn hielt ihn ab, vorher noch eine Begegnung mit Imgjor herbeizuführen, auch wünschte er dem Doktor, der ihm noch widerwärtiger geworden, unter allen Umständen auszuweichen.

Er hatte ihn genau beobachtet. Diesen Menschen verzehrte ein wilder Fanatismus. Die Begierde, sich zu rächen an der Gesellschaftsklasse, von der einst ein Mitglied seine Eltern in die Fesseln der Abhängigkeit geschlagen, durchglühte ihn allein. Und neben dem Rachegefühl verzehrte ihn der Ehrgeiz.

Er wollte herrschen, und daß er als Herrscher einen Stab aus Eisen schwingen, daß er ein weit größerer Tyrann sein würde, als jener, gegen den er schon während seiner Knabenzeit Haß und Verachtung eingesogen, bewies seine schroffe Ueberhebung, seine kaltherzige Art.

Und diesem Menschen wollte sich Imgjor mit ihrer, wenn auch äußerlich rauhen, doch von lauterer Menschenliebe erfüllten Brust zueignen!—

Als Axel ein halbes Stündchen vor Tisch nach Rankholm zurückkehrte, berichtete ihm Frederik, daß die Herrschaften sich wegen seines Fortbleibens bereits beunruhigt hätten. Er würde sogleich melden, daß der Herr Graf eingetroffen sei. Von Imgjor war nicht die Rede. Offenbar hatte man sich bei ihr an solche Unregelmäßigkeiten gewöhnt.

Bei Tisch berichtete Graf Dehn über die Geschehnisse in Oerebye.

Er gab den Inhalt der vermiedenen Reden wieder, verschwieg aber in vornehmer Gesinnung sowohl Imgjors als auch des Doktors Anwesenheit. Es widerstrebte ihm, trotz seiner heftigen Abneigung gegen Prestö, den Angeber zu spielen. Die Herrschaften mochten selbst den Zeitungen einen Bericht über die Vorkommnisse entnehmen; und gar Imgjor ohne Not in ein ungünstiges Licht zu stellen, widersprach vollends seiner Stellung zu ihr.

Während noch Graf Dehn sprach, öffnete sich die Thür, und Imgjor trat mit dem ihr eigenen, sich gleichsam starrköpfig gegen die eigene Schönheit auflehnenden Ausdruck ins Gemach.

Sie sprach eine kurze Entschuldigung aus, sich verspätet zu haben, und suchte den Blicken und den Fragen ihrer Umgebung zunächst dadurch auszuweichen, daß sie dem ihr unmittelbar darauf von der Dienerschaft servierten Vorgericht mit hungrigem Eifer zusprach.

Und nur ganz allgemein hatte sie bei ihrem Eintritt das Haupt zum Gruß geneigt. Nichts deutete in ihrem Verhalten darauf hin, daß sie kurz vorher mit dem Gast des Hauses unter so ungewöhnlichen Umständen an einem fremden Orte zusammengetroffen war.

Aber schöner als je erschien sie dem Manne, dem sie fortgesetzt mit solcher Nichtachtung begegnete.

Dieses Uebermaß von finsterer Verschlossenheit, verbunden mit Reizen, wie verschwenderischer die Natur sie nicht austeilen kann, machte sie für ihn unwiderstehlich; gerade diese Kälte entflammte sein Inneres nur noch mehr.

Er schaute mehrmals verhohlen zu ihr hinüber, während nun das Gespräch einen regelmäßigen Fortgang nahm, oder auch von den Anwesenden eifrig den Speisen zugesprochen wurde.

Heute lag auf ihren Wangen ein zartes Rot, ein fast fieberhaftes, das die Erregung zufolge der heutigen Erlebnisse darauf zurückgelassen hatte. In ihren Augen aber glühte ein stilles, dunkles Feuer, jenes der Begeisterung für die Ideale, welche ihre Brust erfüllten.

Dabei waren ihre Körperlinien so unschuldig, ihre Erscheinung und ihr ganzes Wesen so jungfräulich, so unnahbar, ihr Wuchs so edel, die kleinen

Hände trotz der zarten Farben so fest, so energisch gebildet. Mit ihrem schlichten, auf die weiße Stirn fallenden rotblonden Haar glich sie einem mit höchster Schönheitsvollendung geschmückten Weibe.

Und dieser überwältigende Eindruck ihrer gesamten Erscheinung machte Axel nachdenklich und schweigsam, so völlig anders, daß Lucile, die gleich beide argwöhnisch beobachtet hatte, nunmehr wiederholt auf ihre Schwerer einredete.

"Wo warst du, Imgjor? Bist du die ganze Zeit unterwegs gewesen?" warf sie forschend hin.

Imgjor erwiderte mit einem kurzen, tonlosen Ja. Da eben von Frederik eine Pastete herumgereicht wurde, nahm sie die Gelegenheit wahr, sich den Anschein zu geben, als ob sie das Auffüllen dieses Leckerbissens auf ihren Teller zu ausschließlich beschäftige.

"Willst du keinen Fisch vorher?" fiel nun die Gräfin ein, da eben einer der Diener mit diesem Gericht zur nachträglichen Darreichung erschien.

"Nein, ich danke!—Ich habe sehr wenig Hunger—"

Und zu jenem, der sich ihr inzwischen ehrerbietig genähert, mit der ihr eigenen, steten Freundlichkeit gegen Untergebene: "Vielen Dank, Christian! —Ich nehme nicht—"

Nun trat eine Pause ein. Alle waren mit sich beschäftigt, und die Herren tranken auf des Grafen Aufforderung einen von Frederik soeben eingeschenkten alten, besonders vorzüglichen Rotwein.

Dann sagte die Gräfin: "Nun, Imgjor? Wo warst du also den ganzen Morgen? Lucile fragte dich, und du antwortetest nicht."

Wie aus einem Traume erwachend, erhob Imgjor, die kaum von der Pastete gekostet, den Kopf, sammelte sich aber, verfinsterte die Stirn und sagte in einem launenhaft ungeduldigen Ton: "Ich bin doch kein Schulkind mehr, das man fortwährend examinieren muß, Mama! Deshalb gab ich Lucile keine Antwort—"

"Nun ja! Aber wo warst du? Jetzt frage ich dich!"

Imgjor zog mit einer Geberde der Auflehnung die Schultern und spreizte die Lippen, entgegnen aber nichts. Eine Lüge widerstrebte ihr, jedoch zu bekennen, worum es sich handelte,—gewann sie nicht über sich.

"Nun, antworte doch, wenn deine Mutter mit dir spricht!" herrschte jetzt heftig, ungeduldig der Graf. Imgjors zu Tage tretender Trotz nahm alle und auch ihn gegen sie ein, und nur Fräulein Merville—Axel sah's—auf Imgjors Seite.

In ihrem Angesicht erschien ein unruhiger, besorgter Ausdruck.

"Bitte! Rede doch—gieb keinen Anlaß zum Verdruß!" stand in ihrem auf Imgjor gerichteten Blick geschrieben, während sich in Luciles Mienen Unwille und jene stolze Auflehnung bemerkbar machte, das ihre Schönheit zwar beeinträchtigte, aber die Majestät ihrer Erscheinung jederzeit hob.

Was jedoch die Anwesenden erwarteten, geschah auch jetzt nicht.

Zuerst erschien ein hilfloser Ausdruck in Imgjors Kindergesicht. Dann schob sie den Teller und die Serviette zurück, erhob sich und verließ, während sie durch Zusammenbeißen der Zähne ihre Bewegung und auch die aus ihren Augen strömenden Thränen vergeblich zu bannen suchte, das Zimmer.

Offenbar erlag sie einer durch die Gewalt der starken Eindrücke des Tages hervorgerufenen, krankhaften Abspannung der Nerven, und nicht Trotz und böser Wille, sondern diese Unfreiheit und die Auflehnung dagegen, daß man ihr in Gegenwart des Gastes und der Dienerschaft so begegnete, ließen sie so handeln.

Wenn Graf Dehn vordem durch Schweigen für sie Partei genommen, so geschah's jetzt mit Worten.

Er wollte als ihr guter Freund handeln, wie sie ihm auch begegnen mochte.

Im Saal des Landhofes hatten sich einmal während seiner Rede ihre Blicke getroffen, und beide hatten sich, wie ertappt, abgewendet. Aber eben diese Beachtung von ihrer Seite hatte Axel belehrt, daß sie ihm gegenüber nicht völlig gefühllos war.

"Komtesse Imgjor ist offenbar nicht wohl—" hub er in einem versöhnlichem Tone an. "Ich sah, während Komtesse Imgjor die Suppe aß, daß sie mehreremals auffallend die Farbe wechselte—"

"So—so—In der That?" fiel der Graf, der offenbar seine Schroffheit bereits bereute, mit gutherziger Unbequemung ein.

Und als Axel den Blick auf die übrigen richtete, begegnete er in dem Angesicht des Fräulein Merville einem dankbaren Ausdruck, während in den Zügen der Gräfin ein unbiegsamer, in denen Luciles ein solcher von höchstem Unwillen haftete.

Freilich wich er in Luciles Antlitz sogleich. Er verwandelte sich, während sie erst einen tiefen, träumerischen Blick auf den Gast richtete, in einen Axel zugewendeten still hingebenden.

Graf Dehn entging das nicht, und er wurde davon so stark berührt, daß sich seine Gedanken eine Weile ganz auf Lucile richteten.

Aber ebenso rasch schüttelte er den Kopf, und ein erneuter Blick auf sie betätigte auch eine von ihm offenbar nur genährte Illusion.

Umsomehr aber beschäftigten sich seine Gedanken mit Imgjor.

Er würde eine Welt darum gegeben haben, sie jetzt sprechen, mit seinen Augen in ihre Seele einmal hinabtauchen zu können.

Die Stunden zwischen dem Essen und dem kleinen Feste nahm sich Graf Dehn vor, allein in seinem Gemächern zuzubringen. Er erklärte, daß er Briefe schreiben müsse, und man erhob auch keinen Widerspruch. Auch die übrigen schienen von demselben Verlangen beherrscht zu werden, sich zu vereinsamen.

Als Axel sein Wohngemach betrat und, bevor er sich niederließ, arglos Umschau hielt, fand er auf seinem Schreibtisch ein kleines, mit goldenen Linien umrändertes Kouvert. Er griff hastig danach, und da ihm ein unbestimmtes Gefühl sagte, daß es mit Imgjor zusammenhänge, öffnete er es in fiebernder Spannung. In der That fand er einige Worte von ihrer Hand.

Aber freilich brachten sie nicht, was er ersehnt, was er fast gehofft hatte.

Auf einer zierlichen Karte standen die Worte: "Ich wiederhole, es giebt keinen Weg, der uns zusammenführen kann. So lassen Sie mich! Ich bitte, ich beschwöre Sie! Für Ihre Diskretion meinen Dank. I."

So war also doch nichts gewonnen! Axel ließ sich entmutigt in seinen Sessel sinken und saß lange, abwesend, seinen Gedanken hingegeben.

Stark benommen und nichts weniger als zu einem Zusammensein mit Menschen aufgelegt, nahm er sodann in späterer Stunde die Meldung Frederiks entgegen, daß die Gäste im Anzuge seien.

Soeben hätten sie den Schloßhof überschritten.

"Und Doktor Prestö? Ist er auch dabei, Frederik?"

"Jawohl, Herr Graf, er ist schon im Flur, Cristian ist ihm behilflich—"

"Ich danke Ihnen. Ich werde sogleich erscheinen—" Axel sprach's zerstreut und machte sich, mechanisch handelnd, an seine Toilette.

Da die Anwesenden im Schloß schon eine Anzahl von Personen ausmachten, so war's nicht zu verwundern, daß der Empfangssalon stark gefüllt war.

Es hatten sich alle höheren Beamten mit ihren Damen eingefunden, der Oberverwalter, der Verwalter, der Vorwerk-Inspektor, der Oberförster mit seinen zwei Unterbeamten, die Herren aus der Kanzlei und der Kasse, der Intendant und die Schreiber, des Grafen Sekretär und zudem die Honoratioren aus dem Dorfe.

Es wurde zunächst Thee herumgereicht. Dann musizierten Lucile und die Pastorin, und eine Verwandte des Apothekers aus Kopenhagen sang mit einer gutgeschulten, sympathischen Stimme.

Das nahm, einschließlich der Empfangsgespräche, denen die Gräfin mit vollendetem Geschick einen warmherzigen Charakter zu verleihen wußte, eine kleine Stunde in Anspruch. Dann wurde das Zeichen zum Tischgang gegeben.

Der Pastor, als ältester und würdigster Herr, führte die Gräfin und der Graf die Gemahlin des ersteren. Im übrigen wählte, der hier herrschenden Sitte entsprechend, jeder Herr seine Dame selbst, und allezeit fügten sich, trotz dieser Uneingeschränktheit, die Dinge den Verhältnissen angemessen.

Jeder wußte von selbst, auf welchen Platz er gehörte. Ihn leiteten Gewohnheit und natürliches Taktgefühl. Ein gleiches galt von der Wahl der Damen selbst.

Axel hatte, schnell entschlossen, Lucile den Arm geboten. Sie sah ihn überrascht fragend, aber auch sichtlich angenehm berührt an, und lächelte mit einem feinen, überlegenen Lächeln.

"Wie, Herr Graf? Eine Lucile, wo es eine Imgjor giebt?" neckte sie. Und er, während er an der in Silber und Krystall funkelnden Tafel Platz nahm: "Darauf darf ich entgegnen, Komtesse: es überraschen und beschämen den Grafen Dehn so gütige Worte umsomehr, als so zahlreiche Mitglieder aus Fürstengeschlechtern nach Rankholm hinüberschauen!"

"Ah, das war nicht hübsch! Das war boshaft, Graf Dehn—" entgegnete Lucile. "Sie lohnen mir meine Offenherzigkeit mit Spott! Glauben Sie, daß ich keinen Wert auf die Erstarkung unserer Freundschaft lege?"

"Ja, ich fühle es, und es macht mich überaus stolz und glücklich, Komtesse!" fiel Axel, den leichten Ton verlassend, ein. "Heute namentlich thut mir Güte und Wärme doppelt wohl, da sich—Sie sprachen von Ihrem Fräulein Schwester—bereits mein Schicksal entschieden hat."

"Wie?—Es ist etwas geschehen? Ah—ahnte mir's doch!" Lucile sprach's stark betonend und lehnte mit der ihr eigenen, kurz abweisenden Art eine Schüssel ab, die eben einer der Diener beim Anbieten zwischen sie und ihren Nachbar schieben wollte.

"O ich bitte, erzählen Sie mir!" fuhr sie fort und warf zugleich einen Blick zu ihrer Schwester hinüber, die neben Prestö saß und trotz eifrigen Redens eben mit gespanntem Ausdruck zu ihnen beiden hinüberschaute.

Axel hob die Schultern und lächelte schwermütig.

"Erlassen Sie mir Einzelheiten, Komtesse! Die Sache hat ein Vorspiel, über das ich noch nicht sprechen, worüber ich auch Ihnen gegenüber mich nicht eher auslassen möchte, bis die Geschehnisse von anderer Seite zu Ihnen gedrungen sind. Nur soviel: Komtesse Imgjor hat mir heute die wiederholte Erklärung gegeben, daß uns keinerlei Wege zusammenführen könnten!"

Zuerst blitzte es nach diesen Worten in Luciles Angesicht auf. Dann aber wurden ihre Mienen wieder ernst, und indem sie Graf Dehn mit einem sanft gelassenen Ausdruck ansah, sagte sie:

"Natürlich vermag ich ohne den Zusammenhang der Dinge keine zutreffende Meinung abzugeben. Aber daß solche Erklärungen meiner Schwester oft gerade das Gegenteil bedeuten, kann ich Sie versichern. Jeder hat seine Art. Sie hat die ihrige. Börne, der deutsche Denker, sagt einmal: Ernsthafte Frauen gleichen leeren Koffern mit sieben Schlössern. Ich möchte von meiner Schwester sagen, sie gehört zu jener Gattung von weiblichen Wesen, von denen man behaupten könnte: Hinter den Eisbergen ihrer Mienen lodern tausend heiße Flammen—"

"Wie? Sie glauben—?"

Lucile nickte.

"Einen Fall nehme ich aus. Hat sie bereits die ebenso große Unbesonnenheit wie Geschmacklosigkeit begangen, sich mit dem Plebejer drüben zu verloben, so ist natürlich nichts zu machen."

"Ich möchte das als höchst wahrscheinlich annehmen, Komtesse—"

"Ein mehr als schrecklicher Gedanke, Graf Dehn! Worauf stützen Sie Ihre Eindrücke, wenn ich bitten darf?"

Graf Dehn zögerte erst, dann kam ihm ein Entschluß, und er sagte:

"Für einen in seinem Geist und Gemüt beschwerten Menschen giebt's kein größeres Labsal, als sich aussprechen zu können, einen Vertrauten zu besitzen, dem er rückhaltlos über alles zu berichten vermag, was ihn beschäftigt.

Dieser Umstand und die Sicherheit, daß meine Eröffnungen Komtesse Imgjor nützlich sein können—ich gestatte mir, später zu sagen, in welcher Weise ich mir das vorstelle—lassen mich unter der Bitte vorläufiger Verschwiegenheit reden!"

Nach dieser Einleitung erzählte Graf Dehn Lucile alles, was geschehen war, und schloß mit den Worten:

"Sie äußerten sich jüngst über die Möglichkeit, daß Ihr Fräulein Schwester Rankholm verließe—dringen Sie gleich—ich bitte—darauf, damit sie von Prestö getrennt wird, und auch darauf, daß man ihn, sobald sie zurückkehrt, nicht mehr hier findet!"

"Ja, ja"—Lucile, die mit größter Spannung zugehört und namentlich bei der Schilderung dessen, was Graf Dehn selbst im Landhof gesprochen, mit lebhaftem Ausdruck ausgehorcht hatte, nun sinnend zurück.

"Wenn es nur nicht zu spät ist! Ich fürchte nach dem, was Sie mir gesagt haben, allerdings, daß sie schon die Thorheit begangen hat. Und ist's der Fall, dann giebt's keine Schlösser und Ketten, keine Länder und Entfernungen, die sie von ihm und ihren Entschlüssen trennen würden. Selbst ein nachträgliches Erkennen seiner Unwürdigkeit würde sie abhalten, ihr einmal gegebenes Wort zu brechen; die allerschwersten, die größten Selbstaufopferungen mit sich führenden Pflichten würde sie auf sich nehmen."

"Eine Hoffnung besteht vielleicht noch, Komtesse!" fiel Axel ein.

"Sie erinnern sich, daß Graf Knut mir erzählte, Prestö sei verlobt. So hat doch vielleicht nur die gemeinsame Sache sie zusammengeführt."

"Ja, sie hat sich ihm ursprünglich wohl nur deshalb genähert,"—betonte Lucile—"ihn aber—glauben Sie es—bestimmt ihr Geld und die Befriedigung seiner maßlosen Eitelkeit. Um derentwillen wird er ein bereits eingegangenes Verlöbnis zu Imgjors Gunsten lösen. Ich halte den Menschen zu allem fähig, sofern es sich um die Erlangung von Macht und Besitz handelt—"

"Ich beurteile Prestö ebenfalls ungünstig, er ist mir zugleich namenlos unsympathisch. Aber das möchte ich doch nicht unterschreiben. Für unehrenhaft, für einen Schurken halte ich ihn nicht. Er ist ein krasser Egoist und Fanatiker, aber—"

"Ja, ja, das ist ja eben Ihre rührende Art! Obschon Ihnen die Natur einen so scharfen Verstand verlieh, obschon Sie einen starken Spürsinn besitzen, bewahren Sie sich doch ein vertrauendes Herz und glauben an die Menschen! Und eben solche wie Sie, in solcher Mischung, giebt's wenige. Wo ist die rechte Harmonie zwischen Verstand und Gemüt, zwischen strengen Grundfarben und Koncilianz?"

"Sie beschämen mich, Komtesse—"

"Ich sage, wie ich es meine, Graf Dehn. Und wäre Imgjor nicht krank,—ihre überspannten Ideen sind krankhafter Natur—so wäre sie die Rechte für einen Mann, wie Sie es sind.—Ach, meine Mutter hat viel verschuldet! Sie—sie— hat Imgjor durch eine übergroße Strenge in den Kindheitsjahren in diese Welt des Widerstandes getrieben—"

"Wie? Das sagen Sie, Komtesse? Schon einmal deuteten Sie auf dergleichen hin! Wie schmerzlich ist es mir, daß Sie an einer, in meinen Augen so seltenen Frau, wie Ihre Mama es ist, nicht alles zu loben vermögen, daß Sie sie nicht blindlings lieben—"

Lucile bewegte die Schultern, deren vollendete Formen durch ein tadellos sitzendes Gewand aus zarter grüner Seide noch mehr gehoben wurden. Auch zog sie die ausdrucksvollen Lippen und sagte stark betonend:

"Doch, ich liebe meine Mutter zärtlich. Aber gerade, weil ich sie so sehr liebe, möchte ich sie als höchstes Ideal betrachten können. Es liegt etwas vor, das ich nicht verstehe. Ich spreche nicht allein über Mamas Haltung Imgjor gegenüber—"

In diesem Augenblick schlug Graf Lavard ans Glas, um einen Toast auf die Gäste auszubringen. Dadurch wurde Lucile in ihrer Rede unterbrochen. Ueberdies bemerkten beide, daß man sie beobachtete. Infolge dessen richteten sie ihre Blicke mit unabgewendeter Aufmerksamkeit auf den Sprechenden, und nur einmal warf Graf Dehn das Auge auf seine Umgebung. Und als dies dann auf Imgjor fiel, sah er erst, daß Prestö ihr etwas zuflüsterte, und dann, daß sie ihm rasch mit einem ihrer süßen Blicke antwortete, einem jener Blicke, in denen das ganze bestrickende Wesen ihrer tiefen, anschmiegenden Seele zum Ausdruck gelangte.

Aber eine noch stärkere Bestätigung seiner schwermütigen Vermutungen empfing Graf Dehn, als er kurz vor Schluß des Festes, ohne es zu wollen, Zeuge eines Gespräches zwischen ihr und Prestö wurde.

Als er den von allen und auch von ihm inzwischen betretenen Park auf Augenblicke verließ, um sich eine Cigarre aus dem neben dem Speisegemach befindlichen Rauchzimmer zu holen, sah er in ersterem Imgjor und Prestö einander zärtlich die Hände schütteln und hörte das junge Mädchen deutlich sagen:

"Also, bitte, übermorgen Abend!" zugleich aber traten beide, Axel bemerkend, verwirrt zurück. Imgjor wandte sich der Gartenseite zu und der Doktor, der ohnehin während dieser Stunden Axel fortdauernd hochmütig ausgewichen war, verbeugte sich kurz mit eisiger Förmlichkeit gegen ihn und verließ das Gemach.

"Ja, Herr Doktor Prestö ist soeben zu einem Kranken gerufen. Er begegnete mir hier gerade beim Fortgehen—" erklärte Imgjor, als sich Axel ihr mit kavaliermäßiger Artigkeit anschloß und, um überhaupt etwas zu reden, die Frage aufwarf, ob Prestö die Gesellschaft bereits verlassen wolle.

Aber einer Erörterung über das, was unausgesprochen zwischen ihnen lag und einen so bedeutungsvollen Inhalt besaß, wußte sie dadurch auszuweichen, daß sie, als er eben zu weiteren Worten anheben wollte, von ihrem Hunde zu sprechen begann.

Und das geschah mit einer so unbefangenen Miene, daß Graf Dehn überhaupt die Möglichkeit abgeschnitten wurde, ein anderes Thema zu berühren. Auch neigte sie, nachdem sie die Treppen zum Garten hinabgestiegen waren, kurz verbindlich das Haupt und gesellte sich zu der gerade ihnen entgegenschreitenden Nichte des Pastors.—

* * * * *

Am nächstfolgenden Tage wurden die Bewohner von Rankholm durch die sehr unerfreuliche Botschaft überrascht, daß im Dorfe das Scharlachfieber ausgebrochen und daß bereits zwei Dutzend Personen, Große und Kleine, davon ergriffen seien.

Der Graf erzählte davon beim zweiten Frühstück und ermahnte die Tischgenossen, den Verkehr mit den Dorfbewohnern vorsichtig zu meiden. Es wurde sogar überlegt, ob nicht der sonst stets erfolgende Kirchenbesuch für den bevorstehenden Sonntag ausgesetzt werden solle.

Der Graf befürwortete ein Fortbleiben; die übrigen schlossen sich ihm stillschweigend an, und nur Imgjor gab keine Meinung ab.

"Nun, Kind—hast du gehört? Halte dich also vom Dorf fern!" warf die Gräfin mit einem auf ihre Tochter gerichteten, auffordernden Blick hin.

Imgjor bewegte den Kopf.

"In die Kirche werde ich auch nicht gehen. Aber ins Dorf möchte ich jetzt gleich und möchte mich umsehen, ob ich nicht helfen, vielleicht als Krankenpflegerin mich nützlich machen kann."

"Du wirfst das nicht thun, unter keinen Umständen! Ich wünsche es nicht—" entschied die Gräfin.

"Willst du mich denn hindern, ein gutes Werk zu thun, Mama? Welchen Wert hat alle Religion, wenn sie mit keinen Thaten verbunden ist?"

"Du hast—" entgegnete die Gräfin—"nicht nur auf den Drang, zu helfen, den ich gewiß nicht tadle, Rücksicht zu nehmen, sondern auf die ganze Familie und sämtliche übrigen Mitbewohner von Rankholm.

Scharlach ist so ansteckend, daß es geradezu Leichtsinn wäre, sich unnötig mitten in die Gefahr zu begeben.—"

"Unnötig, Mama? Sollen wir uns nicht der Armen und Notleidenden annehmen?"

"Ja, ja, Imgjor! In solchen Antworten liegen deine Phantastereien. Die

Beschäftigung mit dem Idealsten in der Welt kann verderblich statt segensreich wirken, wenn es eine verkehrte Hand zu ungeeigneter Zeit ins Praktische zu übertragen sucht.

Wie nun, wenn wir dich gewähren lassen und alle hier von einer Ansteckung befallen werden, wenn gar die Krankheit einen tötlichen Ausgang nimmt? Meinst du, daß die vom Dorfe heraufeilen werden, um uns zu pflegen, selbst wenn wir verkündeten, wir erwarteten, daß sie es thun möchten? Keiner, der Pastor ausgenommen, der stillschweigend mit seinem Amt solche Samariterpflichten gegen die Gemeinde übernommen hat, wird auch nur auf den Gedanken geraten. Und darin steckt's! Fortwährend wird von den Bauern der Anspruch an Opferwilligkeit von unserer Seite erhoben, und nach Kräften wird diesem Anspruch von den besser Gesinnten entsprochen. Aber wer hilft dem Gutsherrn, wenn er der Hilfe bedarf, wenn er etwa gar verarmt? Er wird vergeblich die Hände ausstrecken. Du solltest endlich deine Vernunft gebrauchen, statt solchen Gefühlsideen blindlings Gefolgschaft zu leisten. Stehen wir dir denn näher oder die in Kneedeholm? Ja, wenn's wirklich erforderlich wäre! Aber im Dorf haben sie Menschen und Kräfte genug, sich gegenseitig auszuhelfen!"

"Ich kann ja in Kneedeholm bleiben, bis alles sich gewendet hat, Mama. So bringe ich euch in keine Gefahr—" fiel Imgjor, ohne dem von ihrer Mutter allgemein Gesprochenen eine Antwort zu erteilen, mit trotziger Beharrlichkeit ein.

"Nein!" erklärte nun auch der Graf, bevor die Gräfin zu weiterer Rede anzuheben vermochte. "Auch ich verbiete dir das Betreten des Dorfes für die nächste Zeit, schon deshalb weil ich nicht wünsche, daß du ferner mit Prestö in Berührung gelangst, und das wäre bei solcher Thätigkeit unvermeidlich. Eben lese ich in der 'Orebye Tidende', was der Monsieur dort vorgestern in einer Versammlung meiner Bauern zusammengesprochen hat. Es ist ja die vollkommene Aufreizung gegen den Landadel. Schon heute würde ich ihn zur Rede gestellt haben, wenn nicht unten die Epidemie ausgebrochen wäre. Ist sie aber beseitigt, so mag er gehen. Ich will ihn hier nicht mehr haben!"

"Kannst du ihn gehen heißen, Papa? Er steht doch nicht in deinem Dienst! Er kann doch seine Thätigkeit aufnehmen, wo er will. Höchstens als Arzt fürs Schloß kannst du ihn abschaffen—"

"Die Entscheidung darüber wirst du mir gefälligst überlassen, meine Liebe! Ich habe deine Belehrungen nicht erbeten und erkläre sie für völlig unpassend. Aber da aus ihnen und aus deiner fortwährenden straffen Parteinahme für diesen Herrn sich nur noch mehr erhärtet, welches Gift es für dich ist, mit ihm in Beziehungen zu bleiben—ihm, gerade ihm, haben wir offenbar deine Bauernfreundlichkeit auf Kosten des Wohlergehens deiner eigenen Familie zu verdanken—so erscheint mir der Zeitpunkt gekommen, daß du einmal Rankholm verläßt und in Verhältnisse gelangst, die dich solchen Beeinflussungen gründlich entziehen.—Nicht wahr, du bist auch neulich in Oerebye gewesen?"

Imgjor sah ihren Vater fest und ohne eine Miene zu verziehen an; nur in den Augen zitterte etwas, das auf die Regungen ihres Innern Schlüsse ziehen ließ. Aber sie antwortete nicht.

"Ich las Ihre ausgezeichnete Rede, für die ich Ihnen noch aus vollem Herzen danken wollte, lieber Graf Dehn—" fuhr der Graf, ohne auf einer besonderen Bestätigung der an seine Tochter gerichteten Frage zu beharren, zu Axel gewendet fort: "Sie vermögen Auskunft zu geben, ob meine Tochter dort war —?"

"Nein, Herr Graf! Ich vermag darüber nichts zu sagen. Aber ich danke Ihnen für Ihr gütiges Lob. Ich bin sehr glücklich, daß Ihnen die Ausführungen, zu denen ich infolge der Rede des Doktor Prestö gedrängt wurde, gefallen haben."

In Imgjors Angesicht zuckte es bei Axels Worten auf, aber sie lohnte ihm seine Ritterlichkeit auch nicht einmal durch einen Blick.

Wohl aber reckte sie plötzlich den Oberkörper empor und sagte mit großer Entschiedenheit im Ton: "Ich werde nachher auf dein Zimmer kommen, Papa. Ich bitte, daß du es erlaubst. Dort werde ich dir auf alles Antwort geben. Jetzt, jetzt gestatte, daß ich mich entferne."

Nach diesen Sätzen richtete sie sich, die Serviette von sich streifend, empor und war bereits an der Thür, bevor der Graf sie zu hindern vermochte. Aber sie hatte nicht mit der Gräfin gerechnet.

"Ich möchte dich jetzt gleich sprechen, Imgjor! Bleibe!" befahl sie.

"Ich wünsche an der Unterredung teilzunehmen. Ohnehin ist es Zeit, aufzustehen. Sie gestatten, lieber Graf Dehn! Und es ist dir recht, Lavard?" fügte die Gräfin biegsam im Ton hinzu und wußte den anfangs etwas zögernden Grafen zur Beipflichtung zu veranlassen.

Infolge dessen erhoben sich alle; und alle richteten jetzt den Blick auf Imgjor. Sie aber stand wie ein Marmorbild an der Thür und erst, als ihre Mutter eine Bewegung machte, durch die sie ihren Befehl wiederholte, schoß etwas in ihre Augen, das den unheimlichen Glanz eines unbeugsamen Willens besaß.

Alsdann reichten jene, mit Ausnahme von Imgjor, dem Grafen Dehn vertraulich die Hand und verließen das Gemach, und nur Lucile, die begierig nach dem Zeitungsblatt gegriffen hatte, das der Graf, ihr Papa, bei seiner Rede aus der Tasche gezogen, blieb noch im Zimmer.

"Ich kann es kaum erwarten, zu lesen, wie Sie dem widerwärtigen Menschen entgegengetreten sind, Graf Dehn!" begann sie. "Und wie finden Sie Imgjors Benehmen?" fuhr sie fort. "Ist es nicht unerhört, in welcher Weise sie die Rücksichten gegen ihre eigene Familie bei Seite schieben will? Ich muß sagen, ich stehe ganz auf Mamas Seite. Und es geschieht ja auch nun ohne unsere Einwirkung das, was Sie als erforderlich bezeichneten. Imgjor wird— ich hoffe, daß Papa darauf besteht—Rankholm verlassen. Was wird nun aber aus Ihnen, lieber Graf! Werden Sie es allein mit uns aushaltenkönnen?"

"Sie wissen, wie ich über Sie alle denke, wie sehr ich Sie alle schätze und verehre, Komtesse. Das ist meine Antwort. Aber etwas anderes drängt sich mir auf. Wohin wird man Ihr Fräulein Schwester schicken? Soll sie Nutzen haben von einer Entfernung, muß sie in keine Umgebung gelangen, wo man ihr schroff entgegentritt. Man muß ihr mit Güte begegnen und versuchen, sie allmählich von dem Unwert ihrer übertriebenen Ideen zu überzeugen."

"Ja, Sie haben Recht, Graf Dehn. Was raten Sie?"

Ich kenne Ihre Beziehungen nicht, Komtesse. Ich wüßte aber ein Haus, wo—"

"Nun?"

"Bei meinen Eltern in Dresden. Sie würden die Komtesse mit Freuden aufnehmen!"

In Luciles Angesicht, die wohl aus besserer Ueberzeugung schroff gegen ihre Schwester auftreten konnte, sie aber trotzdem zärtlich liebte, blitzte es auf.

"Ja, ja! Das wäre eine Idee, eine vortreffliche!" stieß sie heraus. "Gleich will ich mit den Eltern darüber sprechen, wenn wirklich den Ihrigen ein solcher Plan genehm sein würde."

"Meine Eltern werden sehr glücklich sein—" entgegnete Axel, "wenn Sie ihnen Gelegenheit geben, ihre freundschaftlichen Empfindungen zu bethätigen. Darüber besteht kein Zweifel.—Aber ob Komtesse Imgjor damit einverstanden sein wird, ist mir sehr zweifelhaft, Komtesse. Ich fürchte, sie wird sich weigern, bei der Familie desjenigen Gastfreundschaft entgegenzunehmen, gegen den sie so unzweideutige Beweise ihrer Abneigung an den Tag legt. Ich fürchte sogar, daß sie mich seit den letzten Vorgängen haßt—"

Lucile schüttelte diesmal nur sanft den Kopf und sah Axel mit einem Ausdruck an, als ob sie sich über die tiefere Bedeutung des von ihm Gesagten unterrichten müsse. Und dann noch einmal, aber sie entgegnete nichts.

* * * * *

Daß Imgjor zu dem Doktor Prestö hielt, hatte die Versammlung in Oerebye und hatten die übrigen früheren und neueren Vorgänge bewiesen. Aber ob ein Liebesverhältnis zwischen ihnen bestand, war noch nicht aufgeklärt. Dieser Umstand ließ Graf Dehn alle seine Gedanken darauf richten, wie er es anstellen könne, sich darüber eine Gewißheit zu verschaffen.

Da er Zeuge der Verabredung zwischen Imgjor und Prestö gewesen, hatte er hin und her überlegt, wo diese Zusammenkunft wohl stattfinden werde, und immer wieder war er zu dem Ergebnis gelangt, daß der von ihm entdeckte Gang im Turm, dessen Aus- und Einmündung er in der Folge nachgespürt, dabei eine Rolle spiele.

In der nach dem Garten gerichteten Seite dieses Zwischenbaues befand sich eine kleine, von Epheu umrankte, offenbar sonst seit Menschengedenken nicht mehr geöffnete Thür. Sie führte sicher zu dem Vorzimmer von Imgjors Räumen; von hier ging die dort mündende, zwischen der dicken, mit Lichtspalten versehene Mauer eingefügte Treppe aus.

Und dieser Teil der Turmseite selbst war hinter dichtem Gebüsch verborgen; niemand achtete auf diesen verdeckten Winkel.

Auch Axel würde schwerlich jemals dorthin einen Blick geworfen haben, wenn er nicht von solchen Voraussetzungen ausgegangen wäre.

Vom Dorf zweigte sich außer dem Fahrwege ein Pfad über die Wiese nach dem Gutsgebiet ab. Ihn benutzten die Fußgänger von Kneedeholm und die von Rankholm vorzugsweise. Er führte direkt auf den neben dem Schloß zur Rechten liegenden Arbeitsgutshof. Hier befanden sich die Wohnhäuser der Beamten, und ihn umkränzten in weitem Umfange die Gebäude der Meierei, die Kuh-, Pferde- und Schafställe, die Brauerei, das Dampfmaschinenhaus, die Remisen für die Herrschafts- und Arbeitswagen und die Häuser für die zahlreichen Arbeiterschaften.

Auf diesem Hof, hinter einer gleich den Eingang flankierenden Scheune, beschloß Graf Dehn abends zunächst Posto zu fassen, um Prestös Ankunft zu beobachten und dessen Schritte zu verfolgen.

Es gab nur diesen einen, direkt zum Park führenden Weg, und falls Prestö überhaupt kam, mußte er ihn einschlagen.

Zwischen dem Frühstück und dem Tischgang machte Graf Dehn mit dem Grafen einen längeren Spazierritt. Letzterer sprach bei dieser Gelegenheit wohl auch über Imgjor, aber er äußerte nichts über Inhalt und Verlauf der Unterredung mit ihr. Es machte Axel den Eindruck, als ob Imgjor ein Schweigen über ihre Angelegenheiten gefordert habe.

"Wir sprechen noch näher darüber!" hatte der Graf geschlossen. "Ich komme mit Ihrer Erlaubnis auch noch auf das von Ihnen meiner Tochter Lucile gemachte gütige Anerbieten zurück. Ich möchte vor entscheidenden Schritten erst einmal die Klarheit besitzen, die ich bisher nicht gewonnen habe.

Auf dem Plan steht auch, daß wir alle Rankholm verlassen und einige Zeit, etwa vier bis sechs Wochen, nach Kopenhagen übersiedeln. Sie wissen, daß wir dort ein eigenes Palais besitzen.

Natürlich—Sie begleiten uns! Sie bleiben unser Gast! Nur unter der Bedingung verlassen wir Rankholm."

Später kam der Graf auf die Versammlung in Oerebye zu sprechen.

"Jeder Gutsherr—" erklärte er—"muß seinen Herd und sein Eigentum schützen. Thun das alle, halten sie eben so fest zusammen, wie diejenigen, die übertriebene Forderungen erheben, so wird die gegenwärtige Bauernbewegung auf ein verständiges Maß herabgedrückt werden. Den Schutz erkenne ich in der rücksichtslosen Entfernung aller Ruhestörer, der Erhaltung geordneter Zustände, in einem möglichsten Entgegenkommen gegen diejenigen, die uns mit verständigen Vorschlägen zur Verbesserung der Lage der Bauern und Landarbeiter gegenübertreten—"

Diese Worte bewiesen, daß Graf Knut in seinem gelegentlich gefällten Urteil über den Grafen recht hatte. Nur dessen ungemessene, in besinnungslosen Jähzorn ausartende Heftigkeit hatte er getadelt.

"Die Lavards sind alle besonders. Sie besitzen eine Starke Eigenart!" hatte er geäußert. "Bei den meisten überwiegt Genialität und Energie, bei anderen neben hoher Intelligenz starke Erregbarkeit und Hang zum luxuriösen Wohlleben. Den hat der Graf lange abgestreift, aber das leicht erregte Blut wird ihm bleiben bis zum Tode, und das hat ihm und anderen schon viel Herzeleid gebracht."

Imgjor erschien nicht bei Tisch. Dagegen hatte sich Graf Knut eingestellt und wegen der immer stärker um sich greifenden Epidemie im Dorfe eine länger andauernde Gastfreundschaft erbeten.

Er regte, wie immer, durch seine gute Laune und seine frische Lebendigkeit die Gesellschaft an, und da auch Graf Dehn gewohnheitsmäßig einen lebhaften Geist entfaltete, verflossen die Stunden bis zur Schlafzeit in der angenehmsten Weise. Nach Tisch, nach einer längeren Promenade im Park, setzte sich die Gräfin mit dem Grafen Dehn an den Schachtisch, und die beiden Herren spielten eine Partie Pikett. Bei dieser Gelegenheit brach jene das von ihr bis dahin beobachtete Schweigen und erzählte Axel, daß Imgjor die Forderung gestellt habe, daß ihr ihr Erbteil ausgezahlt und völlige Bewegungsfreiheit eingeräumt werde.

"Sie sollen morgen alles und noch anderes erfahren—" sagte sie. "Mein Mann könnte hören, was ich spreche. Er wünscht, daß die Dinge einstweilen nicht berührt werden—" schloß sie mit gedämpfter Stimme.

Zu einer Gegenrede, namentlich zu einer Frage, ob Imgjor engere Beziehungen zu Prestö eingeräumt habe, vermochte Graf Dehn nicht zu gelangen.

Zum Thee erschien Imgjor, und auch an dem heutigen Abend trug sie—Axel schob's diesmal auf die bevorstehende Zusammenkunft mit Prestö, für welche helle Gewänder nicht geeignet waren,—ein dunkles Kleid. Sie sah wieder anbetungswert schön aus und kehrte gegen den Grafen Knut ein neckisch anschmiegendes Wesen heraus.

Zum erstenmal sang sie auf Graf Knuts wiederholte, dringende Bitte einige Lieder. Graf Dehn befand sich, während er ihren Vorträgen lauschte, in einer Art von Verzauberung. Sein Ich lag in ihren Banden. Etwas Aehnliches, die Seele Bewegendes, Ergreifenderes konnte man nicht hören.

Alle Register, das Gemüt zu rühren und dem Ohr die höchsten, einschmeichelndsten Wohllaute darzubieten, standen ihr zur Verfügung. Man jauchzte und weinte mit ihr.

Und wie niemals in ihrem Thun und Wesen das Bestreben zum Ausdruck gelangte, sich irgendwie besonders zur Geltung zu bringen, durch die ihr von der Natur zuerteilten Gaben Beifall oder gar Bewunderung einzuernten, so war's auch heute. Sie war frei von jeder Eitelkeit. Jedem Spiegel ging sie vorüber. Sich besonders zu schmücken, mußte sie jedesmal aufgefordert werden, und doch besaß sie, wie Lucile geäußert hatte, Gewänder, die Königinnen tragen konnten. Sie war mit ihrem blendenden Hals, ihren schneeigen Armen, ihrer Psychebüste, ihrem vollendeten Wuchs und ihrer vornehmen Haltung ein Wunderwerk der Natur.

Und sie so zu sehen, stand Axel in den nächsten Tagen auf Rankholm bevor.

Die Gräfin hatte darauf bestanden, daß der von ihr geplante Ball noch vor der Abreise nach Kopenhagen Stattfinde. Schon am nächsten Morgen sollten die Einladungen erfolgen und die Antworten durch abzusendende Stafetten gleich eingeholt werden.

"Noch eins! Ich bitte recht sehr, Komtesse!" drängte Graf Knut, nachdem Imgjor zwei Lieder gesungen hatte. "Singen Sie gütigst zum Schluß noch mein Lieblingslied!"—

"Ihr Lieblingslied? Ich weiß nicht—Welches ist's, Herr Graf?" gab Imgjor erst zögernd, dann, durch seine Blicke willfährig gemacht, zurück. Und "Ach ja—gewiß—ich weiß jetzt!" fügte sie dann äußerst bereitwillig hinzu, bat Lucile, sie zu begleiten, und sang nun ein kleines, in meinem ungestümen Tempo sich bewegendes andalusisches Lied:

"Einmal möcht', daß die Traumgedanken
Sich verwandelten in Wirklichkeit!
Einmal möcht' ich aus den Schranken

> Eingeh'n in die Seligkeit!
>
>   Seligkeit sind deine Lippen!
> Seligkeit ist deine Brust!
> Schenk, o Gott, der durst'gen Seele,
> *Einmal* diese trunk'ne Lust!"

Imgjor trug diese Verse mit einer solchen Verve des Ausdrucks vor, in ihren Augen erschien ein solch' überirdisches Feuer und ihr geöffneter Mund atmete eine solche verzehrende Sehnsucht, daß Graf Dehn, dem heiße Ströme durch die Glieder jagten, dabei an Luciles Worte erinnert ward. Sie hatte gesagt, daß hinter Imgjors kalt gemessenem Wesen heiße Flammen verborgen seien. Aber als sie dann wieder mit ihrem stumm verschlossenen Wesen vom Piano zurücktrat und gleich darauf gute Nacht sagte, Graf Knuts lautem Lob mit einer sanft bescheidenen Miene und von Graf Dehns stummer Bewunderung keine Notiz nahm, ergriffen ihn doch wieder Zweifel, ob sie bei diesem Vortrage wirklich Gleiches auch empfunden habe. Sie stellte sich offenbar nur in den Dienst ihrer Aufgabe. Ihre Gedanken und Sinne richteten sich sicher auf etwas ganz anderes. Ihr Inneres durchrieselte keine Leidenschaft für Prestö, sondern sie erfüllte jene Märtyrerliebe zur Menschheit, die sich selbst ans Kreuz schlägt. Alles, wenn's auch vielleicht einmal in ihr aufflammte, dämmte sie, diesem Dienst geweiht, zurück. Aber um so mehr verzehrte Graf Dehn das Verlangen, nun endlich Gewißheit zu erlangen. Sobald es irgend schicklich erschien, schützte er Kopfschmerzen und Müdigkeit vor und empfahl sich.

Nachdem er sich in seinen Gemächern möglichst dunkel gekleidet, benutzte er einen ihm alle Zeit zu Gebote stehenden Schlüssel zur Hauptthür des Schlosses, betrat den Hof und den diesen und die Gärten verbindenden offenen Durchgang, versicherte sich, daß in Imgjors Zimmern noch Licht brannte, und begab sich zunächst zu der hinter den Bosketts befindlichen Turmpforte. Als er jedoch die Hand auf den Drücker legte, gab dieser nicht nach. Er schloß daraus, daß Prestö noch nicht eingetroffen sei und eilte nun vorsichtig zur Rechten auf den Arbeitshof. Er lag in einem gleichsam geisterhaften Dunkel. Eben hatte sich der Mond, der bis dahin ein schwaches Licht verbreitet hatte, hinter schwarze Wolkenmassen geschoben. Aber Graf Dehn wurde dadurch nicht gehindert. Er kannte den Weg und betrat alsbald die Eckgrenze des Hofes und des Fußpfades, der hier in das Thal hinabführte.

Bevor er hinter der großen Scheune Posto faßte, spähte er noch einmal vorsichtig in das Dorf hinab.

Aber vorläufig vernahm und sah er nichts. Auch drunten lag die Welt in einem mystisch unheimlichen Dunkel und in jenem Schweigen, das häufig einer gewaltigen Aufregung in der Natur voranzugehen pflegt.—

* * * * *

Fast eine halbe Stunde stand Graf Dehn auf seinem Beobachtungsposten, ohne daß etwas geschah. Er hörte die Uhr vom Schlosse zehn schlagen, und später dröhnte eintönig auch der einzelne Schlag, der den ferneren Verlauf einer Viertelstunde verkündete, zu ihm herüber.—

Aber dann rührte sich etwas, jedoch nicht von der Dorfgegend her, sondern auf dem Hofe.

Von der Gartenseite her drang das Geräusch von Schritten an sein Ohr. Anfänglich nahm Graf Dehn an, daß es der Wächter sei. Es beunruhigte ihn dessen Kommen insofern, als der ihn begleitende Hund sehr wachsam war. Aber es war nicht der Wächter, der sich dem versteckt Harrenden näherte, sondern die Umrisse einer weiblichen Erscheinung tauchten vor den Augen des mit seinen Blicken die Dunkelheit durchdringenden Mannes auf.

Und keinem Zweifel unterlag's—es war Imgjor, die, sicher beunruhigt durch Prestös langes Fortbleiben, ihre Gemächer verlassen und sich in die Nacht hinausgewagt hatte.

Ein heißes Feuer loderte in dem Manne auf. Er hatte Mühe, sein klopfendes Herz zu bezwingen, als sie nun demselben Orte zuschritt, an dem er sich befand, zuletzt sogar—nur eine Armlänge von ihm entfernt—ihre Bewegungen hemmte und unbeweglich stehen blieb.

Eine Welt, Himmel und Erde, wären sie sein gewesen, hätte er darum gegeben, wenn sie, die da unruhig ins Thal hinab spähte, um seinetwillen sich durch die Nacht geschlichen, um seinetwillen hier verharrt und sehnsüchtig aufgeseufzt hätte.

Einmal schien's, als ob sie sich anschicken wolle, ins Dorf hinabzusteigen. Aber sie besann sich, wanderte hin und her und holte nur mehreremal, von Unruhe übermannt, tief Atem. Aber auch ein Hüsteln, das sie vergeblich zu dämpfen suchte, befiel sie. Offenbar von der Nachtluft unsanft berührt, zog sie das Tuch, das sie um ihre Glieder geschlungen, fester um sich, und rascher wurden ihre Schritte.

Aber nun befiel auch Axel ein Kehlkitzel.

Trotz heftigen Widerstands löste sich ein Laut aus seiner Brust, und Imgjor wich—er sah's von seinem Versteck aus—angstvoll erschrocken zurück. Aber nur für Sekunden. Dann leuchteten ihre funkelnden Augen durch die Nacht und richteten sich furchtlos spähend dahin, woher der Ton zu ihr gedrungen.

Schon glaubte sich Graf Dehn entdeckt und blitzschnell überlegte er, ob er sich ihrem Gesichtskreis durch ein rasches Entfernen entziehen oder sich zu erkennen geben solle, als zu seiner glücklichen Befriedigung fast gleichzeitig ein Geräusch—das Geräusch der Schritte einer eilig den Berg hinaufklimmenden Person—beider Ohr traf, und gleich darauf auch schon Prestö mit hastig gedämpfter Stimme auf die ihm rasch Entgegeneilende einsprach:

"Bist du's, Imgjor? Ah, Gottlob! Schon war ich in großer Sorge. Wie steht's, meine Imgjor? Habe Dank, daß du hergekommen bist! Aber ich vermochte nicht früher zu kommen, bis jetzt war ich bei Kranken und Sterbenden—"

Andere Worte, die er sprach, verschlangen die Nacht und die Entfernung. Einem übereinstimmenden Antrieb folgend, nahmen beide den Weg gegenüber zu den Wirtschaftsgebäuden, und unter dem Schutz ihrer dunklen Mauern und Dächer schritten sie dem Schloßgarten zu. Und Graf Dehn folgte ihnen in angemessenem Abstand, und als sie sich in seiner Laube niederließen, wußte er sich hinzuschleichen, um zu hören, was sie redeten.

Aus ihrer Unterhaltung ging hervor, daß Imgjor einwilligen wollte, Prestö anzugehören, wenn zweierlei Bedingungen sich erfüllten. Er sollte sich ganz in den Dienst der neuen Sache stellen, und er sollte ihr nachweisen, daß seine jetzige Braut selbst die Beziehungen zwischen ihm und ihr lösen wolle.

"Immer wieder muß ich es dir sagen, daß ich trotz meiner Liebe ein anderes Glück nicht zerstören will. Um solchen Preis will ich verzichten, muß ich entsagen! Ich würde nie froh werden können. Aus Schlechtem kann nichts Gutes entstehen.—"

Und immer von neuem Beteuerungen von seiner Seite, daß sie ihm glauben möge. Besondere Beweise beizubringen, sei unmöglich, weil seine frühere Braut überhaupt nicht mehr schreibe und frühere Zuschriften von ihrer Hand im Zorn von ihm vernichtet seien.

"Ich bin frei, Imgjor! Glaube mir doch! Was willst du mehr? Sie ist meiner Liebe nicht wert. Ich hatte sie schon aufgegeben, bevor wir uns fanden—"

"Lass' mich sie selbst sprechen! Höre ich aus ihrem Munde, daß sie dich frei giebt, gleichviel aus welchem Grunde, gehöre ich dir!—Ich darf, ich kann nicht anders, mein Freund! Es ist gegen meine Natur—"

Und dann wieder er. Er wisse nicht, ob jene sich überhaupt noch in Kopenhagen aufhalte. Sie habe die Absicht gehabt, als Erzieherin nach Lyon zu gehen. Sie sei sicher schon dort. Er wisse ihre Adresse nicht und könne, da sie keinen Anhang habe, solche nicht ermitteln.

"So lass' mich an sie schreiben. Wir werden ihren Wohnort durch die Polizei feststellen können—"

"Glaubst du mir denn nicht, Imgjor? Du kränkst mich durch dein Mißtrauen—"

"Ich glaube, daß du mich liebst und daß du mich mehr liebst als jene. Aber im Beginn unserer Bekanntschaft sprachst du von dem Mädchen in einem anderen Sinne und thatest einer zwischen euch eingetretenen Entfremdung keiner Erwähnung. Diese Thatsache besteht, und daraus leite ich ab, daß du doch vielleicht auf falschem Wege bist, nicht aus verwerflichen Gründen, vielmehr unter dem Einfluß deiner Liebe zu mir, welche dir die Dinge in einem für dich günstigen Lichte erscheinen läßt. Weshalb scheust du die Probe? Willst du mit Unrecht beginnen? Muß dir nicht auch an Klarheit liegen, mein teurer Freund?"

"Dich kann die rechte Liebe zu mir nicht beseelen, wenn du mich einer Schlechtigkeit für fähig hältst, Imgjor! Ich sag' es noch einmal: Ich kann und will jene nicht, und ich habe aus ihren Briefen die Ueberzeugung gewonnen, daß sie auch nur noch Zwang an mich fesselt."

"Siehst du also, mein Freund, du besitzest keine unbedingte Sicherheit! Lasse uns diese erwerben, und wir werden unsern Bund schließen. Will ich denn etwas anderes, als unser volles Glück, erstrebe ich etwas anderes, als daß wir es in unserer Liebe und in der Hingabe an unsere Ziele finden?"

So und ähnlich gingen die Worte zwischen ihnen hin und her, und nach Beendigung dieses Gesprächs, das mit derselben wiederholten Forderung Imgjors ausklang, erzählte Prestö von der im Dorf um sich greifenden Epidemie. Er betonte, daß es richtiger sei, den Ort zu meiden. Größte Vorsicht sei erforderlich. Er, der Arzt, habe die Krankheit früher gehabt und sei deshalb immun, aber sie, Imgjor, möge—so edelmütig ihre Absichten auch seien—sich keiner Gefahr aussetzen.

Auf ein weiteres Horchen verzichtete Graf Dehn. Was er wissen wollte, hatte er soeben vernommen. Zeuge ihrer Zärtlichkeit zu sein, vermochte er nicht. Er litt ohnehin namenlos, als Prestö sie in trunkener Leidenschaft an sich zog und sie sich mit einem stöhnenden, halb hingebenden, halb bangherzigen Laut an ihn schmiegte. Das Innere voll Erregung kehrte er durch den Garten nach dem Schlosse zurück.

* * * * *

Der nächste Tag brachte Axel abermals eine große, mit peinlichen Eindrücken verbundene Ueberraschung. Als er mittags nach einem Spaziergang sein Zimmer betrat, fand er wiederum einen Brief von Imgjors Hand auf seinem Schreibtisch. Er lautete:

"Noch einmal rufe ich den Kavalier in Ihnen an, Graf Dehn! Ich bitte, verlassen Sie Rankholm oder befreien Sie mich von dem unerträglichen Druck Ihrer zwecklosen und unerbetenen Observationen. Ich wiederhole damit eine schon früher ausgesprochene Bitte!"

Lange wanderte Graf Dehn nach dem Lesen dieses Schriftstückes auf und ab und erging sich sowohl in Vorstellungen über die Umstände, die seine Entdeckung herbeigeführt haben konnten, als auch in Gedanken über dieses ihn täglich mehr fesselnde und doch für ihn verlorene, junge Geschöpf.

Ein Roman spielte sich zwischen ihnen ab, in dem beide Teile ohne mündlichen Austausch und persönlichen Verkehr handelten und einer Lösung zustrebten.

Aber vorläufig stand eine solche noch in weiter Ferne.

Graf Dehn wollte nicht weichen und nicht verzichten. Er wollte dem Mädchen, das mit scharfer Logik den Kern aus den Dingen zu ziehen, und was sie zu sagen hatte, mit solcher lakonischen, von allem überflüssigem Beiwerk befreiten Kürze von sich zu geben wußte, den Beweis liefern, daß der von ihr begehrte Mann nichts anderes sei—jetzt stimmte er Luciles Auffassung bei—als ein kaltherziger Selbstling, ein zugleich so dünkelhafter Mensch, daß er sogar die ihm zu Gebote stehende Verstellungskunst, sofern sie nicht seinen Götzen, Macht und Geld, zu dienen hatte, verschmähte.

Nach längerer, sorgfältiger Ueberlegung schrieb Graf Dehn die nachfolgenden Zeilen an Imgjor:

"Gewähren Sie mir mit Ihrem großen, guten Herzen, das sich nur mir gegenüber so kaltherzig versteckt, dennoch die Erlaubnis, noch einige Zeit in ihrer Nähe weilen zu dürfen! Meine Liebe und meine Bewunderung für Sie erhalten in mir den Drang, Sie vor einem Fehlgriff zu behüten, den Sie zu begehen im Begriff stehen. Ich wage zu sagen: Mißtrauen Sie dem Charakter und den Beweggründen des Mannes, an den Sie, ein so vollendetes Wesen, alle Ihre reichen Schätze verschwenden wollen, aufs äußerste! Rechnen Sie mit der Erfahrung und der Menschenkenntnis dessen, der Ihr wahrhafter Freund ist, der auf seine eigenen Hoffnungen verzichtet, Sie aber wenigstens glücklich wissen möchte! Ziehen Sie, wenn Sie ein Zusammengehen mit mir zu diesem Zwecke ablehnen, wenigstens, ich bitte, Graf Knut zu Rate! A.D."

Dieses Schreiben trug Axel selbst zu Imgjors Gemächern hinauf. Er hoffte, ihre Zimmer offen zu finden. Aber sie waren verschlossen, und der Schlüssel hing nicht mehr auf dem Haken von damals.

Noch im Zögern, wie er es beginnen sollte, ihr das Billet zu übermitteln, hörte er Schritte auf der Treppe, und da es keinen Ausweg gab, nahm er kurz entschlossen seine Zuflucht zu einer Portiere, hinter der er sich verbarg.

Es widerstrebte ihm ein solches Verstecken, aber die Vorstellung, hier angetroffen zu werden, machte ihm das Blut heiß.

Gleich darauf erschien einer der Diener des Schlosses, der sonst nur im Souterrain beschäftigt war, und klopfte, während er einen Brief aus der Tasche zog, an Imgjors Thür. Und noch einmal, da ihm keine Antwort wurde, und nun schon unschlüssig um sich spähend. Zuletzt schob er, rasch überlegend, mit kräftigem Nachdruck das Schreiben durch die Thürspalte, und nachdem das geschehen, stieg er vorsichtig wieder die Treppe hinab. Das war also der Mann, der auch ihm, Axel, die Briefe von Imgjor aufs Zimmer legte! Und das eben von ihm besorgte Schreiben war—Axel zweifelte nicht daran—von Prestö!

Während Graf Dehn noch so überlegte, trat er hinter seinem Versteck hervor, machte es mit seinem Brief wie der Diener und nahm auch, wie der, lautlos den Weg in sein Zimmer zurück. Sehr begierig war er, wie ihm Imgjor bei Tisch begegnen werde. Freilich, er konnte es sich mit Sicherheit vorhersagen. Sie verband es, wenn sie mußte, ihre Gefühle meisterhaft zu verbergen.

Bei Tisch ereignete sich nichts Besonderes. Es wurde vom Grafen über die Scharlachepidemie in Kneedeholm gesprochen. Dann wurde über das bevorstehende Fest geredet und zulegt wurde auch der Reise nach Kopenhagen und zugleich stets in dem Sinne Erwähnung gethan, daß es Lavards als selbstverständlich betrachteten, daß Graf Knut und Graf Dehn sich ihnen anschließen würden.

Imgjor war ernst und für sich wie immer, sie gab aber durch ihr Verhalten keinen Anlaß zu irgend welcher Verstimmung. Graf Dehn begegnete sie—wie er es vorausgesetzt hatte—mit der gewohnten völligen Unpersönlichkeit in Blick und Wesen.

Erst nach Tisch fand Axel Gelegenheit, die Gräfin zu sprechen. Sie ergänzte, selbst damit beginnend, ihren jüngsten Bericht durch die Mitteilung, daß Imgjor auf die Frage ihres Vaters, ob sie Beziehungen zu Prestö unterhalte, erwidert habe, es sei möglich, daß sich ernste Beziehungen zwischen ihnen entwickeln würden. Vorderhand tausche sie mit ihm, dem sie Sympathie, Vertrauen und freundschaftliche Gefühle entgegentrage, nur ihre gemeinsamen Ideen aus.

"Und was erwiderten Sie beide, gnädigste Gräfin?"

"Wir erklärten ihr, daß wir nicht nur niemals einer Verbindung zwischen ihr und dem fatalen Menschen zustimmen, sondern alles thun würden, um ihn— wie es schon gesagt sei—sobald wie möglich aus dem Gutsgebiet zu entfernen."

"Und dann? Was sagte Ihr Fräulein Tochter hierzu?"

"Dann eben forderte sie ihr Erbteil und ihre Freiheit. Sie schlug, da ihre Ansichten mit den unsrigen nicht mehr zusammenstimmten, eine friedliche Trennung vor. Als mein Mann sie fragte, ob sie denn gar kein Zusammenhangsgefühl für die Ihrigen leite, entgegnete sie: Gewiß! Aber ich muß mein großes Ziel verfolgen; ihm gegenüber bin ich gezwungen, diesen Regungen meines Herzens zu gebieten. Ich gehöre der Menschheit im großen an, nicht im einzelnen. Ich bin hier ein nutzloser Esser, der weder befriedigt und erfreut, noch selbst glücklich ist."

"Sie wolle," schaltete ich ein, "aber doch nicht auf eine Verbindung mit Prestö verzichten, mit einem Manne, von dem jeder ihr sage, daß er nichts weniger als ideale, sondern nur selbstsüchtige Gedanken verfolge, der sie sicher, wenn der erste Rausch verflogen, grenzenlos unglücklich machen werde. Dieses Kleben an einer einzelnen unwürdigen Persönlichkeit, zumal auf Kosten der natürlichen Rücksichten gegen die Ihrigen, widerstreite doch den von ihr ausgesprochenen Grundsätzen durchaus."

"Und diese Logik entwaffnete sie nicht, Frau Gräfin?"

"Nein. Sie erklärte, daß kein Widerspruch vorhanden sei, weil sich für sie in Prestö der Träger der neuen Ideen verkörpere. Zu ihm ziehe sie die übereinstimmende Ueberzeugung, aber auch der Wunsch nach einem kräftigen Halt und einer männlichen Unterstützung für ihre Pläne. Ihre Herzensempfindungen kämen erst in zweiter Linie in Betracht. Würde sich herausstellen, daß sie sich nicht angehören könnten, würde sie zu verzichten wissen. Eine Entscheidung darüber erstrebe sie. Wenn sie sich entschlösse, ihn zu heiraten, bäte sie um gutwillige Zustimmung von unserer Seite. Wenn nicht, müsse sie ohne diese handeln. Ihr Gewissen spreche sie von jedem Pflichtmangel frei. Sie sei kein lebloser Gegenstand, kein Ding, über das man ein ganzes oder beschränktes Verfügungsrecht besitze."

* * * * *

Die nächstfolgenden Tage der Woche verliefen ohne besondere Zwischenfälle. Das bevorstehende Fest nahm die Gedanken und die Thätigkeit der Gräfin fast ganz und die des Grafen kaum minder in Anspruch. Auch Lucile war wenig zu haben, da sie sich mit Ueberraschungen für den Ball trug. Nur abends wurde, wie gewöhnlich, eine Partie Boston, Pikett oder Schach gespielt, auch fanden gemeinsame Gesprächsaustausche über die die Gesellschaft berührenden Einzelheiten statt.

Es trafen Zusagen und Absagen ein, und für letztere mußte noch im letzten Augenblick Ersatz geschaffen werden.

Da ging's ans Ueberlegen, welche Form einer nachträglichen Einladung die schicklichste und zugleich erfolgreichste sein werde. Auch ließen Lieferanten die Küche im Stich. Der Koch hatte seine Not geklagt, und die Damen mußten noch Depeschen und Zuschriften entwerfen, welche reitende Boten zu besorgen hatten.

Als am Vorabend des Balltages eine gemeinsame Beratung wegen der Tischordnung stattfand, stellten sich allerlei Schwierigkeiten heraus. Diesmal saßen alle Anwesenden, auch Imgjor, um den im Wohnzimmer befindlichen runden Sofatisch und hörten dem Grafen zu, der einen mit sämtlichen Plätzen versehenen Entwurf vor sich hatte.

Es fehlten Herren, und es blieb nichts anderes übrig, als noch einige von den Gutsbeamten nachträglich hinzuzuziehen.

Aber das war dem Grafen durchaus nicht recht, und da ihn gerade Kleinigkeiten sehr aufbringen konnten, so ergriff ihn auch an diesem Abend eine Starke Reizbarkeit. Er machte seinem Unmut über die ganze Sache in einem wenig rücksichtsvollen Ton Luft.

"Nichts klappt, und ich sehe schon kommen, daß wir statt Vergnügen überreichlichen Verdruß von der ganzen Fête haben werden!" stieß er heraus. "Gleich war ich gegen diese Ueberhastung. Was eilte denn die Sache so sehr? Solche Affairen kann man nicht über's Knie brechen. Nun haben wir's!"

"Aber, lieber Lavard, die Dinge sind doch mit etwas gutem Willen leicht zu arrangieren!" fiel die Gräfin besänftigend ein. "Wir laden noch den Oberverwalter, den Oberförster, den Inspektor und den Gutsförster ein. Dann sind wir in Ordnung."

"Ja, ja. Aber das ist mir höchst fatal! Erst sind sie nicht gut genug. Nun werden sie herbeikommandiert. Die Leute denken doch nach, sie haben ihr Ehrgefühl. Aber du mußt ja immer plötzliche Launen plötzlich befriedigen, Lucile!"

Erst schwieg die Gräfin; sie erblaßte und schob den Kopf wortlos zurück. Dann sagte sie in sanftem Ton:

"Lucile kam doch früher zurück, weil wir diesen Ball geben wollten. Wir waren uns darüber einig, daß wir ihn bei den vielen Verpflichtungen, die wir haben, nicht länger aufschieben könnten. Als du die Reise nach Kopenhagen anregtest, beschlossen wir gemeinsam, rasch noch die Einladungen ergehen zu lassen. Der Vorwurf trifft mich also in keiner Weise, Lavard."

Von der Richtigkeit des Gesagten betroffen, schwieg der Graf. Aber sein Mißmut wurde nicht gehoben, sondern verstärkte sich gerade durch diese Einwände so sehr, daß er nach einem Gegenstande suchte, auf den er seinen

Mißmut ablenken konnte. Und da ihn Imgjors zu Tage tretende Gleichgültigkeit während dieser Beratungen schon mit starkem Aerger erfüllt hatte, da er wußte, daß sie all' dergleichen Festlichkeiten mißbilligte und infolgedessen laut oder stumm über ihnen zu Gericht zu sitzen sich herausnahm, so wendete er sich, seiner Gemahlin zugleich indirekt eine Antwort erteilend, an seine Tochter und sagte:

"Na ja, es bleibt ja dann nichts anderes übrig, und du, Imgjor, kannst dann morgen vormittag gleich die Herren ohne ihre Frauen unter passender Erklärung einladen!"

Der zornige Mann verschaffte sich durch diese Worte einerseits die Vorbefriedigung über die Antwort, die Imgjor erteilen und durch die er sie als Partnerin gegen seine Frau gewinnen würde, andererseits fand er Gelegenheit, das Feuer des in ihm glimmenden Vulkans über sie selbst auszuschütten.

Es verlief auch alles, wie er es erwartet hatte.

"Ich halte es für unmöglich, daß wir die Herren ohne ihre Frauen auffordern!" entgegnete sie. "Eine nachträgliche, in guter Form vorgebrachte Einladung an die Familien werden sie nicht übel deuten. Daß aber die Männer bloß als Figursäulen an der Tafel sitzen sollen, werden sie sehr übel vermerken. Bei der ohnehin herrschenden gärenden Stimmung, auch in diesen Kreisen, möchte ich dringend abra—"

"Du hast gar keine Lehren und Anweisungen zu erteilen, sondern zu thun, was ich dir sage!" fuhr's aus des Grafen Munde. "Wenn's richtig gemacht, wenn darauf hingewiesen wird, daß wir keinen Platz haben, daß durch eine gleichzeitige Invitation der Frauen unser Zweck nicht erreicht, sondern die Situation noch verschlimmert wird, werden meine Beamten, denen ich stets mit Güte begegne, die mir Dank schulden und durchaus kein Recht besitzen, sich in einer gärenden Stimmung zu befinden, schon die notwendige Rücksicht üben. Nebenbei wird das wieder eine der zahlreichen thörichten Vorstellungen sein, mit denen du deinen Kopf anfüllst, statt dich der näheren Pflicht zu erinnern, die du gegen deine Eltern und deine Umgebung hast, Pflichten, die in Liebenswürdigkeit, Fügsamkeit, Erleichterung ihrer Bürden, Teilnahme an ihrem Thun und Handeln bestehen sollten! So, das merke dir!"

Imgjor biß die Zähne zusammen, und man sah's, sie hätte am liebsten einmal voll ausgeholt. Aber noch bezwang sie sich. Sie sagte nur:

"Du äußertest doch gegen Mama gerade dieselben Bedenken wie ich, Papa. Ich begreife deshalb nicht, daß ich nun für etwas getad—"

"Zum Weiter, schweige jetzt und füge dich oder verlasse das Zimmer!"— sprühte der Graf. "Ich wünsche nicht von dir im Sprechen kontrolliert zu werden, ich wünsche keine Lehren zu empfangen. Ich wiederhole früher Gesagtes: Ich habe grade genug!

Und es sei dir bei dieser Gelegenheit gleich einmal notifiziert: Wenn du nicht den Beziehungen zu dem Menschen da unten in Kneedeholm nunmehr ein für allemal ein Ende machst, wenn du nicht abläßt von all' dem Unsinn der Volksbeglückung, der zu keinem anderen Resultat führen wird, als daß meine Bauern hier oben in Rankholm tafeln und Champagner trinken, wir aber alle vor den Pflug gespannt werden, so—"

"Deine Bauern sind Menschen, die dieselben Rechte auf Wohlfahrt und Glück besitzen wie wir, Papa," fiel Imgjor unerschrocken ein. "Und wenn du es wünschest, so gehe ich nur zu gern. Es deckt sich ja genau mit dem dir jüngst vorgetragenen Ersuchen—"

"Imgjor—ich warne dich—" rief der Graf, sprang empor und fiel fast über seine Tochter her. Der Jähzorn hatte ihn wieder einmal bis zur Besinnungslosigkeit gepackt, und nur durch ein rasches Dazwischentreten der Gräfin, die Imgjor schützend in ihre Arme nahm, ward Uebles verhütet.

Auch Lucile, wenn schon in heftigstem Gegensatz zu ihrer Schwester, legte ihre Hand auf des Grafen Arm und bat durch Mienen und Worte, daß er sich besänftigen möge.

"Laßt mich!" rief der Mann und löste sich unsanft von seiner Frau. "Wenn ich bedenke, daß dieses Mädchen meinen Namen trägt, daß ich das hinnehmen soll, ohne die Unverschämtheit zu züchtigen!" Und: "Weißt du, wer du bist?" fügte er hinzu, und seine Mienen entstellten sich noch mehr.

Aber in diesem Moment flog die Gräfin abermals auf ihren Mann zu, faßte ihn, der offenbar etwas sprechen wollte, was niemals enthüllt werden durfte, und verschloß ihm mit der Rechten den Mund.

Und nachdem das geschehen, wandte sie sich zu Imgjor, nahm sie in ihre Arme und redete besänftigend mit gedämpfter Stimme, auf sie ein. Man sah's, sie beschwor ihre Tochter, nachzugeben, aber man sah auch, daß es etwas war, wogegen sich ihrer Tochter heiße Seele mit trotziger Gewalt aufbäumte.

"Thu's mir zu Liebe, Imgjor! Küsse ihm die Hand und bitte um Verzeihung, daß du dich vergaßest—" mahnte sie bittend.

Schon wollte Imgjor nachgeben. Ihr gutes Herz, durch diese liebevolle Begegnung bezwungen, schien die Oberhand zu gewinnen, als der Graf, der widerstrebend sich gefügt und zähneknirschend auf und abgegangen war, bei den letzten Worten der Gräfin abermals von seinem Jähzorn erfaßt wurde.

"Nein, nein, Lucile, ich will's nicht in dieser Form! Sie soll kommen und feierliche Zusagen geben für alles, was ich schon erwähnte. Sie soll schwören, sich mit dem aufrührischen Bauernvolk da unten nie wieder abzugeben, die Beschäftigung mit den albernen Phantastereien abzuthun, sich ihrer Familie zu erinnern, sich ihr zu widmen, wieder die Kirche zu besuchen, den einfältigen Glauben ihrer Kinderjahre zurückzugewinnen, ein bescheidenes, fügsames Mädchen zu werden, statt eine Führerin des Aufruhrs, des Unglaubens und der Sittenverachtung!"

"Auch das wird kommen mit der Zeit, Lavard. Nimm heut' fürlieb mit ihrer Buße für die Geschehnisse des Abends. Ich bitte—ich bitte—und, Imgjor, hörst du nicht?—Noch einmal—thu's *mir* zu Liebe, beuge dich vor deinem Vater, mein liebes Kind!"

Nun schwankte Imgjor abermals. Dann aber sagte sie, sich hoheitsvoll aufrichtend:

"Nein, ich kann's nicht, Mama, und ich thu's nicht. Nur die Form kann ich bedauern, wenn ich in ihr wirklich fehlte. Alles andere entspricht meiner innersten Ueberzeugung und ich bin kein Schilfrohr, das jeder Wind bewegt. Ich bin ich! Ich bin Imgjor Lavard!—"

Aber wenn bisher die Anwesenden bei den Erörterungen nur von unbehaglichen Empfindungen beherrscht worden waren, so stockte ihnen nunmehr das Blut.

Wild, sprungbereit, in einer Wut, die etwas Unmenschliches an sich hatte, stürzte der Mann auf seine Tochter zu, faßte ihre Handgelenke, preßte das todesbleiche Geschöpf auf die Erde herab und hauchte:

"Ja, eine Lavard! Aber—und nun sollst du es wissen—geboren von einer Mutter, die, eine Jungfrau, ihrer Sitte und Ehre vergebend, ihren Körper einem Kunstreiter verkaufte, einem Manne von dunkler Herkunft und niedrigsten Gesinnungen. Aus Mitleid habe ich dich zu dem erhoben, was du bist. Du bist nicht mein Kind. Ich habe dich als solches nur adoptiert. Nicht meines, nicht das edle Blut der Lavards, auf das du trotzest, fließt in deinen Adern, sondern das Zigeunerblut eines unehrlichen Landstreichers! Und so sollst du es haben! Ich stoße dich von mir, da du trotz aller Liebe, Zärtlichkeit und Ermahnung kein Reis sein willst an dem Stamm meines Geschlechts, gar gegen mich, gegen deinen Wohlthäter und Beschützer die Flinte und die Brandfackel ergreifen willst! Geh! Geh! Lauf' in die Welt! Thu', was du willst! Aber rechne nicht mehr auf uns und auf keinerlei Erbe, und wäre es ein Bettel! Ich bin für dich, du bist für mich gestorben!"

Er stieß sie von sich. Imgjor aber erhob sich rasch und eilte hinaus.—

* * * * *

Der Eindruck dieser Vorgänge übte auf die Zurückbleibenden eine beispiellose Wirkung aus. Die Gräfin war erschüttert, verwirrt und bedrängt, daß ihr Gemahl das seit ihrer Ehe bewahrte Geheimnis in solcher Weise und bei solcher Gelegenheit gelüftet hatte, und er selbst erhielt bereits so viel Besinnung zurück, daß ihn ein reuevoller Aerger ergriff, sich und sein Pflegekind mit dieser Rücksichtslosigkeit vor fremden Zeugen preisgegeben zu haben.

Graf Knut und Fräulein Merville empfanden ein Mitleid für Imgjor, und Graf Dehn und Lucile waren vorläufig überhaupt nicht imstande, sich von den Eindrücken der Ueberraschung zu erholen.

Zunächst entfernte sich, taktvoll handelnd, Fräulein Merville.

Nach ihr brach Graf Knut auf, nachdem er den beiden Ehegatten lediglich stumm die Hand gedrückt hatte.

Auch Graf Dehn wollte sich nach des Grafen Fortgang zurückziehen. Schon erhob er sich und richtete einen bescheidenen Abschiedsblick auf die beiden Damen. Aber beide hielten ihn durch den Ausdruck ihrer Mienen zurück.

"Bitte, bleiben Sie, lieber Graf! Wir wollen gemeinsam beraten. Sie gehören zu uns!" stieß dann die Gräfin, warmherzig im Ton heraus.

"Nicht wahr, Lavard?"

Und als er zwar nichts erwiderte, aber, obschon finster vor sich hinstarrend, auch nicht widersprach, fuhr sie fort:

"Nachdem du ruhiger geworden bist, Lavard, wirst du mir erlauben, Imgjor aufzusuchen und ihr mitzuteilen, daß du ihr nochmals Zeit zum Ueberlegen giebst! Ich bitte dich, thu's! Indem du in solcher Art das Geheimnis ihrer Geburt enthülltest, statt ihr in ruhiger Stunde und in völligem Einvernehmen so Wichtiges zu eröffnen, hast du sie, fürchte ich, um so mehr in ihren Plänen bestärkt—"

Und einschmeichelnd, da sie sah, daß der Zeitpunkt, ihm solche Vorhaltungen zu machen, zu früh gewählt:

"Nein, nein, Lavard! Ich wollte dir nichts Unangenehmes sagen. Aber meine Bitte erfülle! Ich darf Imgjor beruhigen?"

Dennoch fiel die Antwort auf diese verständige Rede anders aus, als die Gräfin, die ihres Mannes raschen Zorn kannte, aber auch auf seine ebenso rasche Versöhnlichkeit bauen zu können gehofft, erwartet hatte.

Nachdem er sich wortlos erhoben und zunächst mit langen Schritten das Zimmer durchmessen hatte, sagte er in einem festen Ton:

"Nein, Lucile, ich wünsche Imgjor nicht mehr entgegenzukommen. Ist sie bereit, von dem Menschen da und ihren Thorheiten Valet zu sagen, will ich trotz meiner beleidigten Gefühle vergeben. Sonst bleibt's bei meinen Worten! Es wird mir wahrlich nicht leicht—und die Gründe brauche ich nicht darzulegen—mich von diesem meinem Adoptivkind loszusagen. Ich gedenke auch der Welt, der man nicht unnötig Schauspiele bieten soll. Aber ich kann, darf und will nicht anders handeln. War ich aus falscher Liebe oder an anderen in meinem Naturell begründeten Motiven oft schwach in meinem Leben, in diesem Fall bleibe ich fest!

Sie geht und wird ihres Erbes verlustig, wenn sie sich nicht fügt! Von Dingen, wie sie uns solche in der letzten Unterredung vortrug, ist nicht mehr die Rede!"

"Gut, so werde ich mich also zu ihr begeben und in diesem Sinne mit ihr sprechen."

Unter diesen Worten erhob sich die Gräfin und verließ das Gemach.

"Verzeihen Sie!" hub Graf Lavard nach seiner Gemahlin Entfernung an und streckte Graf Dehn die Hand mit einem freimütigen Ausdruck entgegen. "Ich hätte gewünscht, daß Ihnen andere Eindrücke auf Rankholm geworden wären, und ich beklage, daß Sie mich in meiner Schwäche gesehen. Aber wir Menschen bleiben abhängig von unserm Blut. Jeder hat einen kleineren oder größeren Defekt in seinem Charakter."

Graf Dehn drückte Lavard stumm die Rechte, Lucile aber, durch die Selbstentäußerung ihres Vaters bezwungen, eilte gerührt auf ihn zu, umschlang ihn und küßte ihn zärtlich auf die Wangen.—

Nach Verlauf von zehn Minuten trat die Gräfin bereits wieder ins Zimmer. Sie war bleich und erregt, und ihre Mienen verkündeten nichts Gutes.

"Nun, liebe Mama? Wie ist's geworden?" stieß Lucile heraus und richtete mit besorgter Miene den Blick auf ihre Mutter.

"Ich habe Imgjor garnicht sprechen, wenigstens keine Antwort erhalten können," erklärte die Gräfin und ließ sich, sichtlich erschöpft, in einen Sessel gleiten. "Imgjor hat heftiges Fieber. Ihr Körper brannte förmlich, als ich bei ihr eintrat, und nun eben überkam sie ein sehr starker Schüttelfrost. Sie hatte sich bereits ins Bett gelegt, als Fräulein Merville sie aufsuchte. So habe ich mich denn auf Trost und zweckmäßige Anordnungen beschränken müssen. Fräulein Merville wird die Nacht bei ihr bleiben. Jedenfalls aber muß ein Arzt kommen. Wie soll's nun werden, Lavard?" "Ah—" stieß der Graf, von neuem stark erregt, heraus, und die Adern schwollen ihm in dem roten Gesicht an.

—"Da haben wir's! Natürlich ist sie doch im Dorf gewesen, und was wir voraussagten, ist geschehen. Sie hat das Scharlach ins Schloß gebracht! Wahrlich, unverantwortlich, strafwürdig hat sie gehandelt an sich—und an uns! Da ist gleich ein Beweis von dem jüngst Gesagten: Das Beste in einer ungeschickten Hand kann zum Verderben werden. Und ich füge hinzu: Das Ungünstige, weise verwertet, kann zum Segen gereichen. Ja—welcher Doktor? Jedenfalls soll kein Prestö jemals diese Schwelle wieder betreten. Andreas soll sofort nach Oerebye kutschieren. Klingele, Lucile, nach Frederik! Gleich soll er fort. Ich schreibe ein paar Zeilen an den Physikus Mangor in Oerebye."

Und Frederik erschien, empfing ein Billet, das der Graf in dem Kabinett seiner Frau entworfen hatte, und eilte damit fort.

Und nachdem das erledigt war, richteten die Anwesenden ihre Gedanken auf das Kommende. Die Möglichkeit oder Unmöglichkeit unter solchen Umständen den Ball abzuhalten, wurde erörtert. Zuletzt wurde beschlossen, die Entscheidung von der Erklärung des Doktor Mangor abhängig zu machen.

War er dagegen, so sollte in der Frühe alles Personal auf dem Guts- und Arbeitshof entboten werden, um den Eingeladenen abzusagen.—Freilich, ein umständliches vielleicht nicht einmal völlig erfolgreiches Vorhaben.

Es waren nicht nur Gäste vom Lande, sondern auch aus den umliegenden Städten geladen. Im linken Flügel, der an Imgjors Turmgemächer stieß, waren alle Fremdenzimmer bereits in Stand gesetzt, und auch die unteren rechtzeitig —oben befanden sich die Festsäle, in denen getafelt und getanzt werden sollte —waren hergerichtet.

Einhundertfünfzig Personen hatten Einladungen empfangen, und schon wehten von den Türmen die Lavardschen Fahnen in den blutroten Farben, inmitten das Familienwappen: die Faust mit dem Dolch, gezückt gegen einen wild sich auflehnenden Geier!

* * * * *

Diesmal war's noch gut verlaufen. Imgjor war nicht vom Scharlach ergriffen worden. Mangor, der noch in später Stunde erschienen war, hatte erklärt, daß es sich nur um eine starke, aber ungefährliche Verstimmung des Magens handle. Die Komtesse werde bei genügender Ruhe bereits im Laufe des kommenden Tages die Unpäßlichkeit abgeschüttelt haben.

Und wie der Befreiung von einer schweren Sorge allezeit eine um so Stärkere seelische Aufrichtung zu folgen pflegt, so war's auch hier. Dem Grafen verlieh die Sicherheit, daß das Gespenst der Epidemie vom Schlosse abgewendet war, daß er nicht nötig hatte, seinen Gästen abzusagen, und daß somit auch Mühen und Kosten nicht umsonst gewesen, eine gehobene

Stimmung, und in dieser gab er den Bitten der Gräfin zu einer Auseinandersetzung mit Imgjor nach.

Nachdem Lucile und Fräulein Merville um die Mittagszeit gemeldet hatten, daß Imgjor bereits wieder aufgestanden sei, begab sich die Gräfin zu ihr aufs Zimmer, und in Axels Gegenwart wiederholte sie dann später diesem und den übrigen die von dem jungen Mädchen erteilte Antwort.

Sie wolle eine Unterredung mit Prestö möglichst bald herbeizuführen suchen und, nachdem diese stattgefunden, ihren Eltern eine Antwort geben. Sie bäte, ihr diese Frist noch zu gewähren, um jenem gegenüber nicht wortbrüchig zu werden.

Werde sie, um nicht das Glück eines anderen Mädchens zu zerstören, auf Prestö verzichten müssen, so würde sie nochmals die Bitte aussprechen, Rankholm verlassen und sich ihren Wirkungskreis suchen zu dürfen. Sie wolle sich eine Samariterthätigkeit suchen, sofern ihr ein Werk im Großen nicht zu gelingen vermöge.

Sie schwöre dem Vater zu, daß sie ihm keine Schande machen werde. Sie bäte, ihr zu verzeihen, wenn sie in der Form gefehlt habe, und auch deshalb daß sie keine andere Antwort zu erteilen vermöge.

Endlich hatte sie auf den dringenden Wunsch ihrer Pflegemutter zugesagt, daß sie heute bei dem Feste erscheinen werde.

Alle Anwesenden befanden sich nun in einer starken Spannung, wie sich der Graf zu dieser Erklärung Imgjors verhalten werde.

Gerechterweise mußte man zugestehen, daß ihre Erklärung verständig und maßvoll war, daß sie, wenn sie sich nicht selbst verleugnen wollte, eine andere garnicht geben konnte.

Nach einer geraumen Frist, in welcher der Graf nachgedacht, sagte er: "Ich gebe jetzt nur die Erlaubnis, daß sie bis zu einer Entscheidung über ihre Beziehungen zu Prestö unter gleichen Verhältnissen wie bisher in Rankholm bleibt, aber es ist selbstverständlich, daß sie sich während dieser Zeit des Verkehrs mit meinen aufsässigen Bauern enthält. Kommt noch etwas vor, dann geht sie sofort!"

Als sich Axel später mit der Gräfin allein befand, teilte sie ihm mit, daß Imgjor ursprünglich keineswegs in einer solchen versöhnlichen Art gesprochen, daß sie, die Gräfin, aus Klugheit vieles verschwiegen und ihrem Gatten nur das gesagt habe, was sie Imgjor teils nach schweren Kämpfen abgerungen, teils noch zu erreichen hoffe.—Nur Auflehnung gegen ihren Pflegevater habe Raum in ihr gehabt, ihr, ihrer Pflegemutter, aber habe sie unter dem Dankgefühl für deren Verhalten in den rührendsten Worten alle

Schroffheiten, deren sie sich im Laufe der Jahre schuldig gemacht, abgebeten.

"Der Zufall hat Ihnen, lieber Graf,"—schloß sie ihre Rede—"enthüllt, was ich Ihnen nach einer voranzugehenden, sorgfältigen Prüfung Ihrer Vertrauenswürdigkeit eröffnen wollte, deshalb eröffnen wollte, damit Sie erkennen möchten, in wie weit meine Kinder zu Vorwürfen gegen mich berechtigt waren.—Es ist aber noch nicht alles. Das übrige sollen Sie später aus meinem Munde vernehmen."

Graf Dehn lohnte diese Worte mit lebhaftem Dank, dann sagte er, gedrängt, noch mehr zu hören: "Ich bitte, wie faßt Komtesse Imgjor die Enthüllung ihrer Geburt auf? Darüber äußerten Sie nichts, Frau Gräfin!"

"Sie hat sich darüber nur kurz ausgelassen: Ihre Erregung beziehe sich auf das Unrecht ihres Vaters, solche Dinge in solcher Form vor fremden Zeugen auszusprechen.

Ehe ich meinen Vater oder meine Mutter verdamme—äußerte sie—muß ich wissen, wie ihr Lebensgang war, wer sie zu dem machte, was sie wurden. Meinem Pflegevater bin ich unauslöschlichen Dank schuldig, weil er mich nicht dem Elend und dem Zufall preisgegeben, sondern mich gehalten hat als sein rechtes Kind. Und eben diese Dankbarkeit veranlaßt mich, mich dir zu fügen, fürder ihm gute Worte zu geben. Diese Dankbarkeit hat mich abgehalten, sogleich und für immer Rankholm zu verlassen. Ich wünsche in allen meinen Handlungen möglichst gerecht zu sein, auch mich unterzuordnen, sofern das, was gefordert wird, nicht mit meinen Ueberzeugungen und Grundsätzen in Widerstreit steht."—

Und dann kam der Nachmittag, und mit ihm erfolgte das Anfahren der Gäste im Schloßhof von Rankholm.

War das Gut in Stille und Einsamkeit ein unvergleichlich idyllischer Erdenfleck, so hatte es sich nun in ein buntes Zauberbild verwandelt.

Von allen Zinnen wehten die roten Lavardschen Fahnen. Im Hofe vollzog sich ein endlos wechselndes Durcheinander von herbeieilenden Staatskarossen, Fuhrwerken und Landkutschen. Der Treppenaufgang war geschmückt mit Rosenguirlanden, und da der Abend bereits im Nahen war, flimmerten hinter allen Fenstern des mächtigen Baues hunderte und aberhunderte von Lichtern. Und strahlendes Flammenlicht ergoß sich später von den Kandelabern neben der Freitreppe über den ganzen Hof, und in einem Glanzmeer schwammen die Eingänge, die Gesellschaftsgemächer und großen Festsäle im Hauptgebäude und in den Flügeln.

Aber auch unten in den Souterrains, wo auf den großen Herden die Speisen dampften und schmorten, war alles voll eifrigen Lebens. Ein Heer von weißgekleideten Köchen, buntlivrierten Dienern und Lakaien flog hin und her, treppauf, treppab, und mischte sich unter die in ihren kostbaren Toiletten und glänzenden Uniformen erschienenen, in den Empfangsräumen auf und ab wogenden, laut und lebhaft schwatzenden und lachenden Gäste, bis dann der Haushofmeister Frederik das Zeichen zum Tischgang gab und sich sämtliche fünfundsiebzig Paare in Bewegung setzten.

So tafelte und trank man nur in Fürstenhäusern! Ein solcher Glanz und Prunk war entfaltet, daß selbst Axel, der sich bereits an den Ueberfluß von Rankholm gewöhnt hatte, des Erstaunens und der Verwunderung voll war. Tafelgeschirr stand auf den Tischen, das ganze Vermögen gekostet hatte.— Silber, aber auch Gold überall! Selbst die Gabeln und die Griffe der Messer blitzten in solchem edlem Metall.

Massive Vasen und andere kunstreiche, kostbare Schaustücke mit Blumen aus den Treibhäusern gefüllt, waren zahlreich verteilt, und silberne Champagnerkühler, jedesmal für zwei Personen, fanden, das zischende, unruhige Naß in goldumränderten Flaschen bergend, neben dem wundervoll geschliffenen Krystall und Glas, das den Weinen zu dienen hatte, die bei jedem Gang besonders gereicht wurden.

Die Damen Lavard trugen Geschmeide von Diamanten und Perlen, die einen schier unschätzbaren Wert besaßen, und zudem waren sie die Königinnen des Festes.

Die Schönste war Imgjor, die Tochter des Kunstreiters.

Zum erstenmal sah Graf Dehn ihren reizenden Hals. Es konnte keine gleichen Schönheitslinien, keine vollendeteren Farben geben. Sie wetteiferten mit dem Marmorglanz der runden, weißen Arme.

Und dazu das braunrote, sich in ungeduldigem Wachstum aufbäumende Haar, dazu die dunkelbewimperten Augen, dazu der Körper mit seinen schwellenden Formen, die entzückenden Hände, die schneeigen Zähne, die von einem stürmisch pulsierenden Rot durchglühten, kleinen Ohren! Und wenn sie lächelte—dieses hinreißende, eine unbekannte Welt von Klugheit und Güte verheißende Lächeln!

Und neben ihr saß, trotz seiner gegen ihre Eltern erhobenen Einwände, Graf Dehn.

Gleich, als er ihr den Arm geboten, hatte er eine ihrer Enttäuschung begegnende Erklärung gegeben.

"Es war der Wunsch des Herrn Grafen, daß ich Sie führen sollte, Komtesse! Ich bat um Ihretwillen, davon abzusehen. Es geschah, weil ich mein Möglichstes thun wollte, um Ihrem gegen mich geäußerten Wunsch zu entsprechen. Vielleicht bezwingen Sie dieses eine Mal Ihre Abneigung, so lange in meiner Nähe sein zu müssen. Ich verspreche Ihnen, daß ich versuchen werde, Ihr Ohr durch meine Worte in keiner Weise zu verletzen."

Schon während Graf Dehn gesprochen, hatte Imgjor den Oberkörper zusammengeschoben und die Lippen auf einandergepreßt, als ob sie nur so ihrer Empfindungen Herr zu werden vermöge. Aber als er dann mit einem sanft versöhnlichen Ausdruck in ihren Zügen forschte, so eine Antwort zu erheischen suchte, hob sie stolz das Auge zu ihm empor, sah ihn kalt an und senkte dann wieder die Wimpern mit einer Miene wie jemand, der, weil des anderen Gefangener, machtlos sich zu fügen hat.

Zunächst verhielt sich Graf Dehn auf diese stumme Abwehr ebenfalls wortlos. Aber als von der Dienerschaft bereits die Suppe gereicht worden war, und nun Imgjor, ohne sie zu berühren, auch ferner in finsterem Schweigen dasaß, hielt's ihn nicht länger. Zorn und Auflehnung über ihre Kälte übermannten ihn.

"Sie haben mich nicht einmal einer Antwort gewürdigt, Komtesse Lavard," hub er an, nachdem er nach vorangegangener Frage, ob er einschenken dürfe, ihr Glas gefüllt hatte.

"Wahrlich! Wenn ich nicht so vieles von Ihnen gesehen, jetzt wieder sich meine Meinung über Sie so vorteilhaft verstärkt hätte, ich könnte glauben, es sei doch eines wenigstens bei Ihnen Maske—nämlich, daß Sie ein Herz besitzen. Was that ich Ihnen? Wie begegnen Sie mir, der ich doch der Gast Ihres Hauses bin? Wie vergelten Sie mir das, was Sie selbst als vergeltungswert bezeichneten? Es mag Ihnen wenig vornehm erscheinen, daß ich erwähne, wie sehr ich für Sie stets eintrat, wie viel ich beigetragen habe, die vorhandenen Gegensätze zu mildern, auch jetzt den Dingen einen möglichst friedlichen Charakter zu verleihen. Ich thue es aber, weil ich Ihnen beweisen möchte, daß ich Ihr zu Thaten bereiter Freund bin. Gewiß, Sie haben mir deutlich an den Tag gelegt, daß Sie mich verabscheuen, Sie haben mir sogar die Schwelle des Schlosses gewiesen—aber es drängt sich mir die Frage auf, mit welchem Recht nach solchem Verhalten von meiner Seite? Ehrerbietung, Rücksicht und Freundschaft habe ich Ihnen ununterbrochen entgegengetragen! Erlauben Sie mir ein freies Wort: Sie wollen eine ganze Menschheit beglücken und besitzen nicht einmal die Fähigkeit, sich einem einzelnen Menschen in soweit anzubequemen, daß Sie die Gesellschaftssitten zu beobachten vermögen, aus trotziger Voreingenommenheit, aus Zorn, daß ich den Doktor Prestö als das hinstellte, was er ist—"

"Nun, was ist er denn?" fiel Imgjor, deren Büste unter dem freigeschnittenen Ballkleide in eine stürmisch tobende Bewegung geraten war, also, daß sie schier den Saum des Gewandes zu sprengen drohte, mit funkelnden Augen heraus.

"Er ist ein kalter, berechnender Egoist, den nicht Liebe zur Menschheit, sondern nur Rachsucht erfüllt, der einer anderen, der er sein Wort verpfändet, lediglich deshalb einen Absagebrief erteilt, um die reiche und vornehme Erbin heimzuführen. Daß letzteres sich so verhält, klang durch seine Worte, die ich vernahm in jener Nacht. Nur Sie, in Ihrer blinden Liebe, entraten der Fähigkeit, ihn zu durchschauen, ihm, wie sonst den Menschen, ins Herz zu blicken und es auf seinen wahrhaftigen Wert zu prüfen."

"Ich bestreite jede Ihrer Behauptungen, Herr Graf Dehn. Und wenig vornehm ist es in der That—Sie mögen es hören!—zu horchen, und ebenso unkavaliermäßig, auf bloße Eindrücke hin einen Ehrenmann derartig zu verdächtigen. Und da Sie es wissen wollen: Meine Abneigung gegen Sie leitet sich uns der Thatsache her, daß, im Gegensatz zu Ihrem Selbstlobe, mit Ihrem Eintritt in Rankholm sich alles, was mir Freude und Hoffnung war und was mir Erfüllung schien, in Leid verwandelt hat. Sie haben von vorneherein gegen Herrn Doktor Prestö Front gemacht, deshalb gleich ohne Zwang und Not den Gast herabgesetzt, weil er anders geartet als Sie, sich anders gab als Sie, weil er sich Ihrer hochgeborenen Erhabenheit nicht unterordnete, weil er gleich an den Tag legte, daß es für ihn nur Menschen, keine Bauern und keinen Landadel giebt, weil Sie herausfühlten, daß ich ihm gut war, daß ich ihn Ihnen vorzog. Und dann haben sich die Meinungen meiner Familie täglich mehr gegen ihn gekehrt. Früher fand man ihn wohl etwas schroff, aber man lobte sein kräftiges Selbstgefühl! Man schätzte es hoch, weil es Charakter und Männlichkeit verriet. Stets stand er voran, wenn es sich um Einladungen in unser Haus handelte. Als Arzt wußten ihn alle nicht genug zu loben, und man gewährte mir auch ohne Einschränkungen den freien Verkehr mit diesem aufgeklärten und zielbewußten Manne. Heute würde mein Pflegevater ihn am liebsten töten; meine Pflegemutter und Lucile hassen ihn. Ihnen habe ich es zu verdanken, daß ich plötzlich eine Ausgestoßene, Enterbte bin, während ich meinen mir zukommenden Besitz in den Dienst der großen Sache stellen wollte, in den Dienst der Veredelung und Aushilfe der Armen und Elenden. So, nun wissen Sie, weshalb ich den Augenblick verwünsche, in dem Sie über die Schwelle traten, weshalb ich Sie wegen Ihrer unerbetenen Eingriffe in unsere Familienangelegenheiten zu hassen ein Recht habe!—Und daß Sie, mein Herr Graf, heute, nach alledem, noch den Mut und das Wohlgefallen besitzen, an meiner Seite Platz zu nehmen, beweist mir, daß Sie zwar sehr viel Selbstgefühl, aber minder Zartsinn besitzen, wenig von dem, dessen Sie sich selbst so beredt rühmen!"

Graf Dehn war weiß geworden wie das Leinen der Serviette, die er in seiner Hand zerknitterte.

Das war eine Freiheit der Rede, die neben ihrem ungerechten Inhalt, der völlig falschen Auslegung, ja Umkehrung der Dinge, eine Maßlosigkeit enthielt, vor der ein Kavalier einer Dame gegenüber verstummen mußte. Indem Graf Dehn alles zusammenfaßte, was ihm an Kraft und Selbstbeherrschung zu Gebote stand, auch zu einem ruhigen Ton und zu äußerster Sachlichkeit sich zwang, obschon die vor Erregung zitternde Stimme fast versagen wollte, entgegnete er:

"Es wird eine Zeit kommen, Komtesse Lavard, in der sie erkennen werden, wie richtig meine Urteile über die in Betracht kommende Person waren. Sie werden auch, ich weiß es, die unverdiente, ungeheure Kränkung die Sie mir eben zugefügt haben, abbitten. Ihr gerechtes Herz wird Sie dazu drängen!— Doch lassen wir ruhen, was ich nur gezwungen berührte, und nur eine Frage gestatten Sie mir noch an Sie zu richten: Wollen Sie mir eine Unterredung gewähren, wenn sich herausstellt, daß der Mann, dem Sie im Begriff sind, Ihr Lebensglück zu opfern, Sie täuschte?"

"Weshalb—? Welchen Zweck soll das haben?"

"Liegt Ihnen nicht daran, Komtesse, etwaiges Unrecht gegen mich gut zu machen? Ist es nicht doch möglich, daß Sie mich und mein Thun falsch beurteilen? Ist's dann nicht eine natürliche Pflicht, mir eine Genugthuung zu gewähren? Sie wollen eine Priesterin der Wahrheit, der Güte, der Gerechtigkeit, der Menschenliebe sein und wollen schon beim erstenmal stolpern, wo Sie die Probe auf Ihr Ich zu bestehen haben?"

Imgjor biß erst die Zähne zusammen, dann sagte sie: "Wohlan, ich bin bereit, Sie zu hören, wenn sich das vollzieht, was Sie hoffen—was Sie aus dieser Hoffnung sogar zur Gewißheit erheben. Sie wird Ihnen zwar nie werden, und wenn doch, so werde ich, das sei gesagt, nie Ihre Freundin werden, geschweige mehr—"

"Also, wenn Prestö sie betrog, in diesen heilig ernsten Stunden Sie betrog, so bleibt er immer doch ein Gott und ich ein Unwürdiger, Komtesse?"

Imgjor reckte den Oberkörper, und in ihrem in der Erregung sich unwillkürlich öffnenden Munde blitzten die Zähne. Dann sagte sie heftig, und er hörte, wie sie mit ihrem mit dem weißen Seidenschuh bekleideten Fuß ungeduldig den Fußboden berührte:

"Ich wiederhole Ihnen, Herr Graf, daß Prestö mich nicht betrügen wird, daß er ein Ehrenmann, daß er ein anderer Mann ist als die, welche sich anmaßen, über ihn zu Gericht zu sitzen!"

"Wohlan, Komtesse! Wenn Sie so reden, so steht Meinung gegen Meinung! Ich behaupte, daß der Mann innerlich in demselben Augenblick von Ihnen abfallen wird, wo er erfährt, daß Sie nicht die Tochter des Grafen, daß Sie aus Rankholm verbannt und enterbt sind. Und da Sie nun, trotz aller meiner fügsamen Bitten, den Frieden mir abschlagen, so will ich fürder gegen diesen Mann rücksichtslos kämpfen! Ich will Sie kurieren, jetzt kurieren gegen Ihren Willen!"

Diesmal entgegnete Imgjor nichts. Sie vermochte es nicht, weil plötzlich eine Blutwelle ihrem Munde entströmte. Die Serviette, die sie zum Munde führte, wurde von einem unheimlichen Rot gefärbt. Schrecken ergriff die Umsitzenden, und ehe noch Graf Dehn helfen, sich um sie bemühen oder gar am Aufstehen hindern konnte, hatte sie den Saal verlassen.

* * * * *

Lange waren die Klänge der Violinen, der Flöten, und Baßgeigen verklungen. Seit einer Stunde waren sogar die Lichter in dem mächtigen Rankholmer Schloß mit all' seinen zahlreichen Räumen erloschen, und alles lag in einem tiefen, festen Schlaf. Nur zwei Personen wachten noch, sie fanden keinen Schlaf, und er floh sie, weil eine der anderen unruhvoll gedachte. Freilich geschah's mit sehr verschiedenen Empfindungen.

Imgjor haßte nunmehr den Mann, der in ihr Leben und in ihre Pläne einen solchen Eingriff gethan. Sie haßte ihn, obschon ihr vorurteilfreies Ich ihr zuflüsterte, daß sie ein Unrecht begehe. Als er damals in Oerebye die Rede gehalten, hatte sie bei sich gedacht, welch' ein wertvoller Mann er sei. Aber sie wollte ihm schon deshalb keine Gefolgschaft leisten, weil sie—wie sie sich vorredete—nichts Halbes, sondern etwas Ganzes erstreben mußte. Ueberdies lag sie in dem Banne Prestös, der sie mit den stärksten Fäden an sich zog, sie so fesselte, daß sie nicht zu entrinnen vermochte. Der Sohn des Unterdrückten, der, gleich ihr, aufräumen wollte mit dem Unrecht, gehörte zu ihr, und nun, nachdem sie vernommen, daß sie selbst von jenen abstammte, welche die Armut treibt, ihr Brot zu suchen, wo und wie sie es finden, fühlte sie sich zwiefach mit Prestö verknüpft, hundertfältig mit ihm verbunden.

Voll ingrimmiger Auflehnung biß sie die Zähne zusammen, als sie sich in diesen Stunden der Nacht der letzten Worte ihres Gegners erinnerte.

Er würde im Fall Prestö mitteilen, wer sie sei, ihn wissen lassen, daß ihr Erbe in Gefahr stehe, sicher ihr verloren ginge, wenn sie ihm, Prestö folge.

Sie zitterte vor der Wirkung seiner Ausladungen aus denselben Gründen, die sie veranlaßt hatten, an Prestö die Forderung zu stellen, ihr die Beweise zu geben, daß er—ohne Zwang und Unrecht—frei sei.

Ihr Verstand und die Klarheit ihres Geistes fanden auf gleicher Stufe mit der Tiefe und der Güte ihres Herzens, die sie trieben, sich selbstlos in den Dienst der Unterdrückten zu stellen.

Einmal, als sie sich vorstellte, Graf Dehn könnte wirklich Recht behalten, geriet sie in eine solche Aufregung, daß ihr Herz in stürmischer Aufwallung pochte.

Wenn auch Prestö einer der Millionen Durchschnittskreaturen, wenn auch er einer der erbärmlichen Nützlichkeitsmenschen war, wenn wirklich nur ihr Stand, ihre Schönheit und ihr großer Reichtum ihn hatte reden und gar als Schurken gegen seine Braut handeln lassen, dann—dann—!

Sie atmete tief, tief auf, und ihre Rechte ballte sich, als ob sie eine Waffe fasse.

Sie wußte nicht, was geschehen werde—ihr grauste vor sich selbst.

Unter solchen starken seelischen Erregungen und Kämpfen, denen sich die irrenden Gedanken über ihre Geburt unruhvoll hinzugesellten, tastete der Tag mit noch müdem Licht an die Scheiben der Fenster und mahnte sie an Zeit, Umstände und die noch zu erfüllenden Aufgaben.

Sich rasch aufraffend, rückte sie sich an den Schreibtisch, stützte, noch einmal ihre Gedanken sammelnd, das Haupt und schrieb sodann mit fester Hand einen langen Brief erregten Inhalts an Prestö, in welchem sie ihn am Schluß ersuchte, nur auf das zu hören, was sie ihm selbst mitteilen werde, legte dieses Schreiben im Flur in eine versteckte Ecke, aus welcher der von ihr insgeheim beauftragte Diener jeden Morgen in der Frühe vorhandene Briefe an sich zu nehmen und sogleich zu besorgen hatte, und schlüpfte alsdann in ihr Bett.

Und als eben gerade das Gesinde sich wieder unten im Hause zu rühren begann, fand sie endlich die Ruhe, nach welcher der erschöpfte Körper verlangte.—

Anders Axel.

Durch sein Gehirn wälzten sich die Vorstellungen über Geschehenes und Künftiges, und lediglich die Ueberlegung, auf welche Weise er das ausführen könne, was er sich nunmehr als fiel vorgesetzt hatte, beschäftigte seine Gedanken.

Er wollte sich vorläufig von der Familie Lavard nicht trennen, Prestö als den entlarven, der er nach den von ihm in jener Nacht gewonnenen, nunmehr mit Luciles Behauptungen übereinstimmenden Ansichten war, und Imgjor nicht nur zu heilen, sondern mit ihrer Familie vollständig auszusöhnen suchen.— Ob ein Preis ihm zufiel, mußte sich finden. Seine Liebe und sein überzeugungsstarker Sinn ließen ihn nicht verzweifeln.

* * * * *

Die kommenden Tage verflossen den Rankholmer Schloßbewohnern unter allerlei Vorbereitungen zu der Kopenhagener Reise. Auch erledigte der Graf dringliche Gutsgeschäfte mit seinen Beamten und wies unter anderem auch Unterstützungen für die von der Epidemie noch immer gleich hart betroffene, ärmere Dorfbevölkerung an. Gegenwärtig gab es kaum ein Haus mehr in Kneedeholm, in dem sich nicht Schwerkranke befanden oder Tote täglich hinausgetragen wurden. Der Pastor kam Tag und Nacht kaum mehr zur Ruhe, da er Sterbende zu trösten, geistliche Handlungen vorzunehmen und nach den Bedrängten zu sehen hatte.

Und nicht minder war Doktor Prestö beschäftigt. Wenn er einen der Betroffenen eben verlassen hatte, rief ihn die Pflicht schon wieder zu gleichem Zwecke ins Nebenhaus, und so fort. Ueberall Sterbende, Schwerkranke oder der Genesung Entgegengehende, die der Aufsicht bedurften.

Aber jegliches, was er that, geschah in einer kurzen, schroffen, gefühllosen Art. So kam es nicht selten vor, daß er die Boten der Erkrankten mit dem barschen Bescheide abfertigte, sie müßten warten, er sei auch nur ein Mensch, der einen Kopf und zwei Arme habe.

Ein engeres Zusammenwirken zwischen ihm und seinem ausgesprochenen Gegner, dem Pastor Nielsen, fand nicht statt. Sie bewegten bloß das Haupt, wenn sie sich begegneten, und bedienten sich der Zwischenpersonen, wenn sie sich etwas mitteilen mußten.

Unter den geizigen und körperlichen Anspannungen war Prestö zu einer Förderung seiner Verlobungspläne mit Imgjor, die eine Reise nach Kopenhagen erforderlich machten, gar nicht gelangt, und wenn schon dieser Umstand seine Laune zu der allerschlechtesten gemacht hatte, so war seine Stimmung durch die Vorfälle der letzten Tage seine geradezu feindselige geworden.

Er behandelte in seiner Verstimmung die Kranken sehr rücksichtslos, sie mußten büßen, worunter er litt.

Plötzlich war alles über den Haufen geworfen. Die Mitteilungen, die ihm von Imgjor geworden, hatten einen geradezu niederschmetternden Eindruck auf ihn gemacht. Imgjor war die Tochter irgend eines Abenteurers und keine Lavard; sie war bedroht mit dem Verlust alles dessen, was gerade eine bestrickende Wirkung auf ihn ausgeübt hatte.

So lange Imgjor der Glanz ihres ungeheuren Reichtums umgab, war's dem Manne nicht schwer geworden, sein Gewissen zu beschwichtigen. Um solchen
Lohn glaubte er sich berechtigt, jener, die sein Wort hatte, einen endgiltigen Absagebrief zu schreiben.

Um der hohen Ziele willen, die Imgjor im Auge hatte, heiligte der Zweck die Mittel!

Nun aber stoppte er plötzlich wie ein vor ein Hindernis gestellter Reiter. Alle bisherigen Beschwichtigungen verfingen nicht mehr, er sann vielmehr, wie er sich, wenn Graf Lavard seine Drohungen wirklich wahr machte, wieder von Imgjor zurückziehen könne.

Selbst die Schönheit Imgjors, die ihn gereizt und zeitweilig seine Sinne bereits zur höchsten Leidenschaftlichkeit angefacht hatten, sank nunmehr zu einem Nichts herab.

Ihren Enthusiasmus für die große Sache, der er nur aus Selbstsuchtsgründen und rachsüchtigen Trieben Vorschub geleistet, die er in ihrem Sinne als Thorheit bespöttelt hatte, belegte er nunmehr mit der Bezeichnung einer Verrücktheit. Der Gedanke, sie ohne materiellen Einsatz von ihrer Seite zu heiraten, gar ihren Schwärmereien Gefolgschaft zu leisten, statt zu raffen, durch Geld und dadurch gewonnene Macht zu herrschen, schuf eine solche Auflehnung in ihm, daß er bereits überlegt hatte, ob er nicht ohne alle Versuche, den Grafen Lavard umzustimmen, der Sache ein Ende machen und Imgjor erklären solle, er könne nun doch die von ihr geforderten Beweise nicht beibringen.

Freilich bedurfte es jetzt, da sie vor der Enterbung stand, eines klugen Verhaltens. Vorläufig mußte er sich geben, wie bisher, mußte er in Imgjor den Eindruck erhalten, daß seine Gesinnungen in keiner Weise erschüttert seien. Ungleich regten sich neben diesen Erwägungen auch wieder Gefühle eines ingrimmigen Verdrusses, so plötzlich um alle glänzenden Hoffnungen betrogen werden zu sollen. Eine durch den Eintritt wiedergekehrter, grenzenloser Habsucht hervorgerufene Unruhe bemächtigte sich des Mannes, die ihn nach Mitteln suchen ließ, wie er dennoch zum Ziele zu gelangen vermöge.

Unter solchem Schwanken fiel ihm sein Gönner, Graf Knut ein. Vielleicht konnte es möglich sein, wenigstens einen Teil des Vermögens, sofern dessen Höhe der Mühe eines Kampfes wert sein würde, dem Grafen abzuringen.

Und da Prestö diese Pläne schließlich zum Entschluß erhob, so zögerte er auch keinen Augenblick mit deren Ausführung.

Einerseits richtete er ein Schreiben an Imgjor, in dem er sie um eine abermalige Unterredung ersuchte, und andererseits bat er den Grafen Knut in einem eilig beförderten Briefe, ihm eine solche nachmittags gewähren zu wollen.

Ohne Antwort zu empfangen, nähme er an, daß ihm der Graf diese Vergünstigung gewähren wolle.

Und von dem Eingang dieses Schreibens erzählte Graf Knut, des Grafen und der Gräfin Meinung einholend, in Gegenwart von Axel und Lucile nach dem zweiten Frühstück, und alle Teile wurden darüber einig, daß der Graf diesem Ersuchen Folge leiten müsse. Man wolle hören, was Prestö zu sagen habe.

Alles, was einer Klärung der Angelegenheit dienlich sei, dürfe nicht von der Hand gewiesen werden. Aber während noch dies stetig wieder in den

Vordergrund tretende, die Gemüter beschäftigende Thema behandelt ward, regte sich ein neuer Gedanke in Axel, und ihn zur Ausführung zu bringen, dadurch seinen geheimen Plänen Vorschub zu leisten, erfüllte ihn solchergestalt, daß er das Herannahen der nächsten Stunden kaum erwarten konnte.

Sobald sich die Gelegenheit bot, begab er sich in seine Gemächer und dann später, nachdem die dritte Stunde geschlagen, vom Arbeitshofe aus ins Dorf hinab.

Da Graf Dehn als Kind die drunten wütende Krankheit bereits überstanden hatte, beschlichen ihn keine Bedenken. Zudem wollte er ein Haus betreten, an das die Epidemie sich wenigstens bisher nicht herangewagt hatte. Er wollte versuchen, von Prestös Wirtschafterin den Namen der Braut ihres Herrn in Erfahrung zu bringen.

Es war nicht undenkbar, daß ihr, die seine Briefe besorgte, dieser und der Aufenthaltsort der Dame bekannt waren.

Als Graf Dehn durchs Dorf schritt, fiel ihm auf, wie menschenleer es war. Wie ausgestorben schien's. Nirgends ein rauchender Schornstein, nirgends jemand auf der Dorfstraße oder auf den Höfen.

Nur einmal bemerkte er ein tiefgebeugtes, altes Mütterchen, das aus einem Bauernhause heraustrat und ein Gefäß an der Pumpe ausspülte. Und nicht einmal emporschauend, schritt sie sogleich und in einer Art zurück, die ihr beschäftigtes Gemüt verriet.

Und noch ein menschliches Wesen, der Postbote, kam ihm später und gerade dann entgegen, als er die Wohnung des Doktors erreicht hatte.

Den ehrerbietigen Gruß des Mannes erwidernd, entfuhr Axel unwillkürlich die Frage nach Briefen fürs Schloß. Er empfing auch solche für die Herrschaften, sah überdies Posteingänge für Prestö in der Hand des Angestellten und trat, nachdem er solche ebenfalls abzugeben sich erboten, in Prestös Haus ein.

Da war alles still. Er suchte sich bemerkbar zu machen, und als dies erfolglos blieb, wandte er sich dem hinteren Ausgang in der Hoffnung zu, die Alte entweder auf dem Hofe oder im Garten zu finden. Und da er dadurch verhindert wurde, sich weiter ins Innere der Wohnung zu begeben, steckte er, mechanisch handelnd, vorläufig die Postsachen in seine Rocktasche.

Und dann erspähte er hinten im Garten die alte Frau, welche beim Kartoffelaufnehmen beschäftigt war, und näherte sich ihr.

Nachdem sie sich bei seinem Anblick aus ihrer gebückten Stellung erhoben, die erdigen Hände an der Arbeitsschürze abgewischt und ihn freundlich begrüßt hatte, sagte Graf Dehn, gleich ohne Einleitung aufs Ziel steuernd:

"Ich komme mit einer Frage, gute Frau Madsen: Können Sie mir vielleicht sagen, wie des Herrn Doktor Prestös Braut heißt? Sie haben gewiß bisweilen Briefe nach dem Postkasten am Wirtshaus unten im Dorf getragen und kennen ihren Namen—"

"Seine Braut? Ja, das weiß ich nicht. Aber er schreibt allerdings ab und zu an ein Fräulein. Sie heißt—sie heißt—Ingeborg Jensen."

"Hm—Danke! Und die Adresse? Es handelt sich um eine kleine Ueberraschung vom Schloß, deshalb frage ich bloß—"

"Adresse? Adresse? Ja, da kann ich mich allerdings nicht darauf besinnen. Aber sie wohnt bei einen Etatsrat Estrup in Kopenhagen. Das steht mit drauf."

"So, so, schön! Das genügt, meine gute Frau Madsen. Und sagen Sie dem Doktor gar nicht, daß ich gefragt habe, daß ich hier war! Es ist wegen der Ueberraschung. Sie verstehen?"

Und die Alte nickte, und nachdem ihr Axel ein Geldstück in die Hand gedrückt und sie noch einiges über den Gesundheitszustand im Dorf gefragt hatte, nahm er Abschied.

Als er die Straße hinabschritt, klopfte ihm ungestüm das Herz, und als er wieder in sein Zimmer gelangt war, schrieb er zur Sicherheit sogleich auf, was er erkundet hatte. Bei dieser Beschäftigung kam ihm auch die Erinnerung an die Briefschaften, die er dem Postboten abgenommen, und dabei zugleich, daß er nun doch vergessen hatte, die für Prestö bestimmten Eingänge an die Alte abzuliefern.

Er zog eilig alles aus der Tasche, legte die Briefschaften für Lavards für sich und schob das mit einem Bindfaden verknüpfte Bündel Zeitungen für Prestö bei Seite. Bei dieser Gelegenheit zeigte sich, daß auch Briefe vorhanden waren, und als Graf Dehn solche zur besseren Bergung berührte, sah er, daß auf der Rückseite der Name Ingeborg Jensen als Absenderin vermerkt war.

Und da zitterten des Mannes Hände, und seine Brust hob sich in heftiger Erregung.

Wie nun, wenn er sie um des Zweckes willen öffnete und ihren Inhalt las?

Aber ein Briefgeheimnis verletzen, dadurch abermals Imgjor einen Anlaß geben, ihn einer unkavaliermäßigen Handlung zu zeihen?

Und doch war ihm durch diesen Zufall das Mittel in die Hand gegeben, mit einem Schlage völlige Klarheit in die Verhältnisse zu bringen.

Axel hatte die Abrede getroffen, mit Lucile zwischen vier und sechs Uhr eine Spazierfahrt nach einem der südlich gelegenen Vorwerke zu unternehmen.

Er sah nach der Uhr. Die Zeit war gekommen. Er mußte sich hinaufbegeben.

Noch in solchem inneren Zwiespalt befangen, begab er sich, vorher die Briefe in seiner Brusttasche bergend, zu Lucile, bestieg mit ihr das beide bereits erwartende Gefährt und kutschierte, es selbst lenkend, aus dem Schloßhof hinaus.

Und als sie dann jenen Weg erreicht hatten, den Axel damals bei seiner Ankunft beschritten, trat plötzlich Imgjor aus dem Hause desselben Alten heraus, der Axel an jenem Mittag das Gepäck getragen hatte. Ein kalter Blick traf beide, als sie sie freundlich vom Wagen herab grüßten.

Nach dem Ball hatte sich Imgjor nicht mehr unten sehen lassen. Sie nahm die Mahlzeiten in ihrem Zimmer ein, sie war gegenwärtig mit einer im Gewahrsam befindlichen, ihres Schicksals wartenden Persönlichkeit zu vergleichen.

Auch an jenem Abend war sie, zum Verdruß all' der jungen Herren, die sie wie Planeten umkreisten und um ihre Gunst zu werben suchten, nicht wieder zum Vorschein gekommen.

"Wenn ich mir diese ganze Angelegenheit überdenke," hub Lucile an, "will's mir nicht wie Wirklichkeit, sondern wie ein Roman erscheinen. Meine Schwester ist nicht meiner Mutter Kind! Mein Vater führt die Entlarvung ihrer Geburt herbei! Ich sehe die Möglichkeit, Imgjor wirklich zu verlieren, sie hinausgehen zu sehen in die Welt als Predigerin des Umsturzes, zugleich als Frau eines Prestö, eines rachsüchtigen Fanatikers, eines Unwürdigen! Heute zweifeln Sie doch auch nicht mehr daran, daß der Mensch ein solcher ist, Graf Dehn?"

Zunächst wich Axel Luciles Fragen noch aus. Er wünschte einen anderen, ruhigeren Ort zu erreichen, um Lucile Mitteilungen zu machen. Erst als sie das Vorwerk erreicht hatten und sie hier in einen altmodisch bestellten, hinter dem Wirtschaftshaus befindlichen Garten traten, sagte er nach schicklicher Einleitung:

"Ich möchte Ihnen etwas sagen, Komtesse! Ich möchte Sie bitten, mir zu raten—"

Und dann eine von Ulmen eingefaßte Höhe besteigend und Lucile zum Niedersitzen auf einer hier befindlichen Bank auffordernd, berichtete er ihr, nachtragend, nicht nur von dem Gespräch, das zwischen ihm und Imgjor am Ballabend stattgefunden hatte, sondern auch von dem, was heute im Dorf geschehen war.

Seinem Vortrage hörte Lucile mit größter Spannung zu, und währenddessen verrieten ihre Mienen nichts anderes, als ein sachliches Interesse.

Als Graf Dehn aber die Frage aufwarf, ob es zur möglichen Wiedergewinnung und Umkehr Imgjors nicht Pflicht sei, den Inhalt der Briefe zu untersuchen, schüttelte sie den Kopf mit einer Miene, in der ausgedrückt war, daß sie den bloßen Gedanken schon nicht begreifen könne.

Aber noch etwas anderes kam in einem deutlich erregten, Luciles sonstigem ausgeglichenem Wesen nicht entsprechendem Tone zum Vorschein.

"Sind Sie denn noch immer nicht kuriert, Graf Dehn? Ich sollte denken, daß Ihnen nach solchen Erklärungen doch der Geschmack vergehen und—pardon—Ihr Selbstgefühl Sie zurückhalten sollte, um meine Schwester zu werben! Sie wissen, wie ich über Imgjor, die ich auch ferner als mir zugehörig ansehe, denke. Mein Urteil über sie hat sich nicht verändert und kann sich nicht ändern, aber daß Sie beide nach all' diesen Vorgängen nicht für einander passen, daß Sie ebenso unglücklich werden würden, wie sie es mit Prestö sicher wird, erscheint mir ganz zweifellos."

Graf Dehn wurde durch diese Sprache sehr betroffen, so betroffen, daß er nicht einmal zu einem ausgleichenden, seine Empfindungen klarstellenden Gegenwort gelangte.

Was er sich bei früherer Gelegenheit wieder aus dem Sinn geschlagen, war in ihm diesmal zur Gewißheit geworden: Ein eifersüchtiges Interesse für seine Person hatte Lucile sprechen lassen! Aber er sagte sich auch, daß er eine große Thorheit begangen habe, sie abermals in seine Pläne einzuweihen, ja, daß er, da es geschehen, fortan auf Rankholm—ohne Luciles Freundschaft—einen unhaltbaren Stand haben werde.

Unter solchen Gedanken suchte Graf Dehn vergeblich nach einem Ausgleich.

Seiner Neigung und seinen Entschlüssen untreu zu werden, weil ein anderes weibliches Wesen ihn deshalb verurteilte, konnte nicht einmal Gegenstand seiner Ueberlegung sein.

Freilich hatte sich auch inzwischen wieder in Lucile eine Wandlung vollzogen.

Sie, die Stolze, die ihre Hand nur nach einer Fürstenkrone hatte ausstrecken wollen, bereute, sich so vergessen, sich so vor ihm bloßgestellt zu haben. Sie mußte deshalb darauf bedacht sein, ihm so rasch wie möglich die Eindrücke zu nehmen, die sie aus ihrer von ihrem Herzen gedrängten Unvorsicht in ihm hervorgerufen hatte. Niemals sollte er ein Recht haben, zu glauben oder gar zu behaupten, daß sie sich ihm genähert, durch ihre Haltung um ihn geworben habe. Mit diesem Augenblick, den er nicht benutzt hatte, ihr wenigstens einen

Brosamen zu gewähren, erstickte sie mit ganzer Kraft ein für allemal ihre Gefühle für ihn, zwang sie sich, ihrer Natur aber auch insofern zu gebieten, als sie ungerechte oder gar feindliche Gesinnungen gegen den Mann, der sie verschmäht hatte, nicht aufkommen lassen wollte.

Infolgedessen sagte sie, sich zu äußerster Sachlichkeit auch im Ton zwingend:

"Mißverstehen Sie mich nicht, Graf Dehn! Wir würden an sich alle sehr glücklich sein, wenn Sie uns durch eine Verbindung mit Imgjor so nahe wie möglich rückten, wenn unseren bereits vorhandenen, warmen Beziehungen noch dieser Stempel aufgedrückt würde. Ich habe Sie nur in ihrem Interesse warnen wollen, nicht einem Phantom nachzujagen. Wenn Imgjor Ihnen dennoch ein Jawort geben würde, Sie vor schweren Enttäuschungen zu behüten. Ich will trotz meiner Ansichten, wenn Sie es wünschen, dennoch Ihre Verbündete sein. Nur stehen Sie davon ab, in solcher Weise den Knoten lösen zu wollen! Das, eben das würde eine Imgjor mit ihrem sein ausgeprägten Gerechtigkeitssinn Ihnen nie verzeihen. Es ziert Sie nicht. Nur einen Weg gäbe es—und daß wir ihn beschritten haben, müßte ein unverbrüchliches Geheimnis zwischen uns bleiben. Wir könnten Imgjor die Briefe zustellen. Sie mag dann thun, was ihr gutdünkt."

Durch diese Worte wurde Graf Dehnaufs angenehmste berührt. Während er sich schon der kummervollen Befürchtung hingegeben hatte, daß sie ihm seine Zurückhaltung mit Feindseligkeit lohnen werde, baute sie Brücken zu ihm, die von neuem von ihrer Klugheit, ihrem Takt, ihrer Erziehung und ihrer vornehmen Gesinnung Zeugnis ablegten.

Aber deshalb ward er auch gedrängt, nichts Unklares mehr zwischen ihnen bestehen zu lassen, auch seinerseits zu festen, guten Freundschaftsbeziehungen durch offene Bekenntnisse beizutragen.

"Ich danke Ihnen, danke Ihnen von ganzem Herzen, Komtesse," hub er an.

"Und gestatten Sie, daß ich auf alles, was Sie berührt haben, eine freimütige Antwort erteile. Unter normalen Verhältnissen würde mir wahrlich niemals auch nur der Gedanke kommen, ein Schriftgeheimnis zu verletzen. Ich betrachte es, gleich Ihnen, als ein Vergehen. Aber wir dürfen, wo es sich um die Wohlfahrt eines uns nahegehenden Menschen handelt, um ein Wesen, daß wir in dem Sinne lieben, daß wir unser eigenes Leben ihm opfern würden, Anschauungen und Bedenken, die sich uns sonst durch unsere Grundsätze aufdrängen, nicht aufkommen lassen. Wie im Kriege niemand die äußerste List verwerflich finden wird, um den Feind zu bezwingen, so giebt's Lebensverhältnisse, wo Gewohnheitsanschauungen zurücktreten müssen.

Ein Mann wird ein junges Mädchen nicht plötzlich umfangen und an sich pressen. Aber wenn es ins Wasser stürzt und die Fluten über ihm zusammenschlagen, hat der Retter das Recht zu einer solchen Berührung.

Also die Umstände entscheiden über die Handlungen. Die Dinge sind eben das, wozu jene sie machen und was wir durch unsere Auffassungen in sie hineinlegen.

Ich sage das alles, weil ich gerade von Ihnen—die meinem Herzen nach Imgjor am nächsten unter den Frauen auf der Welt steht—verzeihen Sie mir diese offene Sprache!—nicht falsch beurteilt werden will.

Und dann noch eins: Mich treiben mein Mitgefühl und meine Pflicht. Sie stehen mir über der Sicherheit, dadurch gerade alles, was ich wünsche, begraben zu müssen.

Mein Herz zittert schon, wenn ich denke, daß dieses schöne, edle, nur falsch beratene Mädchen unglücklich werden, daß sie einst weinen und schluchzen, daß ihre Seele in Nöten liegen könnte, daß ihr wirklich die fürchterliche Enttäuschung würde, die ich fürchte. Ein Mensch, wie Prestö, wird sein Weib, wenn es sich ihm nicht willenlos unterordnet, knechten, gar mißhandeln! Ich stelle mir vor, daß er solches thun könnte, und mein Inneres schwillt unruhvoll auf in grenzenloser Sorge und Mitleid um sie. Ich kann's nicht ändern. Ich liebe sie mit heißer Zärtlichkeit, und eben diese meine Liebe läßt mich handeln. Ich danke Ihnen im übrigen für Ihre Zustimmung. Vielleicht können wir die Briefe in ein Kouvert stecken, es mit verstellter Hand überschreiben und Imgjor zustellen."

Aber Lucile bewegte bei diesem Vorschlag die Schultern und zeigte eine zweifelnde Miene. Er gefiel ihr nicht.

"Nein, ich möchte anders raten, lieber Graf," hub sie an. "Was Sie vorschlagen, kann einen Verdacht auf Personen lenken, die gänzlich unschuldig sind. Das Verfahren kann auch dem Postboten Unannehmlichkeiten bereiten. Ich meine so: Ich gehe zu meiner Schwester, sage ihr, daß Briefe für Prestö mit in unsere Post geraten seien, und überlasse es ihr, durch Oeffnen ihr Schicksal zu entscheiden oder sich zu bescheiden. Freilich ist auch das nicht ganz der Wahrheit entsprechend, aber wir handeln so am ehrlichsten."

"Ja, so ist es gut, so ist's noch besser, Komtesse! Auch dafür danke ich Ihnen!" stieß Graf Dehn belebt und einen Blick ehrerbietiger Bewunderung auf das junge Mädchen richtend, heraus.

"Immer entscheiden Frauen richtig!"

Ungleich beugte sich Graf Dehn auf Luciles Hand herab und drückte einen Kuß darauf. Und Lucile schoß, obschon sie dagegen kämpfte, ein Blutstrom in die Wangen, und sie zitterte heftig.

Sie liebte den Mann, und sie litt, weil er sie verschmähte, schwere Qualen.

* * * * *

Wieder saßen sie alle abends im Schlosse Rankholm beisammen, und abermals war von nichts anderem die Rede als von Imgjor.

Und jetzt beschäftigte sie ausschließlich der Inhalt der Unterredung, die zwischen dem Grafen Knut und Prestö stattgefunden hatte. Jetzt eben erhob sich nach sehr lebhaften Erörterungen Graf Lavard und sagte, zugleich diese Gelegenheit zu einem Bekenntnis ergreifend:

"Gewiß! Als ich neulich Imgjor in solcher Weise begegnete, riß mich der Zorn hin, und im Zorn traf noch niemand das Rechte. Aber ich erkläre auch jetzt aufs Entschiedenste nochmals, daß ich auf meinen Bedingungen beharre. Also das, lieber Graf, ist meine, durch nichts zu erschütternde Antwort. Und Herrn Prestö nochmals oder jemals überhaupt wieder zu empfangen, lehne ich definitiv ab! Und nun, liebe Merville, bemühen Sie sich zu Komtesse Imgjor hinauf und bitten Sie sie, zu erscheinen. Sie soll hören, was ich zu erwidern habe, und ich will nun gleich ihr letztes Wort vernehmen—"

Aber jetzt erlaubte sich Graf Dehn auf den Grafen einzusprechen.

Indem er sich der vollen Kunst seiner Gewandtheit bediente, bat er ihn inständig, heute noch keine Entscheidung zu treffen, Imgjor noch eine größere Frist zu gewähren. Er wisse, daß erst in diesen Tagen Imgjor Aufklärungen über das Verhältnis Prestös zu seiner bisherigen Braut empfangen werde. Imgjor sei deshalb noch gar nicht in der Lage, eine bejahende oder verneinende Antwort zu erteilen. Und zum Grafen Knut gewendet, den immer noch ein Interesse für Prestö beherrschte, und der solches auch bei dieser Gelegenheit an den Tag gelegt, fragte er:

"Hat Ihnen Prestö nicht auch dergleichen gesagt, Herr Graf? Oder hat er behauptet, daß seine Beziehungen zu seiner Braut völlig gelöst seien?"

"Nein und ja," entgegnete der Graf. "Es war dies der einzige Punkt, der mich etwas stutzig machte. Er entgegnete auf meine Frage, ob er Komtesse Imgjor unter allen Umständen heiraten wolle, daß er darauf heute nicht antworten könne. Ohne Zustimmung der Eltern sie aus dem Hause zu reißen, widerstrebe doch seinem Empfinden—"

"Ah—ah—oder vielmehr seiner habsüchtigen Seele!" fiel Graf Dehn verächtlich ein.

"Also eine Hinterthür läßt er sich doch offen! Wahrlich, Sie handeln lediglich in Komtesse Imgjors Interesse, wenn Sie, ihr jeden Vermögensanspruch verweigern zu wollen, vorgeben, Herr Graf—" hier wandte sich Axel an den Hausherrn. "Ich möchte jetzt beinahe einen Eid darauf ablegen, daß Prestö selbst zurücktritt."

* * * * *

Im Rankholmer Schloß lagen, wie früher erwähnt, die dem täglichen Gebrauch dienenden Gesellschaftsgemächer nach der Parkseite hinaus. Im Flügel zur Linken, wo im Zwischenturm Imgjor wohnte, dehnten sich die Festräume, und im Flügel rechts, ebenfalls mit dem Ausblick nach Kneedeholm, befanden sich die Privatzimmer des Grafen.

Als Lucile in der Absicht, Imgjor die Briefe von Prestös Braut einzuhändigen, vor dem Abendessen aus ihrem Zimmer trat, gab ihr der ihr begegnende Frederik auf ihre Frage, ob sich die Komtesse auf ihrem Zimmer befinde, die Antwort, daß sie nach Tisch das Schloß verlassen habe und noch nicht zurückgekehrt sei. Aber während Lucile nach Frederiks Entfernung noch unschlüssig dastand, tauchte gerade Imgjor, welche die Haupttreppe von der Schloßhofseite her emporgestiegen war, auf dem Flur auf. Sie begrüßte Lucile durch eine kurze Verneigung des Kopfes, wandte sich dann aber sogleich, ohne Anrede, dem Korridor zu.

"Ich möchte dich gern sprechen, Imgjor!" hub Lucile, sich Imgjor nähernd, an.

"Wenn's dir genehm ist, treten wir in mein Zimmer—Ich bitte—!"

"Was ist denn?" fiel ihr Imgjor in einem müden Ton in die Rede. "Willst du mich auch belehren, Lucile? Es ist besser, du stehst davon ab! Ich kann dir und euch allen jetzt keine Antwort erteilen. Jedes Sprechen ist nutzlos. Heute werde ich Prestö sehen, und von dem Ausfall seiner Erklärungen ist die abhängig, welche ich euch geben werde."—Und dann in einem veränderten Ton: "Ach—glaube mir, Lucile—ich leide! Ich nehme die Dinge nicht leicht, ich bestehe einen schweren Kampf. Aber ich kann doch nicht anders!"

Und dann brach sie in ein stilles Weinen aus—auch lehnte sie sich plötzlich—des Ortes nicht achtend—an Luciles Brust.

"Komm, Imgjor, meine Imgjor! Nicht hier! Tritt zu mir herein! Wir wollen dort weitem reden. Ah—ah—wie du fassungslos bist! Arme, liebe Seele!"

Unter solchem Zuspruch zog Lucile Imgjor ins Wohngemach, hieß sie dort sich ans Fenster setzen, rückte gleichfalls einen Stuhl herbei, ergriff der noch immer heftig Schluchzenden Hände, hielt sie fest und sah ihr liebevoll in die Augen.

"Ich bitte dich—" redete sie auf sie ein—"sprich dich einmal ordentlich aus!

Sieh mich an als deinen besten Freund! Wahrlich, Imgjor, ich denke nichts anderes als dein Glück. Aber sei gerecht! Thust du nicht selbst alles, um es zu verscherzen?"

"Ich muß so handeln, wie meine Natur es verlangt, Lucile! Ja, wenn's etwas Schlechtes wäre! Ich will aber doch nur Gutes. Und daß ich den Doktor liebe, kann ich dafür? Man folgt seinem Trieb und Herzen, und soviel man auch Vernunft zu Hilfe nimmt, man vermag ihrer Gewalt nicht zu widerstehen. Was ich will, sagte ich dir: Ich will Prestö nochmals auffordern, mir die Beweise zu geben, daß er frei ist. Ich will ihn fragen, ob er auch dann zu mir halten will, wenn mich Papa verläßt.—In allen Fällen reise ich, wenn er es erlaubt, mit euch nach Kopenhagen. Wer weiß, ob sich mein Schicksal nicht bereits heute entscheidet. Ich bin—plötzlich—selbst—irre—geworden.—Vielleicht liebt er mich gar nicht—wollte er nur mein Geld—wie all' die anderen—"

Abermals brach die Stimme, abermals kürzten Thränen aus den Augen des schönen Mädchens.

Die Rinde, die sich um ihr Herz gelegt hatte, war geborsten.

Nun, in diesem Augenblick glich sie einem bedrückten Kinde, das ganz Gefühl ist, das nach Trost und Hilfe sehnsüchtig verlangend die Hände ausstreckt. Die Starrheit, der Trotz, der unbeugsame Wille waren gebrochen.

Und da schien denn Lucile der Augenblick gekommen, um mit ihren Plänen hervorzutreten.

Indem sie Imgjor zärtlich in die Arme nahm, sagte sie:

"Höre, Imgjor, was ich dir sagen wollte, und lasse mich dir wiederholen, wie wir alle übereinstimmend denken: Papa wird dir keinerlei Hindernis in den Weg legen, auch in Ankunft dein edles Menschentum zu bethätigen. Er will nur nicht, daß du dich in den Dienst jener Beglückungsideen stellst, die er und die alle Ruhigdenkenden als verderbliche betrachten. Von Prestö haben wir sämtlich, auf unsere Eindrücke gestützt—ich wiederhole dir's—die ungünstigste Meinung. Die Unterredung zwischen ihm und Graf Knut ist resultatlos verlaufen. Papa will sich auf nichts einlassen. Dich nun also zu überzeugen, daß Prestö deiner nicht wert, halten wir für unsere Pflicht und Aufgabe. Unsere Liebe diktiert unsere Schritte. Ich bin zufällig in den Besitz von Zuschriften gelangt, die Prestös Braut an ihren Verlobten gerichtet hat. Sie sind durch den Briefträger zwischen unsere Postsachen geraten. Das junge Mädchen heißt doch Ingeborg Jensen, nicht wahr?"

"Ja—ja—gewiß! Allerdings! Und du hast diese Briefe? Und du hast sie gelesen?"

"Nein, Imgjor, ich habe sie nicht geöffnet. Ich fand sie, wie gesagt, und nahm sie an mich und behielt sie, da ich den Namen Ingeborg Jensen aus Kopenhagen als Absenderin darauf vermerkt fand. Auch das trifft zu, nicht wahr? Sie ist doch in Kopenhagen?"

Imgjor rückte den Oberkörper und nickte. Ihre Hände aber griffen, indem sie die Frage Luciles stumm bestätigte, nach den Schriftstücken.—

"Sieh', Imgjor, wenn du sie öffnest, so wirst du erfahren, wie die Dinge liegen; du wirst wissen, ob Prestö dich täuschte—oder ob er wenigstens in diesem Punkte ehrlich war. Ich rate: Lies sie und darnach entscheide! Mir ahnt es— diese Probe wird dich heilen!"

Zunächst gab Imgjor keine Antwort. Nur Laute der Erregung drangen aus ihrem Munde.

"Also doch—doch—in Kopenhagen, und mir sagte er—" stieß sie gegen ihren Willen heraus. Dann prüfte sie, ihre Thränen trocknend, das Kouvert und den Absendervermerk und sagte nach kurzem Nachdenken fest: "Nein, Lucile, niemals werde ich fremde Briefe öffnen! Wenn ich mich solcher Mittel bediene, bin ich der Freundschaft eines Ehrenmannes nicht wert. Ich halte Prestö auch jetzt noch für einen solchen, wenn er auch vielleicht um seiner Liebe, um der höheren Zwecke willen, mir mehr beschwichtigende, als wahre Erklärungen gegeben hat. Vielleicht wußte er's selbst nicht besser; vielleicht glaubte er, daß seine Braut nicht mehr in Kopenhagen sei.

Aber ich will etwas anderes thun: Ich will ihn auffordern, die Briefe in meiner Gegenwart zu öffnen und mir vorzulesen.

Ist er der, für den ich ihn halte, entspricht ihr Inhalt dem, was ich voraussetze, so wird er keinen Augenblick zögern, meiner Aufforderung zu entsprechen.— Sträubt er sich aber—nun so—" Sie unterbrach sich, richtete den Blick geradeaus und schluchzte:

"O, lieber Gott, erlöse mich doch von diesen fürchterlichen Zweifeln! Zeige mir den rechten Weg!"

Und wieder innehaltend und Lucile mit einem traurigen Blick anschauend, sagte sie:

"Nicht wahr, Lucile, du liebst den Grafen Dehn? Ich bitte dich, schenke mir dein Vertrauen, sei auch du so aufrichtig, wie ich es in dieser Stunde gegen dich gewesen bin!"

"Weshalb befragst du mich darum, Imgjor?"

"Weil ich diesen Mann niemals heiraten werde, ihn aber doch für so wertvoll halte, daß ich ihn dir von ganzem Herzen gönne. Nähere dich ihm, suche sein Herz! Ich will dir dadurch helfen, daß ich entweder Prestös Gattin werde oder mich euch für immer entziehe. Mir bleibt dann ein anderer, herrlicherer Bräutigam. Mein Bräutigam soll—" hier flammte des Mädchens Auge begeistert auf—"auch ferner die leidende Menschheit sein! Kann ich nicht im Großen wirken, so will ich ein Freund, ein Retter, ein Helfer der verschämten Armen, der vielen Elenden und Kranken werden. Ich will zu denen mich begeben, von denen ich ausging. War mein Vater ein Mann aus dem Volke, sank er,—einer von den Tausenden, welche Elend und verkehrte Erziehung auf Abwege führten—, so will ich versuchen, meine gleich bedrängten Mitmenschen vor Gleichem zu bewahren, will als Kind meiner Eltern in solcher Weise ihre Fehler nach Kräften sühnen. Ich weiß, der gerechte und barmherzige Schöpfer wird mir zulächeln, wird meine That mit Erfolg krönen! Und ich bitte dich, Lucile, gieb mir Antwort auf meine Frage: Liebst du Axel Dehn—?"

Einen Augenblick zögerte Lucile noch. Sie schob den Kopf zurück und drängte die Lippen zusammen. Dann sagte sie:

"Nun wohlan, Imgjor: Ja, ich liebte ihn! Aber er hat mich nicht gewollt, mich gar zurückgewiesen. Und das vergißt eine Lavard nie! Verschmähst du ihn— ich habe seit dem heutigen Tage für immer auf ihn verzichtet—"

Imgjor sah Lucile an und forschte in deren verschlossenen Zügen.

Blässe war auf ihre eigenen Wangen getreten. Es blieb unentschieden, was sie dachte, wie die Worte Luciles auf sie gewirkt hatten. Bevor sie sich aber trennten, umarmte sie ihre Schwester in heftiger Bewegung, neigte sich zu ihr und küßte sie wie ein Mensch, den das Uebermaß des Gefühls verhindert, zu reden.

* * * * *

Am nächsten Spätnachmittage empfing Imgjor, im Einverständnis mit ihrer Mutter, den Doktor Prestö im Wegwärterhäuschen.

Heute eilte sie ihm nicht entgegen. Sie saß, das Haupt auf die Hand gestützt, am offenen Fenster und starrte hinaus. Einer bemerkte sie, Graf Dehn. Wissend, daß heute die Zusammenkunft mit Prestö stattfinden werde, hatte er sich nach einem vorhergegangenen Spaziergang dahin begeben, und sah Imgjor dort sitzen.—

Prestös Eintritt entriß sie ihren trüben Gedanken. Unruhig ging's durch ihre Glieder, ihr Herz klopfte stürmisch. Sie wußte es, daß jetzt die Entscheidung kommen würde.

Aber in Prestö war bereits alles gefestigt. Das unbedacht geschlossene Bündnis wieder zu lösen, beschäftigte ihn allein.

Graf Knut hatte ihm einen Brief gesandt. Durch dessen Inhalt war er belehrt worden, daß Imgjor nichts zu erwarten habe, daß ihm die Zukunft, hielt er an ihr fest, eine unerträgliche Last aufbürden werde.

In solcher inneren Verfassung hatten beider Mienen etwas äußerst Unfreies. Prestö knüpfte sogleich an die Zeilen des Grafen Knut an. Er erzählte ihr, was sie schon von Lucile wußte, und gab sich sehr bedrückt.

"Was ist uns Geld und Gut, wenn wir einigen Herzens sind, Erik!" fiel Imgjor ein.

"Gewiß, den großen Zielen, die wir verfolgen wollen, ist ein Hemmschuh angelegt. Aber es bleibt uns das lebendige Wort für die Sache, dadurch für das große Werk zu wirken, es zu fördern!"

"Wirst du aber gegen den Willen der Deinigen dich aufraffen können, Imgjor? Wird dir nicht die Reue kommen? Alle Brücken brichst du hinter dir ab! Hier in Kneedeholm können wir nicht bleiben. Ich muß erst einen neuen Wirkungskreis suchen, wieder einen Erwerb finden. Dann erst können wir an eine Verbindung denken. Was willst du in der Zwischenzeit beginnen? Wir sollen beide leben! Ich bin ohne Mittel! Deshalb betonte ich die Notwendigkeit, deinen Adoptivvater wenigstens zur Herausgabe eines Bruchteils seines Vermögens zu bewegen. Nach des Grafen Knut Bericht wird er sich dazu nicht verstehen. Was aber soll dann werden?"

Imgjor hatte Prestö mit starrem Ausdruck zugehört. So kalt, so nüchtern, so voller Bedenken hatte er gesprochen, so gefühllos das alles vorgebracht! So ganz anders hatte nun, da sie ein armes Geschöpf war, ärmer als irgend eine Bauerstochter in Kneedeholm, seine Rede gelautet! Statt der bisherigen stürmischen Worte, statt des zärtlichen Flehens, statt der Beteuerungen und Bitten, ihm zu folgen, ihm zu glauben und zu vertrauen, alles leicht zu nehmen, nur ihr künftiges Glück und die großen Ziele ins Auge zu fassen— saß nun ein feiger Schwächling ihr gegenüber. Ach, noch weit mehr! Und diese furchtbare Erkenntnis trieb ihr das Blut gegen das ohnehin erregte Herz.

Jedes Wort hatte die Absicht verraten, sie so rasch wie möglich wieder von sich abzuthun, rückgängig zu machen, was er hundertfältig beteuert hatte.

Dennoch beschloß sie, zu ihrer völligen Heilung den Becher auszukosten.

Sie sprach, sich zur Fassung und zu einem freundlichen Gleichmut zwingend:

"Ich denke anders als du, Erik! Liebe kennt keine Berge und Abgründe. Sie überwindet alles. Ich würde jegliches geduldig auf mich nehmen, wüßte ich mir dadurch den Sieg zu erringen. Aber du bist nicht frei, es sei denn, daß der Inhalt dieser Briefe—" hierbei zog sie die Zuschriften seiner Braut hervor —"Klarheit in deine Angelegenheit bringt."

Nachdem sie dies vorausgesandt, auch gleich eine Erklärung hinzugefügt hatte, auf welche Weise sie in den Besitz der Schriftstücke gelangt sei, bat sie ihn, sie zu öffnen und den Inhalt vorzulesen.

Mit Augen, die nur zu deutlich seine ungeheure Verwirrung verrieten, sah Prestö auf die beiden Briefe. Aber ebenso rasch umspielte ein verächtlich überlegener Zug seine Lippen.

"Das ist gar nicht Ingeborgs Handschrift. Sicher hat ein Schuft irgend ein Bubenstück ersonnen, darauf berechnet, deine Meinung über mich irre zu führen! Und ein sehr plumpes ist es zudem, da diese Briefe von Kopenhagen adressiert sind, während meine Braut, wie ich dir sagte, gar nicht mehr dort ist, sondern sich irgendwo in Frankreich befindet."

Im ersten Augenblick wurde Imgjor bei dieser sicheren Sprache stutzig. In ihrem Herzen wollte es noch einmal aufkeimen; der niederschmetternde Eindruck seiner kühlen Sprache von vorhin wich, eine selige Hoffnung bemächtigte sich ihrer. Aber dann sah sie ihm wieder ins Angesicht, und was sie darin erblickte, das belehrte sie ebenso rasch eines anderen.

Er öffnete, da er sich durch ein Erheben unbeobachteter glaubte, mit derselben Unruhe, die sie vorher an ihm wahrgenommen, einen der Briefe, und sie sah in seinen Zügen ein jähes Erschrecken schon beim Lesen der ersten Zeilen.

Und da kam ihr ein Entschluß!

Durch eine zutraulich gelassene Miene von ihm die Erlaubnis zum Studium des Schreibens erzwingend, löste sie das Kouvert, nahm das mehrere Seiten umfassende Schriftstück heraus und durchflog den Inhalt.

Und als sie dann die Lektüre beendet hatte und in demselben Augenblick Prestö, die Komödie fortsetzend, in Worten der Empörung über den Grafen Dehn ausbrach, sprang Imgjor, ihrer Empfindungen nicht mehr Herr, empor und richtete einen von Verachtung erfüllten Blick auf den Mann.

"Genug, genug! Nicht noch mehr des fürchterlichen Spiels der Lüge und der Vernichtung meines Herzens!" brach's aus ihrem Munde hervor. "Füge der Schändlichkeit der doppelten Untreue, der Berechnung und unlauteren Gesinnung, füge der Entwürdigung deiner selbst nicht noch eine neue hinzu! —Wisse denn: Diese Briefe sind keine Fälschungen! Den Betrug, die Verworfenheit begingst du, indem du ihre Echtheit leugnetest! Das, was hier geschrieben steht, was durch die Thränen eines fürchterlichen Schmerzes fast verwischt wurde, ist das unverfälschte Produkt der Zuckungen einer verratenen Seele. Dennoch hätte ich dir das vergeben, dennoch wäre ich friedlich von dir geschieden, dennoch wärest du ohne Vergeltung durchs

Leben gegangen, wenn du nicht jetzt, in dieser heilig ernsten Stunde, mit solcher Larve mich zu betrügen, auf andere einen Verdacht zu werfen gesucht hättest. Das war die Handlung einer niedrigen, erbärmlichen Natur. Das und deine zögernde, bedenkliche Sprache von vorhin, beweisen mir, daß du nichts anderes warst und bist, als ein berechnender Egoist, ein Komödiant, daß du alles und jegliches, Liebe für mich und Enthusiasmus für die großen Ideen nur heucheltest, um mein Geld an dich zu bringen! So, und nun gehe! Was dir werden soll, werde ich überlegen! Nach deinem Verhalten werde ich das Maß abmessen!"

Aber was Imgjor erwartete, geschah nicht.

Statt Erschütterung oder gar Zorn an den Tag zu legen, bewegte Prestö den Kopf und machte eine Miene, als ob eine arme, kranke Irre soeben geredet habe.

"Wenn Sie glauben, daß Sie sich in mir getäuscht haben, Komtesse Lavard, so bin ich noch weit mehr enttäuscht. Auf bloße Eindrücke hin fällen Sie Urteile und bedienen sich gegen einen Ehrenmann einer Sprache, die, wäre sie aus dem Munde eines Mannes gedrungen, nur hätte durch den Degen die verdiente Zurückweisung erfahren können. Ich hielt Sie für ein edles Wesen. Ihre gelegentlichen Schroffheiten betrachtete ich als das Unvermögen, der Entrüstung über die die Welt erfüllenden Ungerechtigkeiten Herr zu werden, als ein Ergebnis Ihres zielbewußten, von Grundsätzen getragenen Charakters. Was soll mir im ehelichen Zusammenleben werden, wenn Sie jetzt schon eine solche Sprache führen, wenn Sie so wenig Ihr Ich zu beherrschen vermögen? Ich wiederhole, daß diese Briefe nicht von meiner ehemaligen Braut geschrieben wurden. Ich erhebe dafür die Hand zum Schwur. Das sage ich nicht zu meiner Rechtfertigung—ich habe mich nicht zu rechtfertigen—sondern um meinen Entschluß zu begründen, dennoch auf Ihre Hand zu verzichten. Die Stellungnahme des Herrn Grafen macht ohnehin—ich wiederhole früher Gesagtes—vor der Hand eine Verbindung unmöglich. Wenn ich alle Stationen mit Ihnen auch durchmessen wollte, ich sehe, daß wir scheitern müssen, weil die Macht, der Einfluß und das Geld, jene Gewalten, die ich hasse und seit meiner Jugend schon bekämpft habe, zu mächtig sind. Diese Scene aber hat mich belehrt, daß Sie eine andere sind, als ich mir gedacht habe. Ohne Vertrauen, ohne Mäßigung ist ein Bündnis ein Unding. Es war eine Prüfung, es war ein Versuch, der gegen Sie ausschlug.—Leben Sie wohl! Ich trage Ihnen nichts nach. Sollten Sie aber auf Ihren leidenschaftlichen Vergeltungsplänen beharren, so darf ich Ihnen ins Gedächtnis zurückrufen, daß ich kein Knabe bin, daß ich mit einem irregeführten weiblichen Wesen leicht fertig werde!"

Nach diesen Worten wollte sich Prestö entfernen. Aber sie, die ihm zugehört und dagestanden, als ob sich ihr Körper in Stein verwandelt habe, sagte nach tiefem Atemholen:

"Waren diese Briefe nicht von Ihrer Braut, so sind Sie von dem Vergehen dieser Vorspiegelung entlastet! Ich glaube Ihnen aber nicht und werde forschen. Eine andere Hand mag sie geschrieben haben, der Inhalt stammt von ihr. Behalte ich aber recht, spielten Sie auch diese Komödie, die mit Liebesschwüren begann, auf Lüge sich weiter baute, und die Sie nun, weil meine Armut Sie enttäuschte, noch eben wieder in plumpester Art erneuerten, indem Sie sich den Mantel der Unschuld umhängten und die plötzliche Erkenntnis meines Unwertes als Vorwand nahmen—so will ich Gott anflehen, daß Sie Ihre Strafe dafür finden mögen! So, und nun ersuche ich Sie, sich zu entfernen! Dies ist mein Gebiet und mein Heim! Noch heute schließe ich gegen Sie meine Thür und mein Herz. Sie haben alle Rechte an Imgjor, genannt Imgjor Lavard, verloren, aus diesem Spiel davongetragen nur ihre Verachtung und—waren Sie ganz ein Schurke—ihren Haß!"

So endete Imgjor, die Hand ausstreckend; und er, der Mann, der noch vor wenigen Tagen erklärt hatte, daß nie einer ein weibliches Wesen so selbstlos geliebt habe, daß ihm das Leben nichtig und wertlos ohne ihren Besitz sei, verließ, kalt verächtlich auf sie herabblickend, das Gemach.—

* * * * *

Da Imgjor in den letzten Tagen ihrer Familie fern geblieben war, erschien's nicht auffallend, daß sie sich auch an dem dieser aufregenden Scene folgenden Tage zurückhielt.

Sie war erst gegen Morgen in einen durch seelische Erschöpfung geförderten langen, bleiernen Schlaf gesunken, und als sie um die Mittagsstunde erwachte, war ihr Gemach erfüllt von leuchtendem Herbstsonnenschein.

Aber mit dem Wiedereintritt in die Welt der Wirklichkeit stürmten auch die schweren Gedanken auf sie ein, und von der Erinnerung an das am vergangenen Tage Geschehene überwältigt, starrte sie vor sich hin.

So war denn nun das Band zwischen ihr und jenem Manne dennoch und endgiltig zerrissen; so hatte doch der recht behalten, der sich gegen ihren Willen in ihr Leben gedrängt hatte! Noch mehr: Alle hatten recht behalten, und so rasch hatte sich die Prüfung der Unwürdigkeit Prestös vollzogen, daß zunächst nur der schamvolle Gedanke sie beherrschte, ihrer Umgebung die Thatsache zu verheimlichen.

Plötzlich war alles anders geworden.

Die Enthüllung ihrer Geburt hatte sie belehrt, daß sie geringere Rechte besaß als Lucile, in der sie eine Schwester zu sehen sich gewöhnt hatte. Plötzlich war sie eine nur Geduldete da, wo sie bisher das Lavardsche Scepter geschwungen.

Ihrer Pflegemutter hatte sie sich demütig unterzuordnen, statt ihr wie bisher mit stummer oder offener Auflehnung zu begegnen. Da sie sich verdeutlicht hatte, mit welcher Selbstentäußerung diese an ihr, dem Adoptivkinde, gehandelt, verwandelte sich ihre Minderachtung in Hingebung und Bewunderung. Aber gerade aus all diesen Ursachen und weil sie ein heftiges Unmutsgefühl gegen ihren Pflegevater ergriffen, deshalb sich ihrer bemächtigt hatte, weil sie sich sagte, daß er einer Lucile niemals so hart, so grausam begegnet sein würde, daß nur *ihr* das geworden, weil er sie als eine Halbwürdige betrachtete—verstärkte sich in ihr der Entschluß einer Trennung von den Ihrigen.

Zudem vermochte sie sich durch eine andauernde Entfernung von der Familie der Gefahr zu entziehen, dem Werben des Grafen Dehn dennoch zu unterliegen. Ihr Stolz verbot ihr, ihm je zu zeigen, daß sie etwas für ihn empfand. Sie wollte eine Liebe zu dem nicht aufkommen lassen, der sie sein Uebergewicht in solcher Weise hatte fühlen lassen.

Auch war ihre Begeisterung für die große Sache trotz der gemachten Erfahrungen nicht vermindert. Diese Erfahrungen mußten sie, wie sie sich sagte, nur von neuem belehren, wie sehr den Besitzenden zu mißtrauen sei.

Die Armen und Elenden würden sie niemals enttäuschen, und wenn doch, so verdienten sie lediglich Mitleid, weil ihnen die Erziehung nicht wie jenen geworden, weil ein zarteres Empfinden ihnen erst eingeflößt werden müßte.

Sie wollte in ihren Pflegevater dringen, ihr eine Freiheit zu gewähren, in der sie wenigstens im Kleinen ihre Menschenliebe zu bethätigen vermochte, sie wollte ihn zwingen, sie abzulösen von Verhältnissen, die ihrer Natur zuwiderliefen. Sie wollte nicht in Prunkgemächern wohnen, sie wollte keine Genüsse, keine kostbaren Gewänder und Vergnügungen. Sie wollte überhaupt keinen Ueberfluß, sondern ein auf Arbeit und hilfreiches Menschentum gerichtetes Leben. Sie erstrebte Beschäftigung mit edlen Dingen, mit der Natur und den feineren Regungen des Menschengeistes.

Und Kopenhagen, die Großstadt, erschien ihr als der rechte Ort dafür.

Dort wollte sie wohnen, um es zunächst kennen zu lernen, und dazu war jetzt, wo die Abreise vor der Thür stand, die beste Gelegenheit geboten. Zuvor aber wollte sie noch völlige Klarheit über das zu erlangen suchen, was zwischen der Gegenwart und der für sie dunklen Vergangenheit lag.

Unter solchen Erwägungen wurde geklopft, und Lucile trat zu ihr ins

Wohngemach.

"Nun, meine liebe Imgjor," hub Lucile an und umarmte ihre Schwester sanft, "wie ist's verlaufen? Lasse uns unser Vertrauen fortsetzen! Mache mich glücklich und sage mir, daß du Prestö nach Einsicht in die Briefe den Bescheid erteilst hast, den wir alle herbeisehnen!"

In Imgjor erhob sich bei diesen Worten ein schwerer, innerer Kampf.

Sie sollte von ihrem Thron herabsteigen, sie sollte gestehen, daß ihre Menschenkenntnis nur allzu winzig, daß ihr stolzes Selbstgefühl nur allzu unberechtigt gewesen.

Sich seiner selbst zu entäußern, sich seiner Hoheit um der bloßen Wahrheit, statt um eines Vorteils willen, zu entkleiden, erfordert einen starken, sittlichen Fond, ein besonders stark entwickeltes Rechtsgefühl.

Imgjor fand das, was ihrer zwiefältigen Natur entsprach. Sie gab der Wahrheit die Ehre und wahrte ihren Stolz.

Zunächst überwältigte sie allerdings ein machtvolles Gefühl.

Sie warf sich wie jüngst, einem Kinde gleich, an die Brust ihrer Halbschwester und brach in ein anhaltendes Schluchzen aus.

Dann schob sie den Körper zurück und sagte: "Aus irgend einem Grunde habe ich mich für eine Lösung meiner Beziehungen zu Prestö entschieden. Erweise mir darin deine Liebe, Lucile, daß du mich nach den Gründen nicht fragst. Sei eine Fürbitterin bei deinen Eltern, die auch mir Eltern waren, daß auch sie die Angelegenheit nicht ferner mehr berühren. Hilf mir, teure Lucile, daß meine Bitten erhört werden! Ich habe mehr denn je die Sehnsucht, Rankholm zu verlassen und mich irgendwo, fern von hier, nützlich zu machen. Will dein Vater mir zu solchen Zwecken keine Mittel zur Verfügung stellen, so möge er mir wenigstens das gewähren, was er bisher für meine Ausbildung aufwendete. Fräulein Merville hat ohnehin die Absicht, in ihre Heimat zurückzukehren. So möge er mir die für sie verausgabte Summe bewilligen und dieser etwa noch so viel hinzufügen, daß ich auf eigenen Füßen zu stehen vermag!"

Lucile, die mit glücklichen Mienen zugehört hatte, nickte rasch und bereitwillig.

"Ich will alles thun, Imgjor! Ich will schon deshalb und in weit größerem Umfange deine Wünsche befürworten, weil ich hoffe, daß dieser Austritt ins Leben dich gänzlich heilen wird, daß du einsehen wirst, daß es kein undankbareres Geschäft giebt, als seine Nebenmenschen ohne ihre Anforderung glücklich machen zu wollen. Also, das möge dich nicht bekümmern, Imgjor, und wenn du sonst noch—"

"Ja, noch etwas, Lucile: Bitte deinen Vater, daß er mir die Aufklärungen über meine Geburt nicht vorenthält. Ich muß jetzt alles wissen—"

Lucile versprach auch das. Dann warf sie zögernd hin:

"Und Graf Dehn, was wird's mit ihm?"

Imgjor preßte die Lippen zusammen. In ihren Augen erschien ein Ausdruck von Schmerz und Trotz, durch dessen Einwirkung sich die Lider unwillkürlich schlossen. Und dann sprach sie in einem unbeugsam kalten Ton:

"Sage ihm, daß ich auch ferner darauf verzichten muß, in eine engere Berührung mit ihm zu treten und daß eher über Nacht das Rankholmer Schloß im Walde von Mönkhorst emporsteigt, als daß ich sein Weib werde!"

* * * * *

Ueber zwei Jahre waren seit diesen Ereignissen verflossen, als an einem kalten, nebligen Märzmorgen eine wie eine barmherzige Schwester gekleidete junge Dame den Weg in die Kopenhagener Vorstadt Oesterbro nahm. In ihren Augen lag jener Verzicht auf irdisches Glück, jene milde Ruhe und sanfte Ergebung, die nur in den Gesichtern derer beobachten, welche sich dem Werke der Barmherzigkeit gewidmet und vielleicht die Hoffnung auf das, was ein Frauenherz bis zu einem gewissen Alter noch erfüllt, zwar nicht völlig aufgegeben haben, deren Erfüllung aber mit den gleichen Augen betrachten, mit denen der Erfahrene irgend einem Zufall vertraut.

Sie können so existieren; sie finden Befriedigung in der Pflichterfüllung, sie sehen die dankbaren Blicke der Kranken auf sich gerichtet, sie finden den köstlichsten Lohn, der einem Menschen durch seine Thätigkeitstreue werden kann, in der Wiedergenesung ihrer Pflegebefohlenen.—

Vor einem alten, großen Dreieckhause mit vielen kümmerlichen Fenstern und schiefen Mauern hemmte sie den Schritt, bog in einen neben diesem befindlichen Gang ein und öffnete die Thür eines hinten auf dem schmutzigen Hofe befindlichen Nebenhäuschens.

Seine Räume bestanden aus einer winzigen Vorder- und Hinterstube, die einem alten Ehepaar als Wohn-, Schlafzimmer und Küche dienten. Vorn in dem Wohnzimmer, das nichts anderes enthielt, als ein paar karge Vorhänge vor den Fenstern, einen Tisch, eine Kommode, einen Ofen und einen alten Lehnstuhl, saß in letzterem eine erblindete, alte, hilflose Frau, und jetzt eben verdunkelte ein solcher erstickender Petroleumdampf das Gemach, daß Imgjor Lavard, wie sie auch ferner noch vor der Welt hieß, unwillkürlich zurückprallte.

"Um's Himmelswillen, Frau Ohlsen, was haben Sie denn gemacht?" stieß Imgjor beunruhigt heraus. Gleichzeitig öffnete sie die Fenster und ließ frische Luft hereindringen.

"Was ist denn? Was ist denn?" tönte der Alten Stimme zurück.

"Merken Sie es nicht? Das Zimmer ist voll Rauch. Sie hätten ja ersticken können!"

"Ich hab' mir was Warmes gemacht. Ich fror so schrecklich. Ich hab' dann die Maschine wohl zu hoch geschraubt—"

Imgjor nickte, obschon die Blinde sie nicht sehen konnte. Sie ließ auch diesen Gesprächsgegenstand fallen und fragte mit gewohnter Milde:

"Nun, wie geht's heute, Frau Ohlsen? Haben Sie besser geschlafen?"

"Ein bischen, Fräulein. Heute morgen hab' ich aber wieder so schreckliche Schmerzen in den Füßen."

"So werde ich sie wieder einmal einreiben, arme Alte! Nachher, wenn ich fertig bin, mache ich mich daran!"

Nach diesen Worten entledigte sie sich ihres Hutes und Umhanges und begab sich gleich einer Dienstmagd an das Reinigen der Wohnung. Sie fegte aus, sie machte im Schlafzimmer die Betten, sie spülte Geschirr in der Küche aus. Das alles mußte täglich eine fremde Hand besorgen. Die blinde Frau konnte nichts thun, da sie, abgesehen von ihrem Sehunvermögen, ihre Glieder nicht zu bewegen vermochte, und der Mann, der früh fortging und spät von der Arbeit zurückkehrte, sank, da ihm die Kräfte für mehr schon fehlten, gleich erschöpft auf sein Lager.

Seit zweiundzwanzig Jahren war die Frau blind. Während dieser Zeit hatte er für sich und sie nur so viel verdient, daß sie sich notdürftig hatten satt essen können. Und zu der Blindheit während dieser Jahre kamen fortdauernd schwere Krankheiten, die Pflege und Aufwartung, die Arzt und Apotheke erforderlich gemacht hatten. Seit zweiundzwanzig Jahren war die Alte kaum je aus dem Häuschen gekommen, hatte nichts anderes gekannt, als Entbehrungen und Schmerzen.

Als Imgjor zum erstenmal in dieses Elend eingegriffen hatte, war die Wohnung durch Schmutz und Unrat förmlich verpestet gewesen. Die Leute hatten auf faulendem Stroh gelegen, fast kein Gegenstand war ganz gewesen. Erst neuerdings hatte Imgjor die alte Frau aus einer Lungenentzündung herausgepflegt, und was diese Krankheit erforderte, aus ihren Mitteln hergegeben.—

Nachdem Imgjor ihr tägliches Werk vollbracht hatte, sagte sie:

"Frau Ohlsen, ich habe jetzt gerade mehr Zeit. Ich will Ihnen nun jeden Spätnachmittag etwas vorlesen. Wollen Sie es hören?"

"O gewiß, mein liebes, gutes Fräulein," entgegnete die alte Frau mit dankbarer Betonung. "Was ist es denn?"

"Etwas Ernsthaftes, Gutes, Frau Ohlsen. Sie werden gewiß Vergnügen daran finden—"

"Ja, danke, danke, liebes Fräulein. Wie gut sind Sie gegen mich! Gott, wenn ich so denke, wie Sie uns geholfen und immer wieder geholfen, mich arme, hilflose Person in meiner Krankheit gewartet und gepflegt haben, dann möchte ich schon glauben—"

"Nun, meine gute Alte?"

"Daß Sie gar kein Mensch, daß Sie ein Engel sind, von Gott in die Welt gesandt, um die Menschen glücklich zu machen."

"Ach nein! Ich bin kein Engel, meine gute Alte," entgegnete Imgjor mit einem trüben Lächeln. "Ich bin ein Mensch wie Sie. Das eben befähigt mich ja, Sie zu verstehen, Ihnen ein wenig zu helfen. Nur wer eigenes Leid erfahren hat, vermag mit seinen leidenden Mitmenschen zu fühlen. Und so, wie Sie, giebt es viele Kranke und Bedürftige in dieser großen Stadt, denen, weil sie noch nicht ganz mittellos, noch nicht ganz elend und verlassen sind, keine öffentliche Unterstützung und keine Krankenpflege zu teil wird. Ich bin immer der Meinung gewesen, daß es die Aufgabe sei, das Traurige durch rechtzeitiges Eingreifen abzuwenden.

Wahrhaftig, wenn unseren Vorstandsdamen so zu handeln gelehrt würde, dann würden die Armen- und Krankenhäuser nicht so überfüllt sein, wie sie es sind; es würden weniger Menschen zu Verbrechern und Selbstmördern werden; das allgemeine Elend würde weniger groß sein. Da giebt es ein weites, brach liegendes Feld für eine erfolgreiche Betätigung der Nächstenliebe.

Und dieses Arbeitsfeld habe ich für mich erwählt. Ich suche zu helfen, wo ich kann und so weit es in meinen Kräften steht. Des Elends ist ja so viel auf Erden!"

"Ja, ja, liebes Fräulein. Wenn sie alle so dächten und so handelten, wie Sie! Aber so—Na, es muß aber auch ein schönes Gefühl für Sie sein, so geliebt zu werden und so viel Dank zu ernten."

"Dank?" entgegnete Imgjor bitter im Ton. "Ich habe ihn nie erwartet und kaum gefunden, wohl aber Undank, Neid, Mißgunst und üble Nachrede. So habe ich mich allmählich äußerlich zu einer kühlen Haltung gezwungen, zu einer fast rauhen Art. Ich unterdrücke die Regungen meines Herzens, mein Mitleid, die Rührung und die Thränen über die häufig entsetzliche Not. Ich thue es schon deshalb, weil die Menschen solche Weichheit garnicht verstehen. Wenn ich nur nicht auch noch verunglimpft werde, wenn sich der Undank nur nicht in noch Schlimmeres verwandelt, bin ich schon froh. Eben jetzt ist wieder etwas geschehen, was die gemeine Gesinnung mancher Personen zu Tage treten läßt, etwas, das auch in mir den Entschluß zur Reise gebracht hat, diesmal meiner Empörung Ausdruck zu verleihen."

Nach diesen fast ebensosehr an sich selbst gerichteten Worten und nach Ausführung der von ihr versprochenen Hilfsleistung verabschiedete sich Imgjor von der Alten und nahm den Weg in einen anderen Teil der Vorstadt. Dort wohnte eine Witwe, eine Wäscherin, mit ihrer Tochter, welche letztere unter Imgjors Pflege viele Wochen im Krankenhause gelegen und sich für deren Aufopferung dadurch bedankt hatte, daß sie einen empörende Verleumdungen gegen Imgjor enthaltenden Brief an den Hauptarzt gerichtet hatte.

Nachdem Imgjor zwanzig Minuten gegangen war, gelangte sie an eine unsaubere, von vielen kleinen Kindern bevölkerte und zum teil noch unbebaute Straße. In der Mitte der Gasse—einem zurückliegenden, von einem großen Garten umschlossenen Hause gegenüber—befand sich eine Branntweintaberne, und an diese lehnte sich ein kleines, verfallenes, auch noch aus früherer Zeit stammendes Gebäude, in dem die Witwe Holm mit ihrer Tochter und einer Stieftochter wohnte.

Der Unfriede zwischen Imgjor und Thora Holm, der früheren Kranken, war dadurch entstanden, daß jene auf das herz- und gemütlose Geschöpf, das seiner Stiefschwester sehr roh begegnet war, bessernd einzuwirken gesucht hatte. Auch als Thora das Hospital verlassen, hatte Imgjor sie nochmals eindringlichst vermahnt, ihrer alten Mutter fortan eine bessere Tochter zu sein, zu arbeiten und ordentlich zu werden. Die Leute litten Not, und Imgjor hatte ihren Ermahnungen die Erklärung hinzugefügt, daß sie nur dann materiell etwas für sie thun wolle, wenn Thora für die Erfüllung der gestellten Forderungen Beweise geliefert habe.

"Die Grevinde," wie Imgjor von der gesamten Bevölkerung in Kopenhagen schlichtweg genannt wurde, war wegen ihrer Wohlthätigkeit bekannt, und selten wendete sich jemand an sie, ohne Hilfe zu erhalten.

Der Ingrimm, daß Imgjor ihr die Wahrheit gesagt, der Aerger, in ihrer Erwartung auf eine Unterstützung getäuscht worden zu sein, hatten Thora Holm zu der Denunciation veranlaßt. Daß sie und keine andere das Schriftstück abgefaßt hatte, war erwiesen. Es störte Imgjor, daß sie den

Hauptarzt, mit dem sie um diese Zeit hier ein Zusammentreffen verabredet hatte, noch nicht erblickte. In seiner Gegenwart wollte sie die Person zwingen, ihre Perfidien zurückzunehmen und um Verzeihung zu bitten.

Aber während sie noch unschlüssig verharrte, drangen aus dem offenen Hause der Witwe jammernde Wehrufe. So markerschütternd trafen die Laute Imgjors Ohr, daß sie förmlich zusammenfuhr. Indessen beendete dieses Erschrecken auch ihr Zögern. Blitzschnell eilte sie vorwärts, betrat das Haus und wurde hier Zeuge einer wahrhaft entsetzlichen Scene.

Die Frau, ein starkknochiges, rothaariges Weib, und Thora, in einem schlumpigen Rock, mißhandelten im Flur die Stieftochter der Frau.

Während Thora die Unglückliche mit der einen Hand an den Haaren gepackt hielt und ihr mit der anderen in unbarmherziger Rohheit den Kopf bearbeitete, bediente sich das alte Weib einer ledernen Riemenpeitsche und brachte ihrem Stiefkinde auf diese Weise blutige Striemen auf dem ohnehin verletzten Körper bei.

Im Nu war Imgjor unter ihnen, riß der Alten den Arm herab, stieß Thora zur Seite und stellte sich, nachdem das mit ebenso großer Kraft wie Furchtlosigkeit geschehen war, mit drohend gebieterischer Miene vor den beiden Megären auf.

"Ah, ihr Furien!" entrang es sich ihrer vor Empörung keuchenden Brust.

In demselben Augenblick eilten auch schon von dem Geschrei herbeigezogen, Gäste aus der Taberne herbei, und diese drängten, von Imgjor laut und energisch ermuntert, die sich eben zum Kampfe gegen die Verteidigerin rüstenden, sich wie tobsüchtig geberdenden Weiber hinten in den Flur zurück.

"Die Grevinde! Die Grevinde!" hatten die Hereindrängenden einander zugerufen und sie nahmen auch in der Folge gegen die Holm und ihre Tochter Partei.

Freilich geschah's nicht aus irgend welchem Mitleid für die Mißhandelte, auch nicht aus einer Abneigung gegen die beiden Holms, sondern lediglich unter dem Gesichtspunkt, daß ihnen ihr Eintreten nicht unbelohnt bleiben würde.

Aber es wurde Imgjor auch noch andere Hilfe. Den Knäul teilend, erschien der Arzt, Doktor Stede, und hinter ihm tauchte der in diesem Viertel stationierte Polizeiofficiant auf.

Im Nu erfolgte dann auch eine Verständigung zwischen jenen und Imgjor, und ebenso rasch machte sich letztere zur Herrin der Situation.

"Ich danke euch, Leute, daß ihr mir beigestanden habt. Und hier, hier ist

Geld! Teilt es euch—" rief sie, einen dänischen Speciesthaler dem mitanwesenden Wirt übergebend. "Aber nun entfernt euch! Ich habe etwas mit der Familie zu verhandeln, was nicht für eure Ohren ist."

Und das Kind, das sich zitternd neben ihr aufgerichtet, mitleidig an sich ziehend und dann dem Polizeiofficianten zum Schutz übergebend, befahl sie der Wäscherin und ihrer Tochter, ins Wohngemach zu treten.

Trotz ihrer feindseligen Mienen mußten sie sich fügen, und nachdem sie sich aufgestellt, ergriff Imgjor das Wort und hielt der Verleumderin ihre Infamien vor.

"Sie haben die Wahl—" schloß Imgjor—"alles als erfunden zu bezeichnen und mich hier vor diesem Herrn um Verzeihung zu bitten, oder gleich dem Polizisten zu folgen. Auch auf Verhaftung Ihrer Mutter wegen Mißhandlung der Tochter werde ich dringen. Also reden Sie! Daß Sie den Brief geschrieben, hat Ihr früherer Verlobter, der Wärter Vessel, ausgesagt——"

Das Mädchen, eine üppige Blondine, preßte die Lippen zusammen, verzerrte den Mund und antwortete nicht. Auch die Mutter verharrte in trotziger Auflehnung.

"Niemand hat ein Recht, in mein Haus zu dringen und sich in meine Angelegenheiten zu mischen!" erklärte sie. Sie habe Verhöre nur vor Richtern zu bestehen, und deren Untersuchungen würden ergeben, daß ihre Tochter den Brief nicht geschrieben, daß sie zur Züchtigung ihrer Stieftochter berechtigt gewesen, weil diese sie in frecher Art bestohlen habe.

Der Schlußsatz wurde allerdings durch Widerspruchsworte unterbrochen, die sich aus dem Munde des weinenden Kindes lösten.

Sie habe nichts genommen. Sie sei unschuldig! Aber Thora, die sie beschuldigt, sei's gewesen. Sie habe gesehen, wie diese die Kommode geöffnet und das Geld herausgenommen habe.

Freilich folgte dieser Rede wiederum ein maßloser Wutausbruch von Seiten der Schwester. Sie flog auf das Kind zu und erhob unter Schimpfworten die Faust gegen deren Angesicht. Nur durch ein Dazwischentreten des Polizisten ward eine abermalige Züchtigung verhindert.

Aber gerade dieser Zwischenfall verschlechterte die Sache der Familie Holm.

Dem Polizeiofficianten, einem energischen Mann, riß die Geduld. Er befahl Ruhe und sofortigen Frieden und die von der Komtesse geforderte Erklärung.

"Widersprechen Sie nicht, thun Sie, was von Ihnen verlangt wird! Sonst nehme ich Sie und Ihre Mutter sofort mit. Sie stehen schon lange auf dem Kerbholz wegen anderer Sachen!"

Nun änderte die Alte plötzlich ihre Haltung.

Nach allerlei Redensarten gab sie zu, daß sie wohl etwas zu heftig gewesen sei, und was Thora anbelange, so könne die sich ja nun mal garnicht im Zaum halten. So sei es wohl möglich, daß sie sich habe verleiten lassen, einen solchen Brief zu schreiben, und wenn sie es gethan habe, so solle so etwas nicht wieder vorkommen. Die Komtesse möge Gnade für Recht ergehen lassen—

"So sagen Sie: Ich habe die Komtesse Lavard zu Unrecht beschuldigt. Ich nehme alles zurück, bereue und bitte, mir zu vergeben!" stieß Imgjor, ihre Blicke auf das gemeine Geschöpf richtend, heraus.

Noch kämpfte die Person, dann aber, von ihrer Mutter nunmehr durch Blicke und Worte ermuntert sprach sie eine halblaute Entschuldigung.

In Imgjor aber regte sich das Gefühl der Empörung in vollstem Umfange.

Das war also die Menschheit, der sie sich opferte! Faulheit, roheste Leidenschaft und Mangel an Dankgefühl und jeder besseren Regung traten ihr nur zu oft entgegen, und hier eben hatte sie wieder ein solches Beispiel vor Augen.

Waren da nicht erst ganz andere Aufgaben zu lösen? Mußte nicht erst mit einer inneren Erziehung begonnen werden?

Nachdem sie zum Einverständnis, daß sie befriedigt sei, stumm das Haupt bewegt, sagte sie, zu der Alten gewendet:

"Ich werde Ihre Stieftochter mitnehmen! Ich will sie prüfen, und ist sie so viel wert, wie ich hoffe, so will ich künftig für sie sorgen."

Nach diesen Worten erfaßte sie des selig aufhorchen den Kindes Hand und richtete einen auffordernden Blick zum Gehen auf den sich ihr ehrerbietig zur Verfügung stellenden Arzt.

Und im Nu knixte und dienerte das faule, alte Weib. Nun wußte sie nicht genug die Tugenden des Stiefkindes zu rühmen. Sie sagte zu allem ja, machte sich auch noch im letzten Augenblick schmeichelnd an Imgjor heran und bat, ihre fürchterliche Not klagend, um Unterstützung. Sie küßte den Saum des Kleides der Komtesse, als diese unter der Erklärung, sie sage nicht nein, müsse aber Zuwendungen von ihrer und ihrer Tochter künftigen Haltung abhängig machen, mit den übrigen das Haus verließ.

Als der Nachmittag gekommen war, saß Imgjor schon wieder in dem kleinen Zimmer der Blinden, las ihr nach ihrer Zusage zum erstenmal vor und war glücklich, als sie sah, daß jene ihr voll Interesse zuhörte.

* * * * *

Es war am folgenden Vormittag um die elfte Stunde, als Imgjor die Räume des großen Kopenhagener Krankenhauses und zunächst das Gemach des dirigierenden Arztes betrat, um mit ihm Rücksprache wegen einer Kranken zu nehmen.

Nachdem das geschehen, sagte Doktor Stede, ein Mann mit ernsten Zügen und einem milden Ausdruck in den von einer goldenen Brille beschatteten Augen:

"Sie wollen uns, wie ich höre, Ihre wertvolle Hilfe im Krankhause entziehen, Komtesse? Haben die letzten Vorfälle Anlaß dazu gegeben?"

"Nein! Wie kommen Sie zu dieser Vermutung Herr Doktor?"

"Eine unserer Schwestern, Elise, hatte davon gehört und sprach mir davon—"

"Elise hat schon häufig Gerüchte über mich verbreitet, die erfunden waren, Herr Doktor. Ich muß ihr sehr im Wege stehen. Und doch trete ich ihr nirgends in den Weg—Wahrlich, dieses Treiben—"

Imgjor sprach's mit starker Auflehnung im Ton, fuhr aber, ihre Erregung ebenso rasch wieder abstreifend, gelassen fort:

"In der nächsten Zeit werde ich nicht so häufig kommen können, Herr Doktor. Meine Familie trifft heute ein und wird einige Zeit im Rankholmer Palais Wohnung nehmen. Ich vermag mich ihr nicht ganz zu entziehen. Ueberdies hat sich meine Schwerer verlobt, und es werden einige kleine Feste stattfinden, an denen meine Angehörigen wünschen, daß ich teilnehme—"

"Ich bedaure natürlich außerordentlich, daß wir Sie entbehren müssen, aber ich freue mich, daß Sie sich einmal Ruhe gönnen, Komtesse. Es wird Ihnen eine solche Ablösung sehr gut thun."

Imgjors Lippen umspielte ein trauriges Lächeln.

"Nein, Herr Doktor, für mich wäre es weit besser, wenn ich dort keine Ablenkung fände. Vielleicht wäre es sogar das Richtigste, daß ich Kopenhagen ganz verließe—"

"Wie? Also Sie tragen sich doch mit solchen Gedanken? Die ganze Stadt würde es als einen unersetzlichen Verlust betrachten, wenn der Engel unter den Menschen, wenn die Komtesse Lavard Kopenhagen verließe.

Haben Sie den Artikel gelesen, der soeben über Sie in einer deutschen Zeitung erschienen ist? Die Berlinske Tidende hat ihn heut' morgen in einer Uebersetzung gebracht."

"Ein Artikel über mich?" fragte Imgjor betroffen. "Was enthält er? Dem Sinne Ihrer Worte nach zu urteilen, nichts Ungünstiges, aber jedenfalls eine Unschicklichkeit. Wie wenig giebt meine Thätigkeit Anlaß, darüber etwas und noch dazu öffentlich zu sagen!"

"Sie sind allzu bescheiden, Komtesse—Die ungewöhnliche Erscheinung, daß sich ein Mitglied der höheren Stände in solcher Weise freiwillig seiner Bequemlichkeit entäußert, ist für die Welt Grund genug, sich damit zu beschäftigen. Darf ich Ihnen den Artikel besorgen?"

"Ich danke, nein, Herr Doktor! Es ist besser, daß ich dergleichen garnicht lese. Es macht mir nur noch mehr Gedanken. Ich habe deren schon so viele und solche, die mich nicht erheben—"

"Sie sind noch so jung, Komtesse, und Sie sind schon so ernst, so trübe in Ihrem Sinn?"

"Ich bin es, aber nur insofern, als ich die ungeheure Schwierigkeit erkenne, mein Vorhaben in Thaten umzusetzen. Ich möchte gern im Großen wirken und sehe, daß ich schon im Kleinen überall stolpere."

"Und was wäre, wenn die Frage gestattet ist, Ihr Ideal? Welche Absichten verfolgen Sie?"

"Ich möchte helfen, die Menge von dem Druck der allgemeinen Not zu befreien und das Los der arbeitenden Klasse gründlich zu verbessern."

"So bekennen Sie sich also auch zu den sogenannten "neuen" Ideen? Sie überraschen mich!"

"Kann ein gerechter, guter Mensch, kann ein wahrhaft christlicher Mensch anders denken, Herr Doktor?"

"Nein und ja, Komtesse. Die Ziele sind zu weit gesteckt.

Man soll nur Mögliches erstreben wollen, nur Dinge, die sich mit den Vorgängen in der Natur decken. Wir sind ihre Produkte, sie ist unsere Lehrerin, sie bietet uns alle Beispiele für unsere Handlungen."

"Schon einmal hörte ich fast ganz dieselben Worte. Seltsam—" Imgjor ließ das Haupt sinken und starrte träumerisch vor sich hin. Aber da in diesem Augenblick geklopft ward, wurden die Sprechenden unterbrochen.

Der Doktor richtete noch einige verbindliche Worte an Imgjor, und sie selbst lenkte, nachdem sie ihm leicht und unbefangen die Hand gereicht, ihre Schritte in einen der Siechensäle.

In diesem befanden sich Kranke, deren spezielle Sorge Imgjor übernommen hatte. Augenblicklich waren es solche, die sich bereits in der Besserung befanden. Dann schlief Imgjor in ihrer Wohnung, erschien auch nur zwei oder dreimal am Tage.

Nur in schweren Fällen blieb sie ganz im Hospital und übernahm auch die Nachtwache. Ihr Verhältnis zum Krankenhaus war ein durchaus freiwilliges, während die übrigen Schwestern sich streng an die Hausvorschriften zu halten hatten.

Auf dem Korridor begegnete Imgjor der Schwester, die von ihr behauptet hatte, daß sie ihre Thätigkeit hier aufgeben wolle.

Imgjor neigte ernst das Haupt zum Gruße; jene erwiderte die Höflichkeit kalt und wollte ohne Wortaustausch vorüberschreiten.

Nun hielt Imgjor sie auf und redete sie an.

"Ich bitte, Fräulein, einen Augenblick. Ich höre soeben, daß Sie abermals eine Erfindung über mich ausgestreut haben. Ich muß wirklich sehr dringend bitten, daß Sie sich mit Ihren eigenen Angelegenheiten beschäftigen. Ich schließe aus Ihrer Lästersucht eine Starke Mißgunst. Daß sie in Ihnen emporsteigt, vermögen Sie wohl nicht zu ändern, aber ich sollte meinen, Sie müßten sich äußerlich im Zaum zu halten wissen, und jedenfalls—ich wiederhole meine Worte—wünsche ich von Ihren eifersüchtigen Launen nicht ferner berührt zu werden."

"Ich eifersüchtig auf Sie?! Nun, da wären Sie wirklich die letzte, Fräulein von Lavard! Und was liegt denn vor? Mir ist erzählt, daß Sie hier keine Schwesterdienste mehr versehen wollen! Ich wüßte nicht, daß darin etwas Ehrenrühriges liegt. Sie nehmen einen Ton an, als ob ich Ihnen wunder was angethan hätte und ich muß Sie meinerseits noch dringender ersuchen, daß Sie ihn ändern. Sie sind nicht meine Vorgesetzte—"

"Sie wissen sehr gut, daß ich mit meinen Vorwürfen recht habe. Ihre Heuchelei verschlimmert nur noch das Geschehene. Sie haben mich schon wiederholt verleumdet, man hat es mir unaufgefordert, voll Empörung mitgeteilt. Schwieg' ich trotzdem, so war's die Verachtung über solches Geschwätz. Jetzt will ich aber ein Ende haben! Man könte wirklich glauben, es sei eine Spur von Wahrheit darin. Auch gestern habe ich ein Exempel statuiert, und ich werde damit fortfahren!"

Die Züge der Schwester Elise verzogen sich hämisch.

"Sie sprechen, als ob Sie ein Oberstaatsanwalt seien. Ich sage Ihnen nochmals, daß Sie sich mit Ihrem Eifer an eine falsche Adresse wenden.

Ich habe auch besseres zu thun, als mich mit Ihnen zu beschäftigen. Ich habe andere Gegenstände für meine Gedanken, als die Komödiantin Fräulein Lavard!"

"Ah! Wie niedrig! Und Sie wollen eine Dame sein. Sie gehören zum Adel des Landes und würdigen Ihre eigene Standesgenossin herab, indem Sie ihr solche Dinge sagen, indem Sie geflissentlich sogar ihren Namen entstellen? Ich bin weder Fräulein Lavard, noch Fräulein von Lavard, sondern für Sie und jedermann Komtesse Lavard!"

"Nun dann sind Sie auch nichts Besonderes, umsoweniger, als die Spatzen von den Dächern pfeifen, daß Ihre Mutter nichts anderes war, als eine Dir—"

Aber die Schwester Elise kam nicht weiter. Blitzschnell erhob Imgjor, von Schmerz und Entrüstung übermannt, die Hand, sie zitterte für Sekunden in der Luft. Und dann standen die beiden Gegnerinnen einander gegenüber, als ob nur der Tod über das Schicksal des einen oder anderen entscheiden könne. In demselben Augenblicke aber erschien zufällig die Oberin, und die Schwester Elise stürzte so gleich auf diese zu und goß einen Schwall von Verleumdungen und lügnerischen Anschuldigungen über Imgjor und deren

Benehmen aus.

Und wiederum gab Imgjor mit stolzer Ruhe Antwort und forderte nach Erörterung des Vorgefallenen die Entfernung der Schwerer Elise. Anderfalls werde sie gehen!

"Ich darf Sie ersuchen, ins Konferenzzimmer zu treten. Wir werden dort weiter und in Ruhe reden! Ich muß erst klarer in der Sache sehen, ehe ich meine Entscheidung treffe, Komtesse Lavard!" entgegnete die Oberin, die nichts lieber wünschte, als daß die ihr sehr unbequeme Imgjor, die keinerlei Mängel durchgehen ließ, vielmehr stets Unregelmäßigkeiten und Pflichtversäumnisse zur Anzeige brachte, das Krankenhaus verließ.

"Warum noch reden!" betonte Imgjor kalt. "Es unterliegt doch keinem Zweifel, wer ein Recht hat, sich zu beklagen!

Ich muß darauf bestehen, daß endlich die Sumpfquellen verstopft werden, aus denen die Verleumdungen gegen mich fließen.—Klagen über Fräulein Elise erheben sich von allen Seiten und auch in anderer Richtung.—

Anfangs der Woche hat sie der Witwe Romö, aus bloßer persönlicher Antipathie, die Hilfe verweigert. Es wäre wohl nicht so schlimm, hat sie gesagt! Die arme Person hat einen bedenklichen Rückfall davon bekommen! Sind solche Vorkommnisse in einem Krankenhaus erhört?"

"Nun ja, nun ja—es soll alles untersucht werden. Im übrigen will ich niemanden hindern, seinen Weg zu gehen—" stieß, statt auf diese Rede einzulenken, die Oberin äußerst gereizt heraus. "Ich darf Sie also nicht erwarten, Komtesse?"

"Nein! Ich muß darauf verzichten, Frau Oberin—" entgegnete Imgjor, verbeugte sich gemessen, und ging, ohne die giftsprühende Schwester Elise eines Blickes zu würdigen, von dannen.—

* * * * *

Das Rankholmer Palais lag, von einem auf Marmorpostamenten ruhenden, vergoldeten Gitter umschlossen, mitten in der Adelstraße. Ein prachtvoller, weißschimmernder Bau mit hoher Aufgangstreppe tauchte hinter einem großen Vorplatz mit grünem Rasen auf. Zwischen ihnen befanden sich gepflasterte Fahrwege, und zu Seiten befanden sich die Stallungen und eine Reitbahn.

Am Abend des nächstfolgenden Tages, an dem sich die vorstehend geschilderten Scenen abgespielt hatten, war das Palais von oben bis unten hell erleuchtet. Es schwamm gleichsam in einem Lichtmeer. Von den mächtigen Treppenkandelabern floß das Licht auf den Vorgarten herab, und ein zahlreiches Publikum hatte sich auf der Straße aufgestellt, um der Einfahrt der zahlreichen Equipagen mit ihren livrierten Kutschern und Dienern beizuwohnen.

An achtzig Personen aus den vornehmsten Kreisen waren Einladungen von dem Grafen Lavard und seiner Gemahlin ergangen. Es galt, den Bräutigam von Lucile, den Marquis Armand de Curbière de Ramillon der Gesellschaft vorzustellen. In Berlin hatte Lucile ihn als Attaché der französischen Gesandtschaft in einer Hofgesellschaft kennen gelernt, und bei einem Besuch, den der Marquis der Familie in Rankholm abgestattet, war die Verlobung zwischen ihnen erfolgt.

Es fehlten noch zehn Minuten vor dem Tischgang, Schon hatte Frederik wiederholt forschend die Zahl der Gäste gemustert.

Es ließen noch warten der Stadtkommandant, General Baron von Berling, und —Komtesse Imgjor, die auf das dringende Ersuchen des Grafen ihr Erscheinen zugesagt hatte.

In verschiedene Gruppen verteilt, standen die Gäste schwatzend umher. Neben Lucile und neben dem Marquis von Curbière, dem Musterbilde eines vornehmen, ritterlichen Mannes, stand der Premierminister Graf Niels von Rosenberg.

Er war klein und korpulent, hatte eine schiefe Schulter und einen buckligen Rücken, besaß aber einen so ungewöhnlichen Verstand, und aus seinen grünen Augen sprühte es so streng und gebieterisch, daß sich unwillkürlich Hoch und Niedrig vor ihm bückten.

Ein leises und lautes "Ah!" der Bewunderung entrang sich dem Munde der Gäste, als dann endlich auch Imgjor, gefolgt von dem General von Berling, einem Mann, der einem spanischen Granden glich und dessen Brust die Orden kaum fassen konnte, in den Hauptsaal trat.

Sie trug ein tief ausgeschnittenes Kleid, dessen eine Hälfte, die linke, aus zartgefärbter rosenroter, die andere aus schneeweißer Seide bestand.

Um den Hals, dessen schwanenweiße Farbe das Auge entzückte, lag ein Reif von Diamanten, aus dessen Mitte ein Opal seine roten, blauen und grünen Blitze schoß; ein ebensolcher Schmuck umschloß die Arme. Das braunrötliche Haar war empireartig frisiert, und eine durchsichtige, zarte Randspitze umgab da, wo ihre schneeige Brust sich hob und senkte, den Saum des ihren vollendet gewachsenen Körper fest und schlank umfließenden Seidenleibchens.

Als sich Imgjor nach Begrüßung ihrer Eltern und der sich zu ihr drängenden Gäste nach Lucile und dem Marquis umsah—der Zufall hatte es gefügt, daß sie den Bräutigam ihrer Schwerer bisher verfehlt hatte—löste sich gerade Curbière aus der vorhin beschriebenen Gruppe und eilte mit lebhaften Mienen auf Imgjor zu.

Er stutzte. Ersichtlich ging etwas Ungewöhnliches in dem Innern des Mannes vor, als er dieses schier unnahbar schöne Geschöpf vor sich sah, und als sie ihm mit ihrem süßen, zuvorkommenden Blick die Hand entgegenstreckte.

"Ah! Wie schön Sie sind—Psyche und Juno streiten um den Preis!" sprang's in höchster Ueberraschung, in französischer Sprache, aus des gewandten Mannes Munde.

Er war völlig benommen und wurde enttäuscht, als Imgjor in der gewohnten Auflehnung gegen ihre Schönheit und gegen Artigkeiten einen gleichgültig verdrossenen Ausdruck in ihren Zügen erscheinen ließ.

"Ah! Sie machen mir solche Komplimente und nennen das größte Juwel Ihr Eigentum, das Dänemark besitzt?" sprach sie dann, den Ausdruck des Mißfallens in ihren Zügen absichtlich noch verstärkend.

Jählings kam's über sie, daß sich der Mann für sie interessiere, sich ihr zuwendete, sich verlor, obschon er Lucile angehörte. Es war etwas in seinen Augen aufgeblitzt, das sie ängstigte und dessen Wiederholung sie durch schroffe Begegnung verhindern wollte. Aber Curbière war ihr gewachsen. Er fand sich rasch wieder.

Während seinen Mund ein überlegenes Lächeln umspielte, sagte er mit rascher, kavaliermäßiger Gewandtheit:

"Wie? Sie spielen den Lehrmeister gegen mich aus, Komtesse! Sie vermuten wohl einen jener Bekehrungsbedürftigen, mit denen Sie sich draußen beschäftigen. Ich sollte meinen, ich hätte am ehesten da ein Recht zur Aeußerung der Bewunderung und glaubte am wenigsten da mißverstanden zu werden, wo es sich um die Schwester meiner Braut handelt!"

"Wie sollte es—" entgegnete Imgjor unbiegsam—"einem Weltmann wie Ihnen nicht gelingen, das Uebergewicht zu behalten, gar dem anderen zu beweisen, daß seine Rede eine Ungeschicklichkeit gewesen sei, Herr Marquis!"

"Sie halten es also nicht für denkbar, daß Sie sich irren, daß das, was Sie als eine Ablenkung meiner Gefühle für Lucile bezeichnen wollen—so ist's doch, Komtesse?—lediglich ein Ausbruch meines stark entwickelten Schönheitssinns war?

Glauben Sie mir das, Komtesse! Ich bitte darum!—Wenn Sie aber trotz alledem doch vermeinen, ich sei eines Tadels benötigt, so haben Sie mich jedenfalls überaus schnell kuriert. Sie haben es verstanden, in mir die Freude an Ihrem inneren Menschen genügend herabzumindern."

Nun sah Imgjor betroffen empor. Und als sie dann dem ernst gemessenen Ausdruck in den Augen ihres künftigen Verwandten begegnete, streckte sie ihm, von einem raschen Impuls getrieben, die Hand entgegen und sagte mit dem schönen, bezwingenden, allen Lavards eigenen Freimut in Blick und Mienen:

"Wohlan! Nach dieser Klärung wollen wir keine mißvergnügten Gegner, sondern wahrhaft gute Freunde sein! That ich Ihnen Unrecht, verzeihen Sie mir!

Also, ich bitte, Herr Marquis, ich bitte, lieber Armand!" schloß sie mit einem noch bezauberenderen Ausdruck.

Und von dieser ehrlichen Liebenswürdigkeit bezwungen, beugte sich Armand de Curbière auf Imgjor Lavards Hand herab, küßte sie ehrerbietig und sagte, obgleich sich ihnen in diesem Augenblick Lucile näherte und schon von fern eifersüchtig hinüberschaute, laut und mit einem tief verinnerlichten Blick auf die Schwester seiner Braut:

"Ich danke Ihnen, teure Imgjor! Ich danke Ihnen aus vollem Herzen! Ich werde Ihnen diesen Augenblick nie vergessen."

Und nun gab auch Frederik endlich das Zeichen zum Tischgang.

Alle Anwesenden setzten sich in Bewegung, und bald saß die glänzende Gesellschaft in dem theegrünen Speisesaal, der sich als Hauptzierde des Palais in einem Flügel des Gebäudes befand, bei köstlich duftenden Speisen und seltenen Weinen beisammen.

Während des Tafelns warf Lucile, zu ihrem Verlobten gewendet, hin:

"Sieh' einmal, wie Imgjor entzückend ansieht und wie lebhaft sie sich mit dem jungen Grafen Kilde unterhält."

Ach, wenn sie sich doch endlich einmal verliebte und damit auch ihren Menschenbeglückungskittel abthun würde!"

"Ist's möglich! Imgjor hat sich noch für niemanden interessiert?"

"Doch, einmal! Aber das war nur ein Flämmchen, welches ebenso rasch verglomm, wie's emporgelodert war. Auch spielten andere Dinge mit—"

"Und wer war der Bevorzugte? Wie hieß der Mann, der jedenfalls einen ganz superben Geschmack besaß?"

"Es war irgend einer! Der Name ist gleichgültig. Es war einer, der ihr vormachte, daß er auf nichts Anderes sinne, als die Welt von den Fesseln der

Ungleichheit zu befreien. Er verschwand dann und soll sich jetzt in Amerika aufhalten."

"Aber Imgjor ist doch sicherlich von Hunderten umschwärmt worden."

"Ja, fast von allen Männern. Nur einer war ihrer wert. Ein vorzüglicher Mann: Graf Dehn. Aber auch er zog sich aus ihrem Sonnenkreis fort, wenn auch aus anderen Gründen. Er liebte sie über alles und wußte sich nur durch eine Weltreise von seiner Schwermut zu erlösen. Es ist derselbe, der, wie du auf Rankholm hörtest, demnächst von Italien zurückkehrt und uns besuchen will—"

"Ah!? Der Lausitzer Graf! Und wirklich ein so vollendeter Mann?"

"Ja, der liebenswertere, vornehmste Mensch, den ich außer dem Marquis von Curbière kennen gelernt habe."

"Sehr verbunden, Komtesse Lavard! Aber wissen Sie, daß ich leicht eifersüchtig zu werden vermag?" warf Curbière liebenswürdig neckend hin.

Lucile spitzte erst lachend den Mund, dann sagte sie ernst:

"Aber weder in diesem noch in irgend einem anderen Falle wirst du je dazu Ursache haben! Bleibst du mir ein treuer Kamerad, so hast du bei mir auf Felsen gebaut. Wir Lavards—"

In diesem Augenblick wurde Luciles Aufmerksamkeit auf ihre Mutter gelenkt, die so lebhaft mit einem der jungen, zu ihrer Rechten sitzenden Prinzen des Königlichen Hauses sprach, daß die Laute volltönend zu ihnen herüberdrangen.

Sie unterbrach deshalb ihre Rede, und Curbière sagte:

"Wie jung, wie schön ist noch deine Mutter! Lucile. Es ist ein Mirakulum in solchem Alter—"

"Ja, und wie man sie lieben und achten muß!" fiel Lucile ein. "Ich habe erst vor einigen Jahren erfahren, welch' eine große, edle Seele sie besitzt. Sie hatte eine schwere Versuchung zu bestehen, und hat sich unvergleichlich bewährt."

Curbière hörte gespannt zu, dann sagte er unvermittelt:

"Und so fest seid Ihr alle? Auch Imgjor?"

Lucile drehte sich rasch zu ihrem Verlobten um. Ohne daß sie sich Rechenschaft zu geben vermochte, berührten sie seine Worte.

"Weshalb fragst du?" stieß sie heraus.

"Nun, wie man eben fragt. Aus keinem besonderen Grunde—"

Und da er sah, daß ihre Wangen eine leichte Blässe überzogen hatte, erhob er das Champagnerglas, stieß mit ihr an und fuhr neckend, mit zärtlichem Ausdruck fort:

"Also auch meine stolze Königin kann eifersüchtig werden!? Dann sind wir also quitt, meine liebe, wunderschöne Lucile Lavard!"

* * * * *

Eine Lavardsche Equipage hatte eben Imgjor—es war halb drei Uhr morgens —vor dem Hause das sie seit ihrem Kopenhagener Aufenthalt bewohnte, abgesetzt. Stumm und ehrerbietig war Robert seiner früheren jungen Herrin beim Aussteigen behilflich gewesen, und nun schleppte sich das junge Mädchen, die Brust voll von den widerstreitendsten Empfindungen, die Treppe hinauf.

Der Prinz und Curbière hatten wiederholt mit ihr getanzt und sich beide außerordentlich eingehend mit ihr beschäftigt.

Der Prinz war ein Mann von Geist und feinen Manieren, aber nicht ohne starken Cynismus, Curbière dagegen ein Kavalier von seltener Gewandtheit, auserwähltem Geschmack und neben scharfem Verstande von einer Unbefangenheit in der Beurteilung menschlicher Dinge, die Imgjor in Erstaunen versetzt und außerordentlich angezogen hatte.

Er war ein ganz anderer als der übrige Schwarm der Männer. Lucile hatte wohl gewußt, was sie gethan hatte! Er ähnelte dem Grafen Dehn, demselben den sie, Imgjor, aus Trotz und Stolz von sich gewiesen.

Ein schwerer Kampf vollzog sich gegenwärtig in Imgjors Innern.

Ein Wesen von Fleisch und Blut, war auch ihr Herz einmal wieder in Bewegung geraten! Und gerade der Mann hatte Eindruck auf sie gemacht, der seine Hand vergeben und den sie—Scham, Reue und Auflehnung gegen sich selbst flogen in heißen Schauern durch ihre Seele—wegen seiner Schwärmerei für eine andere so scharf zu tadeln sich unterfangen hatte.

Was sie an ihm so streng gerügt hatte, war nun ihr eigen Teil geworden. Sie beschäftigte sich in ihren Gedanken mit dem Verlobten ihrer Schwester.

Allerdings gelangte sie zu einem anderen Ergebnis, als sie sich vorstellte, sie hätte Curbières Gattin werden können. Dann schob sich doch die Gewalt des Grafen Dehn in ihre Vorstellungen. Sie erkannte, daß nur die gewaltsam herabgedrückte Leidenschaft für ihn sich geregt, daß sie zu Curbière das mit jenem Uebereinstimmende im Wesen hingezogen, daß ihr Herz unwillkürlich —ihr unbewußt—Nahrung suchend, nach diesem Ersatz gegriffen habe.

Aber diese Probe hatte sie zugleich belehrt, daß sie sich von den Räumen der Paläste fern halten mußte. Die Schmeicheleien, die den Sinnen gebotenen Reize, die parfümierte Atmosphäre wirkten auf sie.

Reine Gedanken, und durch sie die Wiedererlangung der Ruhe ihrer Seele, mußte sie zurückerlangen.

Hatte sie nicht selbst darauf bestanden, daß man ihr eine Freiheit eingeräumt, wie sie jetzt sie besaß? Sie war ihr unter schwersten Kämpfen geworden. Sie hatte geschworen, auf die Liebe eines Mannes zu verzichten, jedenfalls niemals einem Axel Dehn den Triumph zu gönnen, das Eingeständnis ihrer Liebe zu hören.

Würde sie sich nicht dem höhnischen Lächeln der wahrsagenden Besserwisser preisgeben, wenn sie plötzlich ihren Vorfällen wieder untreu wurde, gar von dem Schauplatz ihrer Thätigkeit zurücktrat?

Sprach man doch in ganz Dänemark von Grevinde Lavard! Man hatte sie schon mit der heiligen Elisabeth in Deutschland verglichen. Und ihrer armen, verdorbenen Mutter hatte sie einen stummen Schwur geleistet, sich der unglücklichen, den Verfluchungen ausgesetzten Frauen anzunehmen! Sollte sie ihn brechen? Nein, niemals!

Sie preßte gewaltsam alles in sich nieder, was ihre Entschlüsse wankend machen konnte.

Und zu all' diesen Vorstellungen gesellte sich heute wieder auch die Erinnerung an Prestö.

Noch einmal war Imgjor ihm begegnet, damals, als sie zur bleibenden Uebersiedelung nach Kopenhagen unterwegs gewesen.

Sie hatte ihn mit einem jungen Mädchen, sicherlich seiner Braut, auf der die beiden dänischen Inseln verbindenden Korsörer Fähre gesehen, und da er sie nicht einmal gegrüßt hatte, waren die Gefühle der Empörung, des Schmerzes und der Gedanke, jedermann vor diesem gefährlichen Menschen zu warnen, wieder in ihr aufgestiegen.

Aber gerade das Mädchen an seinem Arm war als ein Engel zwischen ihn und sie getreten. Ihr Erscheinen hatte alle rachsüchtigen Regungen in Imgjor erstickt. Ingeborg Jensen hatte ihr damals geschrieben, hatte sie beschworen, ihrem Verlobten zu vergeben, und ihren flehenden Worten war Imgjor mit ihrem weichen Herzen erlegen.—

Fast eine Stunde hatte Imgjor schon, in solche Gedanken verloren, dagesessen. Die Geschmeide hatte sie abgethan, das Kleid von ihrem Körper gelöst. Sie glich, als ihr Blick zufällig in den Spiegel fiel, einer marmornen

Psyche.

Und bevor sie ihr Lager aufsuchte, ergriff sie ein dänisches Buch, das auf ihrem Tisch lag.

"Was ist Glück?" lautete der Titel.

Was ist Glück? Ja, was war Glück? Pflichtübung führte es zunächst herbei. Aber Pflichterfüllung war auch ein dehnbarer Begriff. Mit Pflichterfüllung verband sich starke Selbstentäußerung—und sie brachte Kämpfe, die aber machten doch nicht glücklich! War sie denn überhaupt glücklich?

Sie schüttelte wehmütig den Kopf.

Nein! Es hatten die Recht behalten, deren Weisheit sie bespöttelt hatte.

Wo herrschte die größte Vernunft? Ihre Erfahrung hatte ihr darauf die Antwort erteilt: Bei denjenigen, welche die Dinge dieser Welt nicht mit Ungestüm anfassen, sondern mit besonnener Vernunft, die, ohne daß sie stumm oder laut darüber philosophieren, wissen und daran festhalten, daß Zeit und Umstände Mitordner der Dinge sind; die den guten Mittelweg einschlagen, ihn stetig beschreiten, wenn auch auf den Nebenwegen noch so viele Harfen mit süßklingenden Tönen locken; die endlich vom Tage und von den Stunden nicht mehr begehren, als sie nach Lage der Dinge herzugeben vermögen und wofür sie, die Fordernden, aufnahmefähig sind.

Sie aber, Imgjor, jagte unruhig einem von allen Vernünftigen als Phantom bezeichneten Ziele nach, erntete keinen Dank, wohl aber meistens das Gegenteil. Die Empfänger ihrer Wohlthaten hatten ihr schon oft erklärt, daß man sie ja nicht gerufen, daß sie sich aufgedrängt habe, daß man ohne sie auch und besser fertig geworden wäre!

Dann hatte sie sich hingesetzt und wie ein Kind—und immer noch ein solches an mangelnder Erfahrung—bitterlich geweint.

Ja, wie anders war die Welt der Vorstellungen und die der Wirklichkeit! Curbière hatte ihr gesagt, und aus jedem Wort hatte sie Axel Dehn sprechen zu hören vermeint:

"Wir leiden an drei Krankheiten: der einst den Frauen nachgesagten, jetzt der Männerwelt anhaftenden Eitelkeit, der Verbesserungs- und gegenseitigen Bevormundungssucht.

Die schlimmsten Verderber unserer heutigen Zustände sind diejenigen, welche, statt der Zeit ein allmähliches Reisen der Dinge anheimzugeben, sich zu Staatsverbesserern aufwerfen, den Eitelkeitsspiegel zur Betrachtung ihrer ungeheuren Weisheit und Bedeutung allezeit in der Tasche tragen, fast ausnahmslos aus diesem Grunde auch nur handeln, selbstgefällig, erhobenen

Hauptes, reden, reden und wieder reden, begründen und Resolutionen fassen.

Wir besitzen die Mittel zur Verbesserung unserer Lage in nächster Nähe. Aber wir stecken so sehr im Sumpf unserer Selbstsucht, gepaart mit Verweichlichung und Genußsucht, daß wir durch künstliche Mittel ein Gleichgewicht erzwingen wollen. Zu einer Gesundung unserer Zustände können wir nur gelangen, wenn wir alle zu einfachen, natürlichen Verhältnissen zurückkehren, wenn jeder streng in seinem Wirkungskreise seine Pflicht erfüllt, erst sorgsam sein Haus bestellt und dann auch dem Nachbar hilfreich die Hand bietet, und wieder letzterer dem nächsten, also, daß jeder geduldig, wachsam und treu der Last sich fügt, die schwer oder minder schwer auf seinen Schultern ruht; wenn endlich die sozial Bedrohten von den Gegnern einer ruhigen Entwickelung der Dinge, nämlich den Sozialdemokraten, die Kunst der Einigkeit und Opferfreudigkeit erlernen, fest und unzerreißbar sich zusammenscharen und handeln, sobald Umstürzler die begehende Ordnung untergraben wollen.

Jedem Menschen gab die Natur, wie dem Tiere, die Werkzeuge zum Kampf um seine Existenz mit.

Sie soll er zunächst gebrauchen, nicht nach fremder, künstlicher Hilfe sich umschauen.

Auf Beistand von Seeschiffen rechnen, wenn man auf Auen in Kähnen fährt, ist das Beginnen von Thoren.

Was war es denn, so fragte sich Imgjor, was sich immer wieder in ihrer Seele regte und dennoch Lehren und Erfahrungen beiseite schob? Sie fand keine Antwort darauf.

* * * * *

Als sich Imgjor am nächsten Tage spät erhob und nach Erledigung einiger häuslichen Pflichten an ihren Schreibtisch ging, fand sie zu ihrer Bestürzung, daß sie bestohlen worden war.

Es fehlten mehrere hundert Kronen, die sie beiseite gelegt hatte, um einen beim Zoll angestellten, schwer heimgesuchten Familienvater zu unterstützen.

Der Diebstahl mußte während ihrer Abwesenheit am gestrigen Abend vollführt worden sein, und da nur ihr Aufwartemädchen ihre Zimmer betreten konnte, so mußte sie die Diebin sein.

Dies regte Imgjor abermals außerordentlich auf, besonders deshalb, weil sie diesem Dienstboten und deren Eltern sehr viele Wohlthaten erwiesen und somit Dankbarkeit, wenigstens Treue von ihr erwartet hatte.

Aber sie fand auch in ihrem Briefkasten, den sie gewohnheitsmäßig nach beendetem Frühstück öffnete, einen Brief, dessen Inhalt sie namenlos erregte.

Das Schreiben lautete:

"Nichts anderes trieb dich aus den vergoldeten Zimmern in Rankholm fort, als deine Sucht, dich breit zu machen, die allgemeine Aufmerksamkeit auf dich zu lenken. Und weshalb? Um deinen kleinlichen Ehrgeiz zu befriedigen, damit man von dir spricht, schreibt, kurz—etwas aus dir macht, die du doch selbst nichts bist. Du meinst, man durchschaue dich nicht. Aber die Welt hat scharfe Augen. Die eine Hälfte bespöttelt und belacht deine Narrheiten, die andere, die der Eingeweihten, geht mit dem Gedanken um, dem Grafen Lavard mitzuteilen, wie sein Name durch dich verunehrt wird.

Solche Emanzipierte wie du gehören in eine Korrektionsanstalt. Du die Welt reformieren? Du der Not und dem Elend ein Ende machen? Stille deinen eigenen Jammer! Denn man weiß es, du hast genug mit dir zu thun, und man weiß auch—warum! Also mache ein Ende mit der Komödie und mit den bezahlten Zeitungsartikeln, die auf deine Verherrlichung abgesehen sind!

Kehre dahin zurück, woher du gekommen bist, ehe du notgedrungen die Flucht ergreifen mußt!"

Imgjor saß während einer längeren Zeit wie gelähmt da. Das war die stärkste Infamie, die ihr bisher geworden. Und wenn's auch vielleicht aus derselben Quelle stammte, aus der ihr die übrigen Kränkungen gekommen waren, so wurden doch durch solche Wahrscheinlichkeit ihre unruhvollen Vorstellungen nicht beseitigt.

Die Augen wurden ihr durch dieses Schriftstück völlig geöffnet. So urteilte also die Masse; solche Motive schob sie ihr unter!

Und das war so entsetzlich, daß sie sich hätte in diesem Augenblick tief in die Erde verkriechen und nie wieder zum Vorschein kommen mögen.

Fort, fort, nur fort aus Kopenhagen mit seinem Undank, seiner Mißgunst und Niederträchtigkeit! Zurück nach Rankholm, wo die weißen Tauben um die hohen Türme der Einsamkeit flatterten, wo Ruhe, sanfter Friede herrschten, wo es kein widerwärtiges Jagen und Haschen nach Geld und Stellung, wo es noch einfache Verhältnisse gab; wo man ohne erst Anhöhen vor der Stadt zu gewinnen, die Sonne in ihrer unschuldigen, hehren Schönheit aufsteigen und niedersinken sah, wo der Mond die stillen Wege versilberte, auf denen sie, ein glückliches, von den Wirren der Welt unberührtes Kind, einhergewandelt war! Ah! Das Brüllen der Rinder, das Wiehern der Pferde, die reinen Laute des Landes, die anheimelnden Düfte, der kräftige Erdgeruch; ihr Zimmer oben im Turm, mit einer Aussicht in eine Welt, die nicht schöner gedacht werden konnte, in der Menschen wohnten, gute, treuherzige, dankbare, keine schlechten wie hier!—

Aber auch dieser Sturm ihres Innern ging vorüber, und Imgjor gelangte zu anderen, zu den alten Entschlüssen.

Sie wollte fortfahren, in die Häuser der Armen zu gehen, und trotz aller Anfeindungen versuchen, nicht in dem zu erlahmen, was sie sich einmal als Lebensaufgabe gewählt hatte. Am nächsten Tage wollte sie in Sommerlyst einem Vortrage beiwohnen, den ein aus Schweden herübergekommener Reformator Kollund, ein früherer Geistlicher, halten würde. Ja, dazu war sie entschlossen!—

Es war am folgenden Abend. Schon seit einer Stunde hatte Kollund, der einstige Geistliche und jetzt den neuen Ideen mit feurigem Eifer huldigende Wanderprediger seinen Vortrag beendet, hatte der stets nach solchen Verheißungen hungernden Welt erklärt, daß Christus im Grunde nichts anderes gewollt, als was sie selber jetzt in größerer Gemeinschaft anstrebten. Auch er habe gesprochen: "Kommet her zu mir alle, die ihr mühselig und beladen seid!" und nur durch praktisches Christentum seien die Not und das Elend aus der Welt zu schaffen. Seine Worte hatten Imgjor deshalb noch mehr ergriffen als alle diejenigen seiner Vorgänger, weil sie von dem reinsten Enthusiasmus getragen und weil sie von jener Selbstlosigkeit durchhaucht schienen, die ihr selber eigen war. So sehr hatte sie das bleiche Erlöserangesicht des Redners angezogen, daß sie auch nach Beendigung des Vortrages in Sommerlyst blieb. Sie hatte sich ihm vorgestellt und ihm gesagt, wer sie sei. Und dann war sie mit ihm in eine Laube des Gartens getreten und hatte hier, umfächelt von den sanften Lüften der Frühlingsnacht, ihre Gedanken mit ihm ausgetauscht.

Sie sei im Begriff, zu erlahmen, hatte sie ihm, unter den Eindrücken der letzten acht Tage, mit einer Offenherzigkeit gestanden, als ob sie ihn lange Jahre gekannt, ihm schon immerdar ihr Vertrauen geschenkt habe.

Und der Mann, ein unerschütterlich Ueberzeugter, hatte das Haupt mit einer Miene bewegt, als ob er nicht zu hören brauche, als ob er ohnehin wisse, was in ihrer Seele sich vollziehe.

"Mir ging es wie Ihnen, Komtesse," erklärte er. "Ich habe wohl hundertmal alles wieder beiseitewerfen, habe verzagen wollen.

Ich habe so viel Undank und so viele Nichtswürdigkeiten erfahren, daß ich im Zorn aufgeschrieen und in die Worte ausgebrochen bin:

"So helft euch selbst! Ihr verdient es nicht, daß ein ehrliches Menschenkind auch nur einen einzigen Schritt für euch thut! Ihr seid Riesen im Nehmen, im Empfangen und in der Selbstsucht, und kleiner als Ameisen in der Erkenntnis dessen, was ihr euch selbst schuldig seid, welche Dankpflichten ihr denjenigen zollt, die sich in eure Dienste stellen!

Mit dem Essen wächst euer Appetit bis ins Ungemessene. Ihr fordert zuletzt, wo ihr zu bitten habt.

Vor Monaten blieb eine Frau, der ich täglich Nahrungsmittel gespendet, plötzlich aus. Als ich ihr begegnete und sie fragte, weshalb sie nicht mehr komme, erwiderte sie mir in einem geringschätzenden Ton:

Es sei ihr das Essen bei mir nicht mehr gut genug. Sie verkehre jetzt in dem Hause eines Großkaufmanns und empfange dort andere, sehr viel bessere Speise.

Ich hatte auf der Zunge, ihr zuzurufen:

"Sie soll dir *nicht* werden, du Unverschämte! Ich werde jenem melden, welch' eine Unwürdige du bist!"

Aber ich gedachte des Elends, das dann vielleicht wieder eintreten würde, und verwandelte Zorn in Milde. Ich sprach auf sie ein und hielt ihr vor, auf welchem verkehrten Wege sie sei. Denn das ist unsere Aufgabe! Nicht zürnen, gar rächen, vielmehr vergeben, anleiten, durch sittliche Förderung des einzelnen Samen streuen für eine allmählich aufgehende, kräftige Frucht. Und glauben Sie:

So niederträchtig die Welt sich oft durchweg giebt, so ungerecht, so einseitig, sie meist urteilt, so birgt sie doch auch Edeldenkende. Es giebt ein sich an Wahrheit und Wirklichkeit haltendes Urteil, und das und das Eintreten jener Gerechten wird am Ende siegen.

Im allgemeinen hat die Welt einen sehr feinen Orientierungssinn, sie weiß sehr wohl zwischen den Wertvollen und Wertlosen zu unterscheiden.—

Harren Sie also aus! Schon leuchtet der Name der Grevinde Lavard durch die nordischen Lande. Daß sie Anfechtungen zu bestehen hat, daß man sie entweder eine Närrin oder eitle Abenteurerin schilt, das ist ein Los, das sie mit allen teilt, denen ein höherer Geistesflug innewohnt, die sich nicht damit begnügen, blos zu sein."

Imgjor hatte dem Redner mit Begeisterung zugehört. Sie fing jedes Wort, das über seine Lippen ging, wie ein Evangelium auf. So schön, so verklärt waren seine Züge! Ueber der bleichen Stirn hing, gleichsam als Kennzeichen der Gleichgiltigkeit gegen alles Aeußerliche, eine Locke des schwarzen Haares, in seinen dunklen Augen glühte das Feuer der Ueberzeugung, und über ein krankes Hüsteln, das seine Rede unterbrach, sprach er mit jener milden Ergebenheit, die den Märtyrern eigen.

"Ich schaffe, so lange ich es vermag. Will der Schöpfer, daß ich aufhöre, so wird er seine Gründe haben, und einen anderen, Befähigteren, Stärkeren senden."

Jetzt, in seiner Nähe, unter seinem Einfluß lehnte sich Imgjor wieder einmal gegen die nüchterne Ueberlegenheit eines Axel Dehn, eines Marquis von Curbière auf.

Es war sehr bequem, zu sprechen, wie sie es thaten.

Allmählich würde, nach ihren Worten und Ansichten, vom steten Regen der Zeit benetzt, der Felsen der zu großen Ungleichheiten zerbröckeln! Aber eben der Regen sollte wirken, damit auf dem Platze, wo das Gestein ruhte, fruchtbares Land sich aufthue! Selbst wollten sie sich nicht rühren, die Muskeln nicht anstrengen!

In ihm, dem Prediger Kollund, saß das, was einem Christus, einen Mahomed den Stab in die Hand gedrückt. Er war der berufene Vorkämpfer für die neue Lehre. Endlich hatte sie ihn gefunden.

Nachdem Imgjor mit Kollund verabredet hatte, daß sie sich noch einmal wiedertreffen wollten, nahm sie allein den Weg von Sommerlyst zu Fuß zurück. Ihre Wohnung lag in der Nähe des Rosenberger Schlosses in der Kronprinzeßgade.

Als sie nach einer sie stark beschwerenden Wanderung an die Ecke dieser und der Gothergade angelangt war, trat plötzlich ein junger Mensch auf sie zu und redete in sehr zudringlicher Weise auf sie ein. Und als sie ihm durch rasches Forteilen zu entrinnen suchte, war er ebenso schnell nochmals an ihrer Seite, wiederholte, die menschenleere Gegend benutzend, seine Anträge, und umfaßte, trotz Imgjors äußerstem Widerstand, ihren Leib.

"Sie sind doch Grevinde!" flüsterte er, sie fester und fester an sich ziehend. "So gewähren Sie doch einem armen, sehnsüchtigen Menschen auch einmal eine glückliche Stunde. Andere dürfen es! Warum wollen Sie es mir versagen? Ach, wie schön Sie sind! Ich sah Sie mit Kollund sitzen. Der Glückliche!

Ich bitte, mein süßes Kind—komm mit—komm mit auf die Bank! Laß uns plaudern. Höre, wer ich bin, und wisse, ich bin deiner wert!"

Imgjor fehlte der Atem und es versagten ihr die Worte. Sie wollte schreien, Hilfe rufen und vermochte es nicht. Mit ungeheurer Kraft hob er sie empor, trug sie in das Innere des Parkes und verschwand mit der Halbohnmächtigen unter den Bäumen.

* * * * *

Im Rankholmer Palais saß in seinem dreifenstrigen durch den Anstrich sanfter Pfirsichfarben reizvoll gehobenen und mit alten Ovenschen Gemälden und seltenen nordischen Möbeln geschmückten Arbeitsgemach Graf Peder Lavard und rauchte aus einer kostbaren Meerschaumpfeife. Dem silberbeschlagenen Kopf entstiegen in blauen Ringen emporschwebende, einen verführerischen Duft verbreitende Wölkchen, und ein Ausdruck ausnehmender Behaglichkeit haftete in den Zügen des Besitzers des Schlosses.

Ihm gegenüber, in einen hohen Sessel aus dem sechszehnten Jahrhundert zurückgelehnt, plauderte der Marquis von Curbière, der heute einen schneeweißen Anzug aus einem Pariser Magazin trug, und nun eben eine kleine, dünne Cigarette durch rasche Berührung mit einer brennenden Wachskerze entzündet hatte.

Die Herren unterhielten sich über eine am kommenden Tage bei Hofe Stattfindende Festivität, zu der, mit Ausnahme von Imgjor, sowohl die Familie Lavard, wie auch der Marquis, nach vorangegangener Einzeichnung seines Namens in das in dem königlichen Vorzimmer ausgelegte Meldebuch, Einladungen empfangen hatten.

Und eben, daß man Imgjor ausgeschlossen, daß man, wie stets, von ihr gar keine Notiz genommen hatte, brachte das oft erörterte Thema ihrer Emanzipation von neuem in Fluß, ließ die Herren überlegen, durch welche Mittel man sie endlich von ihren Abenteuerlichkeiten kurieren könne. Umsomehr beschäftigte sich die Familie mit Imgjor, als einige Vorfälle der letzten Zeit auch ihren Namen wieder in sehr unliebsamer Weise in die Oeffentlichkeit gebracht hatten.

Immer stand Graf Lavard unter der Befürchtung, daß seinen guten Beziehungen zum Hofe durch Imgjors Verhalten ein Abbruch geschehen könne. In den Zeitungen war mitgeteilt worden, daß der frühere Geistliche Kollund in Sommerlyst einen von Tausenden besuchten Vortrag gehalten und daß die bekannte Grevinde Lavard demselben nicht nur von Anfang bis zu Ende beigewohnt und ihm sehr lebhaft Beifall gezollt, sondern auch noch mit dem Redner später lange Nachtstunden allein konferiert habe.

Und am nächsten Tage hatten dieselben Zeitungen zu erzählen gewußt, daß ein Anfall auf die Komtesse verübt sei.

Nach jenem Vortragsabend sei sie unvorsichtigerweise allein nach Hause geschritten und, in der Nähe des Rosenborger Parkes angelangt, von einem Strolch, dessen Familie sie viele Wohlthaten erwiesen habe, überfallen und übel zugerichtet worden. Sie liege an einem Nervenfieber darnieder und werde von einer barmherzigen Schwester gepflegt. Auch ihre Angehörigen weilten täglich an ihrem Lager.

Seit dieser Zeit waren drei Wochen vergangen. Imgjor war wieder aufgestanden und hatte sich erholt.

Bei einem Fest beim Premierminister, dem die königliche Familie beigewohnt hatte, war zwar der König dem Grafen und seinen Angehörigen sehr gnädig begegnet, aber es waren doch auch zum erstenmale Worte gefallen, die seine Ansichten über die junge Gräfin Lavard sehr deutlich hatten zu Tage treten lassen.

"Ich bedaure, lieber Graf, daß die Komtesse von einem solchen Unfall betroffen worden ist. Aber ich würde es nicht nur in ihrem, sondern eben so sehr im Interesse der Familie halten, wenn sie sich solchen Extravaganzen nicht aussetzte, überhaupt ihrem Enthusiasmus einige Zügel anlegte. Der Polizeipräfekt meldet mir, daß nun auch sie einen öffentlichen Vortrag zu halten die Absicht hat. Suchen Sie das mit allen Mitteln zu verhindern. Ich rechne darauf. Dergleichen paßt sich nicht für das Mitglied einer dänischen Adelsfamilie. Wo kommen wir hin, wenn von dort schon solche Beispiele ausgehen!"

Während die Anwesenden noch sprachen, meldete Frederik, daß Komtesse Imgjor soeben ins Schloß getreten wäre, zudem benachrichtigte er die Herrschaften, daß das zweite Frühstück serviert sei.

Unmittelbar darauf trat auch schon Imgjor ins Zimmer, schritt mit der Miene sanfter Unterordnung auf ihren Pflegevater zu und reichte dem Marquis mit jenem süßen Blick die Hand, den sie allen denen gönnte, die sie lieb hatte. Aber auch Lucile erschien, und da war's, als ob nun erst die volle Schönheit die Welt erhelle.

Sie glich der Versinnbildlichung des eben eingezogenen blühenden Sommers! Ein weißes, seidenes Gewand umschloß ihren Körper, eine gelbe und eine weiße Rose saßen in ihrem nach Empire-Art hochfrisierten Haar. Sonst trug sie keinen Schmuck.

"Ah, wie schön du heute wieder aussiehst, meine Lucile!" flüsterte Curbière, voll Bewunderung seine Braut umarmend.

Und während er sie noch mit anderen schmeichelnden Worten überschüttete, sprach der Graf, seiner Tochter Imgjor mit liebenswürdiger Zuthunlichkeit den Arm reichend, auf diese ein.

"Ich möchte dich nachher sprechen, Imgjor. Nach dem Frühstück, ehe du das Palais wieder verläßt, gehen wir noch einmal zu mir hinüber—"

Die Gräfin warf ihr beim Eintritt in den Speisesaal, wohin sie sich inzwischen begeben, einen von einem vertraulichen Lächeln begleiteten, guten Blick zu, auch umarmte sie Imgjor bevor sie sich an der Tafel niederließ.

Es wurde ein zu unternehmender Wagen- und Reitausflug nach Skodsborg besprochen. Die Herrschaften wollten auf der Rückkehr in Klampenborg speisen. Imgjor wurde von den Ihrigen ebenfalls aufgefordert, wich aber aus.

"Stimmen Sie doch zu, schöne Schwägerin!" ermunterte sie Curbière liebenswürdig. "Lassen Sie einmal die Kittelleute für sich selbst sorgen! Erinnern Sie sich, wie sie Ihnen jüngst begegneten, und vergessen Sie nicht, daß Sie auch Pflichten gegen die Ihrigen haben."

"Ich würde sehr gern teilnehmen"—entgegnete Imgjor, bei der Hitze die Aermel ihres Kleides etwas zurückgreifend und so ihren reizenden Arm freigebend—"aber ich will in diesen Tagen einen öffentlichen Vortrag halten, und da brauche ich alle meine Zeit äußerst notwendig."

"So halten Sie ihn nicht! Das Sternbild des Bären wird nicht vom Himmel herabfallen, wenn die Welt sich dessen entraten muß. Glauben Sie denn wirklich, daß dergleichen einen praktischen Nutzen hat?"

"Ich hoffe es, lieber Armand."

"Und welchen?"

"Daß die Menschen zum Nachdenken gelangen."

"Aber wir haben ja die vielen Orte, die stillen Kämmerlein und lauschigen Plätze in der Einsamkeit der Gottesnatur, wo die Erdenbewohner selbst dergleichen üben können! Wir haben zudem all' die Kirchen und die vielen Prediger—"

Imgjor zog die Schultern.

"Liegt nicht eigentlich eine Vermessenheit darin, fortwährend andere belehren zu wollen, Imgjor?" fuhr er fort. "Wär's nicht besser, jeder verwendete seine Zeit auf sich? Jeder hat's dringend nötig! Ich wiederhole früher Gesagtes."

"Ja, darin liegt etwas! Ueberhaupt haben Sie wohl von ihrem Standpunkt aus auch recht. Ich kann aber nicht anders, als nach meiner Natur handeln. Ist's nicht schon viel wert, wenn es mir gelingt, einige Mißgeleitete umzuwandeln?"

"Das ist—pardon!—die stete Rede aller derer, die es für erforderlich halten, die Menschen fortwährend auf Tod und Sterben und Buße hinzuweisen, anstatt sie das Leben lieben zu lehren, sie zur Lebensfreudigkeit anzuhalten, ihnen ein heiteres, sorgloses Gemüt zu verschaffen, sie dadurch zu stählen, dem Dasein zu begegnen, so dem Schöpfer wohlgefällig zu sein. Nichts Widersinnigeres als das Asketentum, nichts, was Gottes Absichten weniger entspricht! Er schuf die Sonne und die Helle zum Gedeihen der Welt, uns zur Freude und zum fröhlichen Genießen. Und wir? Wir verwandeln seine schöne

Erde in ein Jammerthal, durch das wir gezwungen hindurchgehen müssen, in einen Kerker, in dem wir lebenslänglich zu schmachten verurteilt sind. Wie kleinlich machen wir den großen Geist. Wie sehr beweisen wir durch unsere Auffassung von der Gottheit, wie wenig wir jemals über sie nachgedacht, geschweige ihr innerstes, jedes Geschöpf mit grenzenloser Liebe, Güte und Nachsicht umfassendes Wesen ergründet haben. Verdammen wir nicht den Lehrer, der immer nur danach ausschaut, ob die Kinder fehlen, ihnen ihre Bewegungen beschneidet, sie stetig in solche Fesseln spannt, die der Natur des freigeborenen Geschöpfes widerstreben; der fortwährend mit Strafen und Vergeltung droht, der ihnen immer nur zuruft: "Bedenket, daß der Zeugnistag erscheint!" Und so fort und so fort bis zum Abgang? Und nun behängen wir gar das erhabene Wesen mit solchen Eigenschaften! Wahrlich, man weiß nicht, ob man über solche Verblendung weinen, oder ob man sich gegen solche Anmaßung der Auslegung des göttlichen Wesens empören soll!"

"Sie sprechen—" entgegnete Imgjor voll Begeisterung, "für eine Neugestaltung unserer religiösen Anschauungen. Der geistig höher Stehende gelangt, und sicher mit Recht, zu solchen. Wir haben es aber mit der breiten Masse zu thun, die an dem Alten hängt und für welche die Lehre von Himmel und Verdammnis geeigneter ist. Was ich vorhabe, ist ja auch etwas anderes. Ich will reden über die Gleichberechtigung der Menschen zum Zweck eines glücklicheren Erdenlebens, über die Mittel, das Los der Armen zu verbessern, über die Pflicht der Großen, dazu nach Kräften beizutragen! Ich will praktische Religion predigen!"

"Ich möchte, daß du diesen öffentlichen Vortrag nicht hieltest, ja, ich wünsche unter allen Umständen, daß es unterbleibt, Imgjor!" fiel nun der Graf ein. Er that's, nachdem eben die Dienerschaft das Zimmer verlassen hatte.

"Der König sprach mich in diesen Tagen darauf an, daß du dergleichen vorhabest. Er forderte von meiner Loyalität, daß ich es dir verbieten möge."

"Deine Loyalität sollte dich eher bestimmen, mir beizupflichten, lieber Papa!" fiel Imgjor ein. "Ich predige nicht den Umsturz; ich will nur auf Grund des Bestehenden reformieren. Und je eher und besser uns das gelingt, um so sicherer werden sich gerechte Fürsten ihr angestammtes Erbteil bewahren."

"Wir wollen uns gegenseitig keine Kathedervorträge halten, Imgjor. Du kennst meine Ansichten und in diesem speziellen Falle jetzt meinen unbedingten Willen. Da ich dir in so vielem nachgab, darf ich wohl auch auf einen Gegendienst rechnen. Ich erwarte, daß du noch heute die Schritte unternimmst, deinen Vortrag rückgängig zu machen. Ich werde dagegen dafür sorgen, daß die Zeitungen eine berichtigende Notiz bringen."

"Das kann nicht sein," erklärte Imgjor. "Sage dem König, daß ich fürder nicht mehr öffentlich sprechen will. Diese Abrede aber vermag ich nicht mehr rückgängig zu machen—unmöglich!"

"Was heißt: kann—unmöglich, wenn ich es erbitte, wenn ich es wünsche, wenn ich es will?" rief der Graf, dem, wie so oft, jählings die Geduld riß. Er sprang empor und schlug mit einer Heftigkeit auf den Tisch, daß die Gläser zitterten. "Welch' grenzenloser Egoismus, immer nur das Ich sprechen zu lassen, niemals sich erinnern zu wollen, daß es Dankgefühle, daß es Familienrücksichten giebt! Hast du noch nicht genug? Willst du abermals Scenen, wie die im Rosenborger Park, sich wiederholen lassen, deren noch böseres Ende nur ein gnädiger Zufall verhinderte? Findest du gar Lust daran, dich solchen dich entwürdigenden Dingen auszusetzen, da du dich nun abermals öffentlich, wie eine Harfenspielerin, dem allgemeinen Anglotzen preisgeben willst? Wahrlich, es scheint fast so! Eitelkeit, Eitelkeit bisher! Und nun gar die Sucht nach Beifall auf Kosten der weiblichen Würde!"

"O, halt! Halt!" rief das in ihrem Innern tief betroffene junge Geschöpf. Sie flog, ihre Gestalt straff emporreckend, vom Stuhl und richtete herausfordernde Blicke auf den Grafen. "Daß du das sagst—mir—"

Aber wie einst, schnitt er ihr die Worte ab, sprang auf sie zu, packte ihre Handgelenke und rief, während ihm ein heißsprühender Atem aus der Brust quoll: "Ja, das sage ich dir, ich, der Graf Lavard! Willst du dich meinem Willen nun fügen? Willst du erklären, daß du von dem Vortrage abstehst? Noch einmal nein, oder—"

Aber jetzt hielt es auch Curbière, der bisher bleichen Angesichts dagesessen und nur durch seine Mienen an den Tag gelegt hatte, was er bei dieser Scene empfand, nicht länger. Blitzschnell war er an beider Seite, richtete einen bittenden Blick auf den Grafen und suchte ihm Imgjor mit sanfter Bewegung zu entreißen.

Aber auf den bis zur Raserei entflammten Mann übte dieses kavaliermäßige Dazwischentreten gerade den entgegengesetzten Eindruck.

"In meine häuslichen Angelegenheiten erbitte ich keine Einmischungen! Ich muß aufs dringendste bitten!" stieß er in einem schroff entschiedenen Tone heraus, schob auch die Gräfin, die zu vermitteln suchte, kurz und rauh zur Seite und faßte Imgjors Handgelenke nur noch fester.

Aber nun wußte Imgjor selbst das Schauspiel zu beenden. Indem sie sich mit einer plötzlichen Bewegung befreite, sodann an die Thür eilte und hier, um sich einen ungefährdeten Abgang zu sichern, mit der Linken die Klinke faßte, sagte sie:

"Ich kann nicht, Papa! Ich kann nicht, weil ich nicht alleiniger Herr meiner Handlungen bin, weil ich mein Wort gab. Aber ich will mich in anderer Weise dir fügen. Ich verzichte von heute an auf alle Rechte, wie immer sie heißen mögen, auf die Rechte, deinen Namen zu tragen und auf materielle! Ich werde mich fortan nennen, wie mein Vater hieß. So wirst du befreit von der, die dir doch nur Schande macht, so streifst du die Verantwortung für ihre Handlungen von dir ab. Verzeih' mir! Ich bitte dich flehentlich! Nie werde ich vergessen, was du, was ihr alle Gutes an mir gethan! Aber ich kann nicht anders. Jeder hat seine Eigenart und besitzt ein Recht darauf. Auch ich muß meiner Natur folgen—Adieu! Adieu! Nochmals Adieu! Vergebt mir!"

Nach diesen Worten verließ sie mit einem entschlossenen Blick das Gemach.

* * * * *

In einem Hinterzimmer des Wirtshauses in der Nähe des Tivoli saß an demselben Abend der Wanderprediger Kollund mit Imgjor Lavard. Sie hatte ihm geschrieben, daß sie ihn sprechen wolle, und er hatte geantwortet, daß er sich am Abend, nach einem Vortrage in der Umgegend, zu ihrer Verfügung halte.

Nun eben hatte er den Kellner gerufen und Speisen und Getränk gefordert, während sie, nach ihren Wünschen befragt, ihn nur eine Flasche Selterwasser zu bringen ersuchte.

Sie besaß weder Hunger noch Durst. Ihr verlangte lediglich nach Aussprache, nach Förderung ihrer während des Tages zu immer stärkerer Reise gelangten Pläne. Sie wollte, wie er, das Land durchziehen, aber sie wollte sich nicht mit Vorträgen begnügen, sondern mit allen Mitteln dahin wirken, daß in jeder Stadt, in jedem Flecken und jedem Dorfe ein Wohlfahrtsverein begründet werde.

Diese sollten sich als Aufgabe stellen, eben das ins Leben zu rufen, was sie einst mit Prestö geplant hatte.

Da sie sich nun der Fesseln entledigt, da sie keine Rücksichten auf ihre Familie mehr zu nehmen hatte, wollte sie wieder die größeren Ideen zu verwirklichen suchen.

Vielleicht würde Kollund ihr Partner werden, vielleicht fand sie bei diesem, von den reinsten Absichten erfüllten Volksfreunde eine Unterstützung ihrer selbstlosen Bestrebungen.

Er hörte ihr auch, ohne sie zu unterbrechen, zu. Seine Augen hingen an den ihrigen, als ob ihn eine Verzauberung ergriffen habe. Seine mageren Hände griffen immer wieder nach der Flasche. Oft holte er tief Atem. So beschwert schien er, daß sie einigemale besorgt fragte, ob ihn etwas schmerze.

"Nein, nein, nichts, gnädige Komtesse. Ich bitte, fahren Sie fort!"

Bisweilen schien's auch während des Zuhörens, als ob er in eine Art Verzückung geriete, als ob er sich durch ihre Rede so in die Welt der Wirklichkeit hineinversetzt habe, daß ihm schon alles Thatsache geworden sei.

Und das Ende war, daß er ihr begeistert zustimmte, sich bereit erklärte, fortan mit ihr gemeinsam die Lande durchziehen und ihre von ihm gutgeheißenen Pläne ins Werk setzen zu wollen.

"Sehen Sie, Komtesse! Mir fehlten ja nur die Mittel, die Sie besitzen! Ich mußte mich auf meine Ansprachen beschränken. Von dem Entree, das ich erziele, soll ich leben und muß ich meine Reisen bestreiten. Sie haben die vollen Kassen. Sie können sogar noch austeilen. Unter solchen Voraussetzungen und Eindrücken strömen die Menschen herbei. Da rechnet es sich auch die bessere Gesellschaft zur Ehre an, zu erscheinen. Ihr Name, Ihre Stellung und Ihr Reichtum ziehen. Denn Sie müssen es wissen, schließlich kommt's ja doch bei fast allen nur auf zweierlei an, auf Befriedigung der Eitelkeit und auf Erreichung von Vorteilen. Von der Sache selbst Durchdrungene giebt's kaum ein Dutzend auf eine Million!"

"Wie? Das sagen Sie, Herr Kollund?" stieß Imgjor in starker Enttäuschung heraus. "Ach! Das drückt mich tief herab. Und lassen Sie mich es Ihnen gleich sagen, daß Sie sich irren, wenn Sie meinen, ich sei noch reich, ich könne irgend etwas austeilen. Ich besitze nichts, da ich mich mit meiner Familie völlig überworfen habe! Wenn ich meinen Schmuck verkaufe—das meiste gab ich schon hin—bleibt mir höchstens die Möglichkeit, noch einige Zeit zu leben!"

Schon bei den ersten Worten Imgjors war in die Züge des Mannes ein Ausdruck von Mattigkeit getreten. Beim Schluß ihrer Erklärungen hielt er schon gar nicht mehr mit seinen veränderten Gedanken und Anschauungen zurück, zog die Lippen und schüttelte das Haupt.

"Wenn die Dinge so stehen, Komtesse, ist—ist—garnichts zu machen! Ich ging natürlich von ganz anderen Voraussetzungen aus. Bei solcher Sachlage kann ich Ihnen nicht die geringsten Erfolge Ihrer Vorhaben versprechen. Wir würden uns nur gegenseitig im Wege stehen. Jetzt vermag ich allein zu existieren; in der Folge würden wir nicht das tägliche Brot haben. Ist denn wirklich alles dahin? Ist keine Aussicht, daß Sie sich mit Ihrer Familie wieder einigen?"

"Nein," erwiderte Imgjor kalt, mit einem solchen eisigen Ausdruck, daß der

Mann, der sich schon allen möglichen Träumen von Liebesglück und Erdenschätzen hingegeben hatte, nunmehr einer völligen Ernüchterung erlag.

Im Nu verschwand der bestrickende Zauber, den Imgjor auf ihn ausgeübt hatte.

Aber auch Imgjor erlitt entsetzliche Qualen der Enttäuschung, doppelte, da sie sich nicht nur in ihren Hoffnungen auf diesen Mann als Mithelfer ihrer großen Pläne getäuscht fand, sondern auch durch ihn so rücksichtslos belehrt worden war, wie nutzlos alles Mühen ohne materielle Mittel sein werde. Sie hatte sich dem unbestimmten Gefühl hingegeben, daß dieser edle Enthusiast die Herbeischaffung solcher freudig auf seine Schultern nehmen, daß er dazu auch leicht imstande sein werde. Sie, die immer aus dem Vollen geschöpft, die stets die Hand hatte aufthun können, hatte sich trotz des täglichen Einblicks in die Lebensnot der Menschheit auch in dieser Richtung eine Illusionswelt aufgebaut.

Und abermals hatte sie ebenso vorschnell, wie unweise gehandelt! Anstatt vorher zu prüfen, die Folgen ihres Vorhabens zu überlegen, hatte sie ihre Erwartungen ohne weiteres zu Thatsachen erhoben und war nun gleich bei den ersten Schritten, die sie unternommen, bis zum Fallen gestolpert.

Jetzt stand sie—in furchtbarer Klarheit kam's über sie—wirklich dem "Nichts" gegenüber. Und sie hatte sich, wenn sie ehrlich überlegte, während ihrer nun fast zwei und einhalbjährigen Thätigkeit draußen in der Welt kaum einen Freund, sondern nur Feindschaft erworben.

Die Freunde, die einzigen, die sie vorher besessen, hatte sie eben in ihrem stolzen Uebereifer von sich gestoßen. Ihren Widersachern wollte sie sich offenen Auges zugesellen und abermals mit schweren Kränkungen und schnödem Undank verbundene Lasten übernehmen. War darin ein Sinn? Hatte sie noch nicht Erfahrungen genug gesammelt? War's noch nicht genügend erwiesen, daß ihre Umgebung in allem Recht gehabt?

Und eben aus diesen gegen sich selbst gerichteten Ueberlegungen entstand jählings eine um so größere Abneigung gegen denselben Mann, dem sie noch beim Beginn des Gespräches gleichkam ihr ganzes Ich hatte verschreiben wollen, den sie als den plötzlich ihr erstandenen Erlöser betrachtet hatte. Sie konnte es nicht erwarten, die Beziehungen zu ihm abzubrechen, auch ihm die Erklärung zu geben, daß sie keinen öffentlichen Vortrag halten wolle.

Sie nahm deshalb kurz und schroff das Wort und sagte:

"Unser Gespräch hat mich belehrt, daß wir nicht, wie ich hoffte und glaubte, zu einander passen, Herr Kollund. Ich bin infolgedessen auch zu dem Entschluß gelangt, übermorgen nicht zu sprechen. Ich bitte also, die

Ankündigung zurückzuziehen. Ich muß es definitiv ablehnen, öffentlich aufzutreten!"

Der Mann nickte beipflichtend, ohne sich im geringsten zu ereifern.

"Ich würde," hub er mit unangenehm wirkender Ruhe an, "dann nur um den Ersatz der Kosten bitten, Geldmittel für die Inserate in den Zeitungen, für das Lokal, für die Personen, die ich zu bezahlen habe, und für die Ausfälle an Einnahmen."

"Welche Personen, welche Ausfälle an Einnahmen? Ich bitte!"

"Nun, die Stimmung machen, die mit einem Teller zum Sammeln herumgehen sollten."

"Stimmung machen, sammeln? Für was und für wen?"

"Wie Sie fragen, Gnädige! In solchen Versammlungen braucht man eine Claque, und die muß man bezahlen. Die Sammlung wird für meine Bedürfnisse aufgebracht—Ich soll doch leben—ich soll doch etwas zurücklegen—"

"Gewiß, ersteres sicher! Und Sie lassen das erklären, oder Sie sagen es selbst?"

Der Mann schüttelte den Kopf.

"Nein! Das geht nicht. Dann kommt fast nichts ein! Die Beträge müssen als Agitationsausgaben für die große Sache bezeichnet werden."

"Glaubt man Ihnen denn das? Fragt man nicht, wer das Geld verwaltet, wo es bleibt?"

"Nein. Ich bin der Verfechter der großen Idee. So ist auch am besten angelegt."

"Hm—hm—aber das ist doch alles nicht ehrlich, Herr Kollund, das heißt doch nur an sich denken."

"Vielleicht! Aber es geht nicht anders, meine Gnädigste. Mit Sentimentalitäten kann man das Leben nicht anpacken. Man muß, um durchzuringen, zu den Grundsätzen der Heiligung der Mittel greifen."

"O nein, nein! Nie würde ich dazu meine Hand bieten. Verwerflich finde ich solches Ausnützen des Vertrauens, schwindlerisch eine solche Vertuschung der Wahrheit!"

"Sie sind eben noch sehr jung, meine Gnädigste! Sie meinen, daß sich hier die Welt anders bewähren soll, als sonst allezeit. Und deshalb erwarten Sie es, weil Ihre Absichten lauter sind, weil der Gegenstand Ihnen groß und erhaben däucht. Ach, wie bald, wie gründlich werden Sie belehrt werden! Die Kreatur bleibt sich in allen Lebensverhältnissen gleich. Hier, hier erst recht muß man sehr klug sein und klug handeln, um die Zwecke, die man im Auge hat, zu erreichen."

"Nun, so mag es sein! Ich will Ihnen nicht widersprechen," stieß Imgjor, ihre Empörung nur schwer dämpfend, heraus, "aber ich will jedenfalls meinen Geldbeutel dazu nicht öffnen! Ich gebe das, was das Lokal und die Annoncen kosten, ich gebe Ihnen eine Entschädigung dafür, daß Sie Ihre Zeit mir nutzlos geopfert haben. Sie mögen dann verfahren, wie Sie es zu verantworten vermögen. Ich will kein Hehler dieses Verrats und dieser Unehre sein!"

"Ich sehe Ihnen Ihre Worte nach, Komtesse, weil ich Ihrer Unerfahrenheit Rechnung trage, und wünsche nun auch meinerseits diesen Teil des Gespräches zu beendigen. Ich bitte nun nur fragen zu dürfen, wann ich mir den Betrag holen darf?"

"Wieviel verlangen Sie?"

"Mit fünfhundert Kronen denke ich zu reichen—"

"Fünfhundert Kronen? Unmöglich! Ich habe kaum so viel, wenn ich mein Eigentum veräußere!"

"So geben Sie vierhundert. Ich will mich einzurichten, denen, die zu fordern haben, abzudingen suchen. Diese Summe muß ich aber bereits morgen Mittag von Ihrer Güte erbitten, wenn nicht für Sie sehr unliebsame Zeitungserörterungen die Folge dein sollen. Diese würden auch Ihrer Familie wohl wenig angenehm sein!"

"Gut!" hauchte Imgjor, die weißen Zähne zusammenbeißend. "Sie sollen das Geld um zwölf Uhr bei mir finden. Aber schicken Sie darnach. Mit Ihnen möchte ich nicht ferner verhandeln—"

Nach diesen Worten reckte sie sich rasch empor, warf eine halbe Krone für den Kellner auf den Tisch, griff nach Hut und Umhang und war schon mit äußerst gemessener Kopfneigung verschwunden, ehe der Mann auch nur Zeit hatte, ihr beim Anziehen des Mantels behilflich zu sein.—

* * * * *

Nachdem Imgjor ihre Wohnung betreten hatte, schritt sie mit einer gewissen Hast an den Briefkasten. Sie erwartete, einen Brief von ihrer Pflegemutter oder von Lucile zu finden. Sie hoffte es, während sie noch bei ihrem Fortgange überlegt hatte, wie sie sich den Versuchen der Ihrigen, ihren Sinn umzustimmen, zu entziehen vermögen werde.

Sie fand auch ein Schreiben und zwei Karten, aber sie waren nicht von den Lavards geschrieben.

Die eine Karte war von dem Marquis de Curbière, die andere von dem Hospitalarzt Doktor Kropp. Das Schreiben aber trug die ihr bekannte Handschrift des Direktors des Krankenhauses, Doktor Stede, der seinem lebhaften Bedauern darüber Ausdruck gab, daß Imgjor nicht mehr in das Hospital zurückkehren wolle. Er teilte ihr überdies mit, daß Doktor Kropp von dort ebenfalls seinen Abschied genommen und sie besuchen werde, um ihr eine Bitte vorzutragen.

Einen Augenblick vertiefte sich Imgjor nach Lesen dieser Zeilen in ein stilles Nachdenken, dann griff sie nochmals nach den beiden Karten.

Und da fand sie beim Umwenden auf der Rückseite der vom Doktor Kropp abgelegten die mit Bleistift geschriebenen Worte:

"Bitte, Ihnen morgen vormittag gegen zwölf Uhr wieder aufwarten zu dürfen —" und auf derjenigen des Marquis de Curbière die Notiz:

"Bedaure außerordentlich, Sie nicht getroffen zu haben! Wann darf ich Sie sprechen?"

Da in diesem Augenblick das neue, von Imgjor statt der diebischen Dirne angenommene Mädchen, das Stiefkind der Witwe Holm, Gebine Holm, ins

Zimmer trat, und nach ihren Befehlen fragte, wurden Imgjors Gedanken von ihren eigenen Angelegenheiten abgelenkt.

Sie hatte dem Kinde versprochen, für sein Fortkommen zu sorgen, und besaß nun selbst nichts!

Das beschäftigte Imgjor so sehr, daß sie erst Ruhe fand, als sie sich vorstellte, sie könne das junge Ding in Rankholm unterbringen.

Und dadurch wieder in ihren Vorstellungen gehoben, richtete sie einige bisher verschobene Fragen an Gebine.

"War jemand da, während ich fort war, Kind?" warf sie hin.

"Ja, gnädige Komtesse! Ein Mann wollte Sie sprechen—"

"Ein Mann oder ein Herr?—Wie sah er aus?"

"Es war—glaube ich—ein Matrose.—Ich fürchtete mich—"

Imgjor schrak heftig zusammen. Sie dachte an den Ueberfall, und unwillkürlich brachte sie den Besuch mit diesem Geschehnis in Verbindung. Als Imgjor in jener Nacht endlich die Kraft gewonnen, zu schreien, waren zwei zufällig nicht weit vom Parkeingang befindliche Nachtwächter herbeigeeilt und hatten den Strolch verscheucht. Er hatte ihr aber noch zugerufen, daß er sie von neuem zu treffen wissen werde.

"Wie sah er denn aus, Gebine? War's ein großer, starker dunkler Mann?" forschte Imgjor stark erregt.

Gebine nickte.

"Ja! Er hatte ein rotes Tuch um den Hals."

Imgjor fuhr zusammen. So war's also derselbe! Ein rotbraunes Tuch hatte jener in der Nacht getragen.

"Und was sagtest du, Gebine?"

"Ich sagte, Komtesse wären verreist. Sie kämen heut' Abend mit einem Herrn zurück, mit einem Rittmeister."

"Weshalb sagtest du das? Wie kamst du darauf?" Imgjor sprach's verwundert.

Das Kind richtete einen ängstlichen Blick auf ihre Gebieterin. Sie antwortete nicht.

"Nun? Sprich! Weshalb sprachst du von einem Rittmeister?"

"Ja—ich—hatte so schreckliche Angst—Er guckte mich so sonderbar an— und da, da dachte ich, wenn ich das sagte, dann würde er nicht wiederkommen, würde er Komtesse nicht belästigen."

Imgjor sagte zunächst nichts. Sie überlegte, ob sie Gebine schelten oder ihr für ihre Fürsorge ein Lob spenden sollte. Jedenfalls hatte sie es gut gemeint, hatte sie sehr fürsorglich gehandelt.

Endlich glaubte sie, das Rechte gefunden zu haben. Sie sprach: "In diesem Fall war deine Unwahrheit nützlich, Gebine. In der Not mag eine solche einmal erlaubt sein. Sonst aber mußt du dich strengster Wahrheit befleißigen. Nichts ist so verabscheuenswert wie die Lüge! Aus ihr entspringen alle anderen Laster.—Und noch eine Frage: Was äußerte der Mann, als du dies sagtest?"

"Er fragte, wie lange der Rittmeister bliebe, und wer er wäre."

"Und du? du? Was—entgegnetest du, Gebine?"

"Ich sagte—ich sagte—daß es Ihr Bräutigam wäre—"

"Aber das war ja abermals eine Lüge!" stieß Imgjor nun zornig heraus.

"Was sind das alles für Erfindungen—für Phantasien!—Ich bin außer mir, Gebine! Das macht mich sehr betrübt. Hast du mich auch schon belogen? Oft?—Heraus mit der Sprache! Du sagtest gestern, ich hätte dir nur eine halbe Krone gegeben, als du vom Krämer wiederkamst. Ich hätte mich geirrt. Sprich! Und ich warne dich, etwas anderes zu sagen, als die Wahrheit! War's doch eine ganze Krone? Hast du die andere Hälfte in die Tasche gesteckt?"

"O nein—nein—ganz gewiß nicht, Komtesse! Ich habe der Komtesse immer nur die Wahrheit gesagt.—Der Kaufmann schickte mich gleich wieder weg. Ich hatte das Geld in Papier gewickelt—ich hatte es gar nicht nachgesehen—"

"Kann ich dir glauben, Gebine? Sieh', Kind, wenn du mich betrogen hast—ich werde mich erkundigen—mußt du gleich zu deiner Stiefmutter zurück. Und wenn du es später thust, ziehe ich meine Hand unwiderruflich wieder von dir zurück."

Und zurücksinkend, weil von all den Eindrücken überwältigt, flüsterte Imgjor: "O welche Einblicke in das Innere der Menschen,—täglich, stündlich! Wo sind die wahrhaft Reinen, Guten?" Und dann rief sie das Kind heran und sprach:

"Gewiß, ein Beispiel, wie du es im Hause hattest, Gebine, macht schlecht und entschuldigt dich eher! Aber da dir das Unterscheidungsvermögen noch nicht abhanden gekommen ist, so sage ich dir und wisse und glaube es: Nur aus dem Guten vermag Gutes zu erspießen! Eine Weile mag's gehen, aber es kommt die Zeit, wo du dafür schwer büßen mußt, wo dich tiefe Reue ergreift, wo du alles hergeben möchtest, um Geschehenes ungeschehen zu machen! So—und nun gehe zu Bett! Weine nicht mehr! Nein, nein, ich bin dir nicht böse."

Und Gebine ging. Imgjor Lavards Gedanken aber wanderten, während sie noch dasaß, nach Rankholm, und ihr war's abermals jetzt, als ob dort ein Eden, ein unvergleichliches Paradies sei—in der großen Welt aber—eine Hölle—

* * * * *

Am kommenden Tage verließ Imgjor schon ihre Wohnung und ging ihren Obliegenheiten nach.

Sie besuchte einige Kranke und Rekonvalescenten, sprach in dem Hause einer Witwe vor, die eine gelähmte Tochter besaß, welche auf Imgjors Kosten in ein deutsches Kurbad gesandt worden war, empfing Nachrichten über diese, die sie erfreuen, nahm auch die Dankworte der stotternden Frau entgegen und machte sich sodann nach ihrem Bankgeschäft auf den Weg, um daselbst die für Kollund erforderliche Summe zu holen.

Sie hatte augenblicklich dort nicht einmal ein Guthaben mehr, aber sie wußte, daß man ihr eine nicht zu groß bemessene Summe auch ohne ein solches aushändigen werde.

Auf dem Wege dorthin erblickte sie—und das Herz wollte ihr stille stehen— jenen Menschen, welcher sie in der mehrerwähnten Nacht überfallen hatte. Er wandte sich von einem Buchladen, vor dessen Schaufenster er gestanden, gerade wieder der Gasse zu, und nur durch einen Zufall wurde verhindert, daß er Imgjor gewahrte. Seine Aufmerksamkeit ward durch eine Equipage, deren Pferde scheu geworden, abgelenkt.

Diesen Zufall benutzte Imgjor, sich seinen Blicken zu entziehen.

Sie schlüpfte rasch in ein offenstehendes Tabakgeschäft, trat gleich zu einem tiefer im Fond befindlichen Kommis und wollte eben ein Pfund Tabak für den alten Ohlsen, den Mann der Blinden, einhandeln, als nun auch zufällig Doktor Kropp den Laden betrat.

Sehr überrascht, aber mit gewohnter Ehrerbietung sprach er auf Imgjor ein, und als sie beide den Handel erledigt hatten, bat er um die Erlaubnis, sich ihr anschließen zu dürfen.

Und Imgjor nickte bereitwillig, schritt mit ihm bis zur Landmannsbank, woselbst er auf sie wartete, und legte alsdann in seiner Begleitung den Weg nach ihrer Wohnung zurück.

Immer drehte sich das Gespräch um die Vorgänge im Hospital, und Doktor Kropp berichtete über die Gründe seines Rücktritts, die wesentlich auch die ihrigen gewesen.

Zuletzt gelangte er—eben hatten sie die Ecke der Gotersgade erreicht und wandten sich in stillschweigender Uebereinstimmung dem botanischen Garten zu—auf seine eigenen, von Stede bereits berührten Angelegenheiten.

"Ich möchte," hub er an und richtete einen etwas verlegenen Blick aus den schwarzen Augen seines dunkelgefärbten, schmalen und etwas mageren Gesichtes auf Imgjor, "mich bei Ihnen erkundigen, ob wohl in der Grafschaft Ihres Herrn Vaters eine Landpraxis frei sein würde. Ich sehne mich aus dem hiesigen Wirrwar heraus, und ich komme darauf, weil mir vor Jahren ein früherer Universitätsbekannter, ein Herr Doktor Prestö, mitteilte, daß eine solche in dem von ihm zu verlassenen Dorfe Kneedeholm zu haben sein werde.

Wahrscheinlich hat sich inzwischen längst dort wieder ein Arzt niedergelassen, aber ich wollte mich doch vergewissern und im Fall um Ihre gütige Unterstützung bitten, Komtesse!"

"Die würde Ihnen auch, soweit meine Kräfte reichen, sehr gern zu Diensten stehen, Herr Doktor. Aber wir haben, wie sie richtig vermuten, in Kneedeholm einen Arzt, und für zwei reicht die Praxis nicht aus.

Wohl aber weiß ich, daß der schon bejahrte Physikus in der nahe gelegenen Stadt Oerebye der Thätigkeit müde ist und sich gern mit einem Nachfolger einigen würde. Vielleicht wäre das etwas für Sie?"

"Gewiß und um so besser! Ich danke Ihnen verbindlichst, Komtesse! Dürfte ich nach dieser Richtung auf Ihren gütigen Beistand rechnen? Würde mich vielleicht Ihr Herr Vater—auf Ihre Empfehlungen gestützt—mit einer solchen an den Physikus zu versehen die Liebenswürdigkeit haben?"

Imgjors Züge veränderten sich. Sie überlegte, ob sie Kropp von den inzwischen eingetretenen Vorfällen in ihrer Familie Mitteilung machen solle.

Sie schwankte aber schon deshalb, weil sie sich vor einer abermaligen Enttäuschung fürchtete.

Die furchtbaren Erfahrungen der letzten Zeit hatten ihr Mißtrauen gegen jedermann eingeflößt.

Sie hielt es nicht für unmöglich, daß auch Kropp seine Haltung ändern werde, wenn sie ihm erklärte, daß sie plötzlich ein armes, des Ansehens, ihres vornehmen Namens und Reichtums beraubtes Wesen sei.

Aber weil doch wieder ein trotziges Verlangen in ihr saß, mit allem aufzuräumen, zu wissen, was Weizen und was Spreu sei, entschloß sie sich schließlich gerade zu einer rückhaltslosen Eröffnung.

"Meine eigene Empfehlung steht Ihnen jederzeit zur Verfügung, Herr Doktor," begann sie. "Eine solche von meinem Vater vermag ich Ihnen aber leider nicht zu verschaffen. Ich bin gänzlich mit ihm auseinander. Ich lege sogar meinen Namen ab und werde fortan einen anderen tragen. Noch einige Wochen, und ich gehe für immer von hier fort! Wohin, weiß ich noch nicht. Es wird sich ein Ort finden, wo ich mir mein Brot werde verdienen können."

"Wie? In der That?" stieß Kropp in höchster Ueberraschung, aber zugleich mit einem Ausdruck heraus, der bewies, daß sich etwas anderes, daß sich eine glückselige Hoffnung in ihm regte.

"Ich bitte, ich bitte, schenken Sie mir Ihr Vertrauen! Erzählen Sie mir, wie das alles gekommen ist!" drängte er, während sie sich auf einer vor dem kleinen See befindlichen Bank niederließen.

Ehrliches Mitgefühl erfüllte ihn, Sorge und Teilnahme ließen ihn sprechen.

Und Imgjor wollte ihm auch Antwort erteilen, aber da es in diesem Augenblick bereits zwölf vom Kirchturm schlug, wurde sie daran erinnert, daß sie um diese Zeit Kollund das Geld einzuhändigen habe. Sie erhob sich deshalb sogleich wieder und gab Kropp die Erklärung, daß sie fort müsse, daß ihr jetzt die Zeit fehle. Auch am Nachmittag vermöge sie ihn, wegen ihrer Verpflichtungen gegen eine erblindete Frau, nicht zu empfangen, aber später am Abend, in ihrer Wohnung, wollte sie ihm gern alles mitteilen.

Bei den letzten Worten kamen ihr zwar Bedenken.

Ihr fiel unruhvoll auf die Seele, daß Kropps Besuch bei ihr falsch ausgelegt werden könnte, daß sich daraus neue Anschuldigungen entwickeln könnten, denen sie unter allen Umständen vorbeugen wollte.

Und als sich dann, während sie dahin schritten, weitere Erörterungen entwickelten, als Kropp erfuhr, welche Bewandtnis es mit Kollund und mit der Blinden habe, als sich herausstellte, daß Imgjor lediglich aus Mitleid der Alten die Wohnung täglich reinige und ihr vorlese, stand er plötzlich still und richtete einen bewundernden Blick auf das junge Mädchen an seiner Seite.

"Ah, welch' ein edles, selbstloses Wesen sind Sie, Komtesse! Wahrlich, man sucht Ihresgleichen vergebens! Aber wie vertrauensvoll sind Sie auch noch! Nicht einen Oer dürfen Sie dem Betrüger Kollund geben. Es ist ja alles erlogen! Die Umstände benutzt er, um Ihnen Geld aus der Tasche zu locken. Ich bitte Sie dringend, geben Sie mir die Sache in die Hand. Ich werde dem Schwindler seinen Standpunkt klar machen, ich werde ihn veranlagen, auf jeden Schilling zu verzichten! Für bessere Zwecke, für nützlichere, für sich selbst, teure, verehrte Komtesse, bewahren Sie Ihr Geld! Nun, was meinen Sie? Darf ich Ihr Anwalt sein?"

"Ich gab mein Wort, Herr Doktor! Selbst wenn Sie Recht haben—es ist vielleicht möglich—darf, kann ich es doch nicht brechen."

"Gewiß! Sie sind sogar dazu verpflichtet, solchen Schwindlern nicht noch die Wege zu ebnen! Wollen Sie glauben, daß derselbe Mensch sich mir verkauft, wenn ich ihm heute im Auftrage eines Konsortiums den Antrag stelle, an anderen Orten Dänemarks Vorträge im entgegengesetzten Sinn zu halten? Natürlich! Gold muß die Lockspeife sein!"

"O nein, nein, für so erbärmlich, für so niederträchtig halte ich ihn nicht! Sie gehen zu weit!" rief Imgjor. "Von dem, was er lehrt, ist er überzeugt!"

"Es ist mir leider nicht möglich, Ihnen durch eine anzustellende Probe den Beweis der Richtigkeit meiner Behauptungen zu liefern, Komtesse. Es fehlen mir die Mittel. Aber ich bitte nochmals, daß Sie mir Ihre Sache zur Erledigung anvertrauen! Sagen Sie ihm, oder wenn ein Bote kommt, diesem, ein befreundeter Herr werde Herrn Kollund zur Erledigung der Angelegenheit besuchen. Ich bringe Ihnen alles in Ordnung, verlassen Sie sich darauf! Nur das Lokal, wenn solches wirklich bezahlt werden muß, und die Kosten für die Inserate werde ich ihm vergüten, und er wird sich damit zufrieden geben. Aus seiner sicher erfolgenden Verzichtleistung werden Sie schon erkennen, welch' Geisteskind er ist."

"Nun wohlan! Ja—ich will! Ich danke Ihnen! Gelingt es Ihnen, so soll das Geld denen zukommen, von denen ich weiß, daß sie dessen bedürftig sind. Und nun auf Wiedersehen! Gegen sieben Uhr erwarte ich Sie in meiner Wohnung. Wir werden dann alles besprechen, was noch der Erledigung harrt."

Nach diesen Worten nahm Imgjor von ihrem Begleiter—eben waren sie an ihrer Wohnung angelangt—mit einem freundlichen Blick Abschied.

* * * * *

Oben angekommen, sah sie einen fremden Mann im Flur stehen, und Gebine erklärte sogleich, daß er von Kollund komme. Nachdem er verständigt worden war und sich entfernt hatte, begab sich Imgjor in ihr Zimmer, um einige Zeilen an Curbière zu schreiben, und als sie den Brief eben beendigt hatte, erschien Gebine und meldete, daß ein ihr unbekannter Herr sie zu sprechen wünsche.

"Frage erst nach seinem Namen!" entschied Imgjor, von einer angenehmen Ahnung erfaßt. Sie sah forschend empor, als Gebine mit einer Karte in der Hand wieder ins Zimmer trat. Auch griff sie mit hastiger Hand danach, fand den Namen, den sie erwartet hatte, und nickte zum Zeichen ihres Einverständnisses, den Besuch empfangen zu wollen, mit dem Kopfe.

Und dann, wenige Augenblicke später, trat Curbière zu ihr ins Zimmer, küßte ihr ehrerbietig die Hand und erklärte, daß er gekommen sei, um von ihr Abschied zu nehmen. Sein Vater sei plötzlich gestorben, er, Curbière, müsse noch diesen Abend Kopenhagen verlassen, habe aber nicht fortgehen wollen, ohne Imgjor noch einmal gesehen und gesprochen zu haben.

"Lavards verlassen infolge des Trauerfalles morgen abend ebenfalls Kopenhagen und kehrten nach Rankholm zurück," schloß der Marquis.

"Bevor sie gehen, möchte Lucile Sie, liebe Imgjor, sprechen, möchte mit Ihnen überlegen, ob nicht doch noch ein Weg zum Frieden zu finden ist. Allerdings—den Vortrag dürfen Sie nicht halten. Treten Sie heut' Abend öffentlich auf, ist der Graf entschlossen, sich unweigerlich von Ihnen loszusagen, und dies auch öffentlich bekannt zu geben! Ich bitte, daß Sie darin nachgeben, ja, ich beschwöre Sie, teure Imgjor, bringen Sie Ihrer Familie zu Liebe dieses Opfer!"

Zunächst gab Imgjor keine Antwort, es war ihr vorerst Bedürfnis, mit Curbière über den Tod seines Vaters zu sprechen. Sie ließ sich ausführlich von ihm erzählen, hörte aufmerksam zu und drückte ihm voll Teilnahme die Hand, als ihn zuletzt eine weiche Stimmung ergriff, als er in bewegten Worten betonte, daß er mit dessen Tode das bisher Beste auf der Welt verloren habe, was er sein eigen genannt hätte.

"Sie haben Lucile dafür gefunden, lieber Armand! So war das Schicksal schon vorher mitleidig für Sie bedacht, Ihnen für das, was es Ihnen nehmen mußte, einen Ersatz zu gewähren."

Curbière bewegte stumm das Haupt, dann sah er Imgjor mit einem tiefem, alle seine Gedanken und Sinne auf sie richtenden Blick an und sprach ein kurzes, zerstreutes: "Gewiß—allerdings!"

"Ich habe Ihnen noch eine Antwort zu geben," lenkte Imgjor rasch und umsichtig ab. "Den Vortrag werde ich nicht halten; man hat mich unerwartet meines Wortes entbunden. Also beruhigen Sie meinen Vater! Aber, lieber Freund, ich werde auch keine Lavard wieder werden. Es sei denn—"

"Nun, Imgjor?" Curbière sprach's gespannt.

"Daß ich allem entsage, und für immer nach Rankholm zurückkehre. Und eben das vermag ich nicht, so sehr ich meine Pflegeeltern zu verehren Anlaß habe, und so sehr ich es liebe und mich nach jedem Plätzchen sehne, wo ich als Kind glücklich war. Ich kann eben nicht im Ueberfluß und ich kann nicht ohne Hingabe an meine Mitmenschen leben!"

"Wollen Sie denn in Kopenhagen bleiben, Imgjor?"

"Nein—hier haben mir Verleumdung und Mißgunst den Aufenthalt unmöglich gemacht. Ich wüßte nur einen Ort, wohin ich paßte—"

"Und der wäre?"

"Ich möchte nach Paris. Da, glaube ich, würde ich in Thaten umsetzen können, was mir als Ideal vorschwebt. Dort ist der Boden für mich, und finde ich solche, die gleich mir denken!"

Im ersten Augenblick belebten sich Curbières Augen. Sie sprach mit solcher Begeisterung von seiner Vaterstadt, von Paris! Das schmeichelte ihm. Aber ebenso rasch gewannen andere Gedanken die Oberhand. Alles war verloren, wenn er ihr nicht gerade diese Idee ausredete! Er wußte, daß sie dort nicht nur nichts erreichen, sondern sicher untergehen würde. In diesem Sinne sprach er auf sie ein. Nachdem er alle ihre Einwendungen überzeugend widerlegt hatte, schloß er: "Und wollen Sie uns ein Opfer bringen, sich selbst auch Ihrem eigenen Ich zurückgeben, so heiraten Sie den Grafen Dehn! Ich verschwieg Ihnen sein Kommen. Er ist gestern eingetroffen und kehrt morgen abend mit den Ihrigen nach Rankholm zurück. Daß er Sie noch mit der alten Leidenschaft liebt, weiß ich."

Imgjor hatte mit Leichenblässe im Angesicht die letzten Worte vernommen, auch hatten ihre Hände unwillkürlich nach einem Stützpunkt gegriffen. Da war nun wieder ein neuer Ansturm auf ihr Inneres, nun kam auch noch diese Versuchung!

Aber kurz war nur ihr Kampf. Prestö hatte sie geliebt, weil sie gehofft hatte, durch ihn ihre Ideale verwirklichen zu können. Axel Dehn liebte sie mit der Stärke jener Liebe, die aus Achtung entspringt. Ein lebhaftes Interesse für den Franzosen war in ihr aufgestiegen, weil er neben seiner weltmännischen Erziehung wiederholt an den Tag gelegt hatte, daß er ein Mann von Verstand und Geist war, und daß er zugleich ein edles Herz besaß. Aber Prestö hatte sie inzwischen hassen gelernt, Graf Axel Dehn wollte sie nicht lieben—und Curbière gehörte ihrer Schwester an! So war alles entschieden. Indem sie Curbière mit einem Blick ansah, durch den sie schon voraussandte, daß sie sich nur mit der ernsten Seite dieses ernsten Gegenstandes beschäftigte, sagte sie: "Ich vermag nicht zu beurteilen, ob Sie den richtigen Weg wählten. Es wäre ja auch möglich gewesen, daß Sie durch solche Offenherzigkeit gerade das Gegenteil bewirkt hätten! Sie haben mir zu allem, was ich zu tragen habe, noch etwas Schweres aufgebürdet. Sie haben aber meine Freundschaft angerufen, und das soll nicht umsonst geschehen sein, Armand! Ich verzichte darauf, nach Paris zu gehen, aber Ihre Bitte, den Grafen Dehn zu heiraten, vermag ich nicht zu erfüllen. Ich werde nie heiraten, weder ihn, noch einen anderen!"

Bei diesen Worten sah sie ihn mit einem so unbeugsamen Ausdruck an, daß der Mann fernere Versuche, sie umzustimmen, ausgab. Noch einen Händedruck tauschten sie beide mit den Gedanken reiner Seelen. Dann ging er. Sie aber sank, während das Geräusch seiner Schritte auf der Treppe verklang, in tiefem innerem Verstummen zurück.

* * * * *

Am Nachmittag bestieg Imgjor einen Tramwaywagen und begab sich nach der Wohnung der alten Frau Ohlsen. Es war ihr, dort angekommen, schon auffallend, daß sie eine Anzahl Frauen und Männer, lebhaft sprechend, auf dem Hofe fand, und sie erschrak nicht wenig, als ihr auf ihre Frage, ob etwas geschehen sei, erwidert wurde, daß den Alten in der Frühe der Schlag gerührt habe.

Durch Zufall habe man es entdeckt, habe auch die Alte davon Kenntnis erhalten. Sie habe geglaubt, daß er schon fortgegangen sei, als sie einen schweren Fall in der Küche gehört. Imgjors erster Gedanke bei diesem Unglück war die Ueberlegung, was jetzt als der hilflosen Witwe werden solle. Nun waren ihr durch diesen Tod die Neben-Hilfsmittel zum Leben ganz entzogen. Und von dieser Erwägung richteten sich ihre Vorstellungen auf das Nächstliegende. Der Mann mußte beerdigt werden. Sie gab einem zu solchen Zwecke von ihr bezahlten Mann Auftrag, sich sogleich fortzubegeben, um eine Leichenwäscherin zu bestellen und einen Tischler zur Anmessung des Sarges herbeizurufen. Und nachdem das geschehen war, trat sie zu der Alten, sprach sanfte Trostworte und erklärte ihr möglichst schonend, daß sie nunmehr in das Armenfrauenhaus übersiedeln müsse. Auch eröffnete sie ihr, daß sie, Imgjor, demnächst Kopenhagen verlassen würde und persönlich in keiner Weise mehr für sie zu sorgen im stande sei.

Und die Blinde beugte das Haupt wie unter einem Schlage, während Thränen aus ihren lichtlosen Augen tropften. Noch begab sich Imgjor dann in die Küche um nach dem Toten zu sehen. Freilich, was sich ihr bot, war erschütternd. Kalt, steif und unbeweglich lag der alte Mann auf dem Fußboden. Ihn zu betten, war erforderlich. Und solches veranlaßte Imgjor durch die Nachbarn, und nachdem auch das geschehen, erklärte sie der alten Frau, ihr für die nächsten Tage eine Hilfe schicken zu wollen. Sie beschloß, ihr Gebine zu senden. Auch ihre Ueberführung in das Armenfrauenhaus zu betreiben, versprach sie ihr nochmals, und nachdem die Alte dazu mit tief gerührten Gefühlen genickt, nahm Imgjor von ihr Abschied.

"Adieu, Adieu, Frau Ohlsen! Tragen Sie, was Gott Ihnen schickte, mit Geduld! Viele haben es noch weit schwerer—"

Und die Alte nickte abermals, während sie Imgjors Hände mit ihren mageren

Fingern fest umklammerte.

"Gott segne Sie, Komtesse!" schluchzte sie. "Ich werde immer an Sie denken, und noch mit meinem letzten Atemzuge werde ich Segen auf Sie, als einen menschlichen Engel, herabflehen!"

Imgjors Augen wurden naß. Alle Mühsalen, aller Undank waren vergessen, den sie von anderen erfahren hatte, um dieser einen willen, in deren geprüftem Herzen noch Gottvertrauen, noch edle Empfindungen, noch Dankgefühle Platz hatten. Dann, mit einem letzten Händedruck, sagte sie: "Geld und mein Mädchen werde ich Ihnen schicken. So ist für alles gesorgt. Adieu! Adieu! Gott schütze Sie, meine gute Alte!"

Und: "Adieu! Adieu!" schluchzte die Alte, aus derem verdunkeltem Dasein mit Imgjor der letzte matte Lichtschimmer schwand.

Imgjor aber richtete, hinaustretend, das Auge nach oben. Sie fand sich mit ihrem immer wieder vertrauenden Herzen und mit ihrem heißen Drange nach Liebesthaten von neuem gehoben. Es gab doch noch Empfängliche, doch noch Dankbare. So überlegte sie abermals.

Nachdem sich Imgjor eben abends in ihrem Wohngemach eingerichtet hatte, wurde an der Klingel gezogen, und Doktor Kropp erschien, um verabredetermaßen über seinen Besuch bei Kollund Bericht abzustatten. Und Imgjor trat ihm mit nicht geringer Spannung entgegen und that schon, bevor er noch Platz genommen, eine Frage nach dem Ergebnis.

"Anfangs wies er meine Forderung auf einen Verzicht schroff zurück," entgegnete der Doktor, Platz nehmend. "Er wolle," erklärte er, "mit Ihnen selbst reden und Sie an Ihr gegebenes Wort erinnern. Dieselben Unwahrheiten, die er gegen Sie vorgebracht hatte, erneuerte er; er nahm den Mund sogar noch voller. Erst als ich erklärte, daß ich in einer der Kopenhagener Zeitungen veröffentlichen würde, welchen Charakter die Forderungen hätten, die er an Sie, gnädigste Komtesse, in dieser Angelegenheit gestellt habe, gab er, sich krümmend, nach. Aber eine Flut von Anschuldigungen folgte sowohl gegen Sie, wie gegen mich, bevor ich ihm, nach einer nochmaligen, gründlichen Abfertigung den Rücken kehrte."

"Ah—also wirklich!" stieß Imgjor, von tiefem Abscheu ergriffen, heraus. Dann reichte sie Kropp bewegt die Hand, sprach ihm ihren Dank aus und händigte ihm die Summe ein, die er Kollund bezahlt hatte. Zum Schluß bat sie ihn, noch so lange zu verweilen, bis sie ihm eine Tasse Thee bereitet habe. Sie umging es, daß er sie sonst noch sprechen wollte, weil ihr Zeit und Ort doch nicht geeignet schienen. Im Grunde hoffte sie, daß er ihre Aufforderung ablehnen werde. Aber er, der überhaupt keine anderen Gedanken hatte als sie, der überdies nichts erwarten konnte zu erfahren, durch welche Umstände sie ihres Reichtums und ihres Namens verlustig gegangen war, stimmte dankend zu, und saß noch neben ihr, als schon die Uhr vom Kirchturm die zehnte Stunde verkündet hatte. Dann aber drängte sie ihn selbst zum Gehen, und als er dann noch eine mitleidige Frage that, was sie denn nun beginnen, wohin sie sich wenden wolle, sagte sie: "Eine Woche brauche ich beinah' noch, um hier alles zu ordnen, um auch von denen Abschied zu nehmen, die mir im Laufe dieser Jahre näher getreten sind. Dann will ich irgendwo eine Stelle als Schwester in einem Krankenhause im Norden oder auch im südlichen Deutschland suchen. Was dann später geschieht, müssen Zeit und Gelegenheit lehren. Immer hoffe ich noch, daß ich Gleichgesinnte, Ehrliche und zugleich Begüterte finde, die sich mit mir zur Verwirklichung von Reformen im Großen verbinden. Die Mißerfolge, die traurigen Erfahrungen, die mir unter den Armen wurden, dürfen mich nicht abschrecken. Auch in meinen Kreisen giebt's wertvolle und minderwertige Personen. Ist die Masse auch roh, so ist sie doch bildungsfähig. Man muß sie nur auf den rechten Wegleiten."

"Können Sie sich denn nicht vorstellen, daß es auch fruchtbringend ist, im Kleinen zu wirken, gnädigste Komtesse?" wandte Kropp vermittelnd ein.

"Gewiß, Herr Doktor! Auf Rankholm, der großen Besitzung meines Vaters, suchte ich den Armen und Leidenden ein hilfreicher Freund zu sein. Aber dort war es das Wohlleben in der Familie, der Luxus, der mich umgab, die mich anwiderten. Auch andere Verhältnisse trieben mich fort, und nun—ich erzählte Ihnen ja alles—hat sich ja überhaupt die Trennung zwischen mir und den Meinigen vollzogen. Ich muß mich jetzt treiben lassen—mir bleibt keine Wahl."

"Doch, doch, Komtesse!—Es giebt sehr viele, die namenlos glücklich sein würden, wenn sie ihr Schicksal mit dem Ihrigen verbinden dürften! Auch ich gehöre zu ihnen—" schloß Kropp feurig und einen liebewarmen Blick auf Imgjor richtend. "Ich liebte Sie von dem ersten Augenblick an, Komtesse! Ihre Stellung, Ihr Ansehen, Ihr Name ließen mich verschweigen, was ich für Sie empfand. Wie konnte, durfte ich wagen, um die Hand einer Gräfin Lavard zu werben? Heute aber, wo Sie sich selbst zu meinesgleichen gemacht, fasse ich den Mut, zu sagen: Werden Sie mein! Lassen Sie uns zusammen einen Ort suchen, wo wir uns und der Allgemeinheit leben, wo wir in bescheidenerer und guter Weise das zum Ausdruck bringen können, was Sie edelmütig anheben. Sie haben mich kennen gelernt. Sie wissen, daß ich nicht zu den Wortmachern gehöre, daß ich Vernünftiges redlich erstrebe. So bin ich Ihrer vielleicht nicht unwert, so darf ich vielleicht hoffen, daß ich auch Ihnen nicht ganz gleichgiltig bin—"

"Nein, Sie sind mir nicht gleichgiltig, ich achte Sie hoch, lieber Herr Doktor!" fiel ihm Imgjor, die erst mit gesenkten Wimpern, dann sich mit offenen

Augen ihm zugewendet und zugehört hatte, in die Rede. "Aber ich kann—so schmerzlich mir diese Antwort ist—die Ihrige nicht werden. Ich will überhaupt nicht heiraten. Ich liebte einmal und wurde grenzenlos betrogen. Da that ich einen Schwur, einem Manne niemals wieder die Hand zum Bunde zu bieten."

"Ist nicht aber das Leben da, um aus ihm zu lernen, Komtesse? Lehrten Sie nicht Ihre Erfahrungen, wie hohl die große Masse ist, wie wenig glücklich eine Beschäftigung mit ihr macht, wie nur ein treues Streben im kleineren Kreise beglückt—und lehrt es nicht, daß das eben auch das Richtige ist? Wer herrschen, reformieren will, braucht Macht und zehnmal Macht, durch die er allein die Massen zu bezwingen vermag. Und wiederum: Wenn Sie in die Weltgeschichte blicken, wie wenige konnten diese Stärke und Fülle richtig anwenden, und wie Geringes haben sie, waren ihre Absichten noch so ehrlich, erreicht! Sie besitzen diese Macht schon deshalb nicht, weil Sie über keine Mittel mehr verfügen, Komtesse! Lassen Sie ab von dem Greifen nach Sternen! Wo immer sich in engeren Kreisen die Menschen zu Liebeswerken zusammenthun, da wird's etwas. Aus diesem Wirken resultieren die großen Errungenschaften der Humanität, die praktischen Ergebnisse eines richtig verstandenen Christentums! Und noch ein anderer Gesichtspunkt! Will nicht jeder glücklich sein, so lange ihm ein Dasein beschieden? Befriedigt Sie denn wirklich dieses Aufgehen ins Allgemeine? Was haben Sie erreicht? Man spottet Ihrer als einer Ueberspannten! Keiner dankt's Ihnen! Wo die Fähigkeit vorhanden wäre, den Wert Ihrer Bestrebungen zu erkennen, macht sich der Neid breit, sicher die Oberflächlichkeit, die schon deshalb die Dinge verurteilt, weil sie selbst keinen Geschmack daran findet, oder sie zu untersuchen zu träge ist. Habe ich nicht recht, Komtesse?" schloß Kropp, als Imgjor nichts erwiderte, als sie, in tiefes Nachdenken versunken, vor sich hinstarrte. Sie kämpfte, wie neuerdings schon wiederholt. Für Sekunden flog's ihr durch den Sinn, daß er die Wahrheit getroffen, und daß er der Mann sei, durch den sie sich und andere glücklich machen könne. Aber wie kleine Einwirkungen häufig ein schon hoch aufgerichtetes Gebäude zum Fallen bringen können, so war's hier. Als ihr Blick während des Sinnens auf ihren Schreibtisch und dabei auf ein Bild von Rankholm fiel, trat ihr plötzlich alles dort Geschehene und trat ihr auch wieder Graf Axel Dehn ins Gedächtnis. Und das entschied. Da sie diesem ein "Nein" gesagt, wollte, durfte sie auch Kropp kein Jawort geben. So lehnte sie abermals ab, und so schied mit ihm wieder ein Freund und ein Mann aus ihrem Leben, der ihr von Herzen zugethan war und der es gut mit ihr meinte.

* * * * *

Im Rankholmer Palais hielt man Familienrat und dessen Gegenstand war, wie so oft, Imgjor.

Nur ein Mittel gab's, von dessen Anwendung Lucile und die Gräfin noch etwas erwarteten. Sie schöpften aus dem Umstande, daß in dem damaligen Gespräch der Geschwister in Rankholm ohne Zweifel ein starkes Interesse Imgjors für Axel zum Ausdruck gelangt war, die Hoffnung, er, Axel, werde durch einen klugen Anlauf vielleicht doch noch ihr Herz in einem für ihn günstigen Sinne rühren können. Daß in ihm die alten Gefühle nicht erloschen seien, hatte er gleich bei der ersten zwischen ihm und den Damen stattgefundenen Unterredung erklärt. Er hatte geäußert, daß ihn eine grenzenlose Sehnsucht beherrsche, sobald wie möglich in Imgjors Nähe zu gelangen. Und dieser Drang hatte sich bis ins Ungemessene verstärkt, als Lucile ihm nun auch—alle Bedenken, die sie früher mit Rücksicht auf sich selbst abgehalten—eröffnet hatte, was in jener Unterhaltung für ihn zu Tage getreten war.

Graf Dehn hatte die Neigung der Familie, den Aufenthalt in Kopenhagen noch um etwas zu verlängern, mit allen Mitteln zu befestigen und durch Unterredungen mit dem Grafen auch dessen Widerstand gegen seine Pflegetochter wesentlich zu mildern gewußt. Er hatte in förmlicher Weise um Imgjors Hand bei dem Grafen angehalten und von ihm die Erlaubnis erwirkt, nach seinem Ermessen die Schritte zu thun.

Zunächst verabredete er mit Lucile, die sich seinen Plänen mit liebenswürdigem Eifer widmete, die nun, nachdem ihr Herz durch einen anderen Mann, den sie hingebend liebte, ausgefüllt war—alle Bedenken und eifersüchtigen Regungen abgestreift hatte, daß sie Imgjor sogleich besuchen und ihr unter besonderer Begründung die Bitte vorlegen solle, Axel empfangen zu wollen. Lucile ging auch sogleich ans Werk.

Sie ließ sich, vorher noch einige die Trauer angehende Besorgungen erledigend, in der Lavardschen Equipage nach Imgjors Wohnung fahren und fand ihre Schwester in der vordem erwähnten Gemütsverfinsterung an ihrem Arbeitstisch.

Als die durch Gebines Anmeldung aus ihrem dumpfen Sinnen Emporschreckende Lucile vor sich sah, legte sie die Feder rasch und verlegen bei Seite, auch schob sie ihr Tagebuch, in das sie etwas hineingeschrieben, unter andere Papiere. Freilich erlitt der Schwertern Begegnung sogleich wieder eine Unterbrechung. Man schickte nach Imgjor, und diese eilte unter sanftem Ausdruck ihrer Schwerer Zustimmung erbittend, über die Straße an das Krankenbett einer armen Frau.

Und weil Imgjor ein längere Weile fortblieb, griff Lucile nach einem auf dem Tisch liegenden Buch und fand in diesem einige von Imgjors Hand herrührende, offenbar für das Tagebuch bestimmte, zufällig hier hineingeratene Niederschriften, die ihr Interesse fesselten. Sie lauteten: "Eine einzige That des Edelmuts und eine einzige Unvorsichtigkeit sind genügend, um einem Menschen für immer bei der Menge den Stempel seines Wertes oder seines Unwertes aufzudrücken. Vielleicht verdienten sie beides nicht. Zu allem gehört Glück, aber auch dazu, für etwas anderes zu gelten, als man ist."

Und noch eine Betrachtung hatte Imgjor auf die andere Seite geschrieben, die Lucile las, bevor ihre Schwester wieder ins Zimmer trat: "Gehemmte Liebe gleicht einem vergeblich nach einer Flamme ringendem Feuer. Wie dort unter kämpfendem Rauch, unheimlichem Schwelen und Qualmen der Gegenstand zu Asche verglimmt, so hier allmählich unter dumpfen Qualen die Seele."

Gleich darauf trat Imgjor wieder ins Gemach.

"Ich komme," hub Lucile an und richtete einen liebenswürdigen Blick auf ihre Schwester, "um dich um etwas zu bitten: Graf Dehn möchte dich sprechen! Er beruft sich darauf, daß du ihm einst eine Unterredung zugefügt habest, und daß er, da er von diese keinen Gebrauch gemacht, noch Anrechte auf deine Zuvorkommenheit besitze. Wann willst du ihn empfangen, liebe Imgjor?"

Zunächst fuhr Imgjor zusammen, und ihre Wangen verfärbten sich. Wie von einer schweren Denklast bedrückt, senkten sich ihre Augenlider, und die Finger griffen, unter dem Druck der Erregung, in die Handflächen.

"Wann wünscht Graf Dehn die Unterredung?" warf sie tonlos hin. "Und wo?"

"Nun—bei dir—oder besser—bei uns!"

Imgjor schüttelte den Kopf.

"Was habe ich noch bei Euch zu thun, Lucile? Wir haben uns doch für alle Zeiten auseinandergesetzt."

"Nur du hast es Imgjor! Nachdem du von deinem Eigensinn, öffentlich zu sprechen, Abstand genommen, ist Papa wieder versöhnlich gestimmt. Du wirst ihm sogar ganz die Alte sein, wenn—"

"Ja, ich weiß: Wenn ich allem—allem entsage!—Ach, Lucile—" setzte das seelisch tief bedrückte, junge Mädchen an, brach in Schluchzen aus und fiel, wie damals in Rankholm, von ihren Gefühlen übermannt, neben ihrer Schwester nieder. Und hier blieb sie liegen, und erst als Lucile mit rührender Güte immer von neuem auf sie einsprach, erhob sie sich und fand wieder Halt und Fähigkeit zum Sprechen.

"Du zeihst mich des Mangels an Liebe zu Euch!" stieß Imgjor heraus, hielt in der Beklemmung den Atem an und ließ ihn dann langsam wieder der Brust entweichen.

"Und doch schwöre ich dir, daß ich Euch allen die die größten Opfer bringen würde, die ein Mensch zu bieten vermag, daß ich Euch über alles liebe! Wie viele Nächte habe ich durchgeweint, daß ich so beschaffen, daß ich nicht bin, wie Ihr wünscht! Ach, könnte ich diesen Drang nach Höherem, Befreiendem, könnte ich dies Allgemeingefühl für meine Schwestern und Brüder in der Welt aus meiner Brust reißen, mich, wie andere, in engeren Grenzen glücklich fühlen, dort für meine Art volle Befriedigung finden, ich würde Gott auf den Knieen danken! In solchem Sinne—ich bitte—Lucile—fasse mein Naturell auf und so mühe dich, den Eltern immer wieder mein Wesen zu erklären. Denket, daß der Schöpfer *Euch* so erschaffen hätte! Dann werdet Ihr mich leichter begreifen."—

"Ja—ich will's, meine liebe, arme Imgjor! Aber nun, ich bitte, erteile mir eine Antwort für Graf Dehn—"

"Da ich ihm mein Wort gab, will ich es halten, Lucile! Nur weiß ich nicht, wo es geschehen kann! Er muß also warten oder hierherkommen. Wann wollt Ihr reisen?"

"Die Trauer macht es erforderlich, daß wir wieder nach Rankholm übersiedeln. Nur um deinetwillen haben wir unsere Abschiedsvisiten noch aufgeschoben. Wir möchten den Kondolenzbesuchen entgehen, mit denen man schon beginnt. Auch andere Gründe sprechen dafür, nachdem Curbière abgereist ist. Nur Graf Dehn will seinen Aufenthalt noch einige Zeit ausdehnen und dann—nach der Lausitz zurückkehren. Er hat die Absicht, jetzt das Gut, das ihm sein Onkel vererbt hat, selbst zu übernehmen."

"Was will er denn noch hier?" Imgjor sprach's mit ihrer alten Schroffheit.

Statt zu antworten, griff Lucile nach dem Schriftstück, das sie in dem Buch gefunden, und sagte: "Lasse mich dir als Erwiderung vorlesen, was du geschrieben hast, Imgjor!"

Und Lucile las: "Gehemmte Liebe gleicht einem vergeblich nach einer Flamme ringenden Feuer. Wie dort unter kämpfendem Schwelen, unheimlichem
Rauch und Qualmen, der Gegenstand zu Asche verbrennt, so hier unter dumpfen Qualen allmählich die—Seele."

Imgjor schloß erst die Augen. Blässe zog über ihre Wangen. Dann neigte sie das Haupt, reichte ihrer Schwester still die Hand und sagte: "Also morgen Mittag, Lucile, erwarte ich des Grafen Besuch. Wir werden dann für immer einen Abschluß erhalten."

Lucile sah erschrocken empor. Einen so düsteren Klang hatten die Worte. Aber als sie in Imgjors Zügen forschte und dort einen Ausdruck sanfter Ergebung begegnete, zerstreuten sich ihre Gedanken.

Noch wenige Sekunden, dann hatten sich beide getrennt.

* * * * *

In einer herzklopfenden Erregung stieg am folgenden Mittag Graf Dehn zu der von Imgjor angesetzten Zeit die Treppe zu deren Wohnung empor. Er sah auch gleich die, nach der sein Herz verlangte.

Als er ihre Hand ergriff und sie tiefbewegt an seine Lippen zog, flog ein Zittern durch des jungen Mädchens Körper, und zunächst fehlten ihr die Worte.

Aber da sie nicht weich werden, da sie diesem Gespräch den Charakter nehmen wollte, den Graf Dehn ihm zu geben beabsichtigte, sagte sie mit sanfter Unterordnung im Ton:

"Ich bitte Sie inständig, Graf Dehn, mir dieses Wiedersehen nicht zu erschweren, mir es vielmehr zu erleichtern! Ich bin durch eine Krankenpflege meiner Kräfte so sehr beraubt, daß ich nicht fähig bin—" Hier stockte sie, ihre Hände griffen nach der Lehne eines Stuhles und fernere Worte versagten.

Und der Mann, tief ergriffen, wollte sie stützen. Aber sie gewann dann doch ihre Kraft zurück und sagte, während sie ihn durch eine Bewegung ersuchte, ihr gegenüber Platz zu nehmen, nunmehr fest:

"Ich bitte, sagen Sie mir, was Sie zu mir führt! Ich weiß, die Höflichkeit,—die Rücksicht, die man dem Mitglied einer befreundeten Familie erweist, in erster Linie. Aber es ist noch etwas anderes. Ich entnahm es Luciles Worten. Ich werde Ihnen aufmerksam zuhören und glücklich sein, ich versichere Sie, wenn ich Ihnen—falls Sie einen Wunsch haben—solchen erfüllen kann! Ich vergaß nie und werde niemals vergessen, was ich Ihnen zu danken habe. Ich war damals krank und blind. Ich war deshalb namenlos ungerecht gegen Sie, Graf Dehn, obschon meine Achtung vor Ihrem Charakter stets dieselbe war. Schon nach der Richtung habe ich sehr viel gut zu machen, vielleicht so viel, daß ich die Schuld nie abtragen kann. Nehmen Sie dieses Eingeständnis und die Bitte, mir zu verzeihen, entgegen! Und nun? Ich höre!"

Nach diesen Worten sprach Graf Dehn in langer Rede, kam zurück auf die Vorgänge in Rankholm, erörterte, mit stetem Hinweis auf sie, Imgjor, die Gründe, weshalb er sich auf Reisen begeben, erklärte, daß er keinen Tag verlebt, ohne ihrer gedacht zu haben, und daß er nun, von Sehnsucht getrieben, sie wieder zu sehen, hierher, nach Kopenhagen, gereist sei.

"Ich vermag nur einmal zu lieben, Komtesse. Sie liebte ich seit der ersten Begegnung. Ich werde auch nie einem anderen Mädchen mein Herz schenken. Das alles wollte ich Ihnen sagen und Sie fragen, ob Sie mir nicht ein wenig gut sein könnten! Ich wollte Sie bitten, mir auf meine Besitzung zu folgen, um ein Glück zu finden, das in gegenseitiger Uebereinstimmung wurzelt und in Thaten der Nächstenliebe einen wesentlichen Teil seine Befriedigung findet. In jedem Fall—ich bitte, ich beschwöre Sie—entsagen Sie Ihren jetzigen Plänen! Begnügen Sie sich mit den Erfahrungen, die Sie einsammelten, die Sie belehrt haben müssen, daß nicht wir die Welt regieren können, sondern nur ein Werkzeug sind, um in gemessenen Grenzen bei der Ordnung der Dinge mitzuwirken. Thuen Sie es auch um Ihren Eltern, die Ihre Rücksicht so sehr verdienen,—zu beweisen, daß Sie nicht undankbar sind.

Ihr Pflegevater—es ist ersichtlich—wird sich innerlich und körperlich aufreiben, wenn Sie eine mit solchen Ungelegenheiten für Sie und die Familie verbundene öffentliche Wirksamkeit fortsetzen. Auch die Gräfin leidet unter diesen Verhältnissen mehr, als sie es ausspricht. Nur die Furcht, als Stiefmutter parteilich zu erscheinen, hält sie ab, sich anders zu geben, und stärker auf Sie, Komtesse, einzuwirken! Wahrlich, wir könnten alle von ihr lernen!"

Imgjor hatte aufmerksam zugehört. Nicht einmal war ein abweisender, oder spröder Ausdruck in ihre Züge getreten. Sie hatte seine Worte mit einer Miene aufgenommen, als ob ein Freund ihr von seinen Leiden erzähle, sanft sinnend und denkend, wie sie sich dazu verhalten solle.

Sie streckte ihm auch mit einem rührenden Blick die Hand hin, drückte die seinige fest, und sagte:

"Ich wußte, Graf Dehn, daß Sie gerade so sprechen würden. Deshalb wird es mir leicht, Ihnen gleich und ruhig zu antworten. In erster Linie nochmals Dank! Wenn die Achtung von Ihrer Person sich noch erhöhen könnte—ich spreche nicht von einer Zuneigung in anderem Sinne, und Sie werden gleich verstehen, aus welchen Gründen ich es unterlassen muß—so hätten Sie Ihren Worten keinen Inhalt erteilen können, der meine Empfindungen für Sie stärker zu erhöhen imstande gewesen wäre! Meine Antwort aber lautet: Ich will noch einen Versuch machen, mich auf eigene Füße zu stellen. Gelingt er, muß ich mir selbst treu bleiben. Ich kann nicht anders. Verzeihen Sie mir. Mein Entschluß ist unbeugsam!"

Und er fügte sich auf ihre Rede, obschon sie ihm schier das Herz zermalmte. Und dann sprach er: "Wohlan denn! Ich habe dann nur den innigen Wunsch, daß sich verwirklichen wird, was Sie soeben ausgesprochen haben! Mögen Sie einen Wirkungskreis finden, der Sie befriedigt, der Sie wahrhaft glücklich macht! Leben Sie wohl—Komtesse—Imgjor—Imgjor—teure Imgjor"—

Und dann geschah doch etwas.

Sie brach in Thränen aus, und er zog sie an sich, und einen Augenblick lag sie ohne ihren Willen an seiner Brust. Und dann, zum Bewußtsein zurückgekehrt, machte sie sich hastig los und bat sanft, aber fest im Ton: "Gehen Sie! Ich bitte! Gehen Sie!"

Noch einen letzten, tief verinnerlichten Blick gönnte sie ihm, dann that er, wie sie wünschte.

Nachdem er aber gegangen war, sank sie in ihren Sessel zurück und überdachte voll schwerer Wehmut, was geschehen war. Eines fiel ihr bei der Betrachtung besonders beklemmend auf die Seele, obgleich sie gerade das als nebensächlich hinzustellen, sich zwingen wollte.

Sie war demnächst ohne Mittel zum Leben! Der Graf hatte—vielleicht, um sie dadurch eher gefügig zu machen—die sonst am ersten des Monats ihr stets überwiesene Summe nicht mehr gesandt. Sie hatte ja deren Empfang auch abgelehnt. Sie konnte ihm nicht einmal einen Vorwurf machen! Ihre Pretiosen und ihre seidenen Gewänder zu verkaufen, widerstrebte ihr, weil sie fürchtete, sich dadurch bloßzustellen. Und wenn beides dahin war, so nannte sie nichts mehr ihr Eigentum! Die Sorge schuf bereits Vorsicht und Ueberlegungen, die ihr früher fremd gewesen waren. Die Begräbniskosten für den Mann der alten Ohlsen, die inzwischen durch Imgjors Bemühungen in einem Frauenarmenhaus untergebracht worden war, hatten das Geringe, was sie noch besaß, bis auf ganz weniges geschmälert, und die Bank mußte überdies noch befriedigt werden.

Täglich kamen, wie bisher, Listen mit Aufforderungen zur Beihilfe für gute Zwecke.

Konnte sie die jetzt abweisen? Sie vermochte es nicht; es widersprach ihrem stets auf Geben bedachten Herzen.

Auch die Miete für die Wohnung war noch zu berichtigen. Man forderte Steuern von ihr.

Der Tag und die Stunde waren abzusehen, wo sie zuletzt vor dem—nichts stand! Eine angstvolle Unruhe überkam sie. Man würde sie am Ende auch noch in anderer Weise falsch beurteilen! Die Zeitungen würden gar verkünden, sie habe wegen Schulden Kopenhagen verlassen. So sei sie eigentlich nichts anderes als eine, die habe von sich reden machen wollen!

Und eben diese Lebenssorgen drängten zum erstenmal die Gedanken an die Ideale, die ihre Brust noch eben wieder erfüllten und deren Verwirklichung sie erstreben zu wollen, erklärt hatte, völlig zurück! Der Trieb der Selbsterhaltung gelangte zu seinem Recht. Sie erkannte plötzlich, welchen

Wert der Besitz, welchen Wert das Geld hatte, und wie früher flüchtig, so stellten sich jetzt dauernde Vergleiche ein zwischen dem Gewesenen, und dem, was ihr geworden! Aber nicht genug mit diesem Ansturm auf ihr Inneres: Graf Dehn war wieder da! Und sie hatte ihn, obschon sie ihn liebte mit der ganzen Kraft ihrer Seele, für immer von sich gestoßen!

Eine grenzenlose Reue überkam sie. Nur ihr Stolz regte sich noch.

Mit welchem Selbstgefühl hatte sie geredet! Wie an einer Mauer waren alle seine verständigen, rührenden, flehenden Bitten zerschellt. Und wie schwach war doch der Faden gewesen, an dem ihre Festigkeit gehangen!

Jedes Menschenherz war—so überlegte Imgjor—zu rühren, wenn nur der Rechte kam und es richtig angesprochen wurde.

Nun sehnte sie sich fort, nun kamen ihr doch die Erinnerungen an Rankholm.

Rankholm! Rankholm! Das war das Paradies ihrer Jugend!—Eine namenlose Sehnsucht ergriff ihr Inneres jetzt. Erst nach einem todestraurigen Sinnen raffte sie sich empor, fand sie die alte Kraft ihrer Seele, ihr Pflichtgefühl und ihren opferfreudigen Sinn zurück, und trat mit der gewohnten Selbstlosigkeit an das Bett ihrer Kranken.———

* * * * *

Am folgenden morgen empfingen Imgjors immer sich in gleicher Richtung bewegenden Gedanken durch den Inhalt eines mit der Post eingegangenen Briefes eine Ablenkung.

Eine Dame der vornehmen Gesellschaft, eine Baronin von Kliff, mit der Imgjor wiederholt bei Bestrebungen für wohlthätige Zwecke in Berührung gelangt war, bat sie in sehr dringender Weise, sich um die Mittagszeit in ihrem Palais einfinden zu wollen, um dort einer Sitzung zu Zwecken der Begründung eines dänischen Mädchenheims beizuwohnen. In diesem sollten der Schule entwachsene, junge, weibliche Personen zu Dienstmädchen herangebildet, es sollte ihnen in allem Unterricht erteilt werden, was für Küche und Hauswesen erforderlich war. Auch Handarbeit und Schneidern wollte man sie lehren und insbesondere auch moralisch auf sie einzuwirken suchen.

Die Baronin beabsichtigte durch dieses Heim denen die Hand zu bieten, welche infolge ihrer mangelhaften Ausbildung keine Beschäftigung finden konnten und deshalb der Gefahr ausgesetzt waren, sittlich zu verkommen. Und gerade deshalb ward Imgjors Interesse auf's lebhafteste angefacht.

Im Palais traf sie die Damen, mit denen sie während der Jahre ihres

Aufenthaltes in der Residenz wiederholt in Wohlthätigkeitsangelegenheiten zusammengetroffen war, fast sämtlich beisammen, wich deren ihre Person betreffenden Fragen möglich aus, nahm aber größten Anteil an den Verhandlungen und trat, etwa drei Stunden später, reichlich erschöpft, und sich schon vor dem Palais von den übrigen trennend, den Rückweg an.

Als Imgjor die Ecke der Tordenskoldsstraße passierte, drang aus einem offenen Schusterkeller ein jammervolles Schreien hervor, und als sie, mitleidig beunruhigt, nachforschte, sah sie unten einen Menschen, der in unbarmherziger Wut eine zu Boden geworfene Frau mit einem Lederriemen prügelte.

In Sekundenschnelle wechselte nun die Scenerie. Imgjor sprang blitzschnell die Treppe hinab, riß mit kühn erfolgreichem Ruck den Mann zur Seite, befreite dadurch die Frau und schleuderte dem rohen Peiniger entrüstete Worte entgegen: Ob er sich nicht schäme, sich so gegen die Schwächere und Wehrlose zu vergehen?

Aber alles kam anders, als sie es erwartet hatte. Da durch ihr Eingreifen das ohnehin neugierig zusammengelaufene Volk draußen sich noch zudringlicher geberdete und, dicht gedrängt, den Erfolg beobachtete, ergriff das Weib plötzlich ein weit größerer Ingrimm gegen jene draußen und gegen Imgjor, denn gegen den Mann.

Statt "Grevinde" durch Haltung und Worte Dank an den Tag zu legen, reckte sie sich zornsprühend empor, fragte, ob es sie etwas angehe, wenn sie sich von ihrem Mann prügeln lassen wolle und unterstützte diese herausfordernden Worte durch eine auf die offene Thür gerichtete Geste, welcher der dadurch versöhnte Hausherr sich beeilte, noch einen besonderen, fast thätlichen Nachdruck, zu verleihen.

Als Imgjor infolgedessen die Treppe hinauf flüchtete, stieß sie auf diejenigen Personen, welche zur besseren Beobachtung des interessanten Schauspiels bereits einen Teil der Treppenstufen besetzt hatten. Und während das geschah und die Ehegatten, zur völligen Abwehr gegen die Leute draußen, die Thür verrammelten, drängten die hinteren Reihen des Mobs nach vorn und die der Thür zunächst Stehenden rückwärts. Und dadurch kam Imgjor zu Fall und erlitt durch Drängen, Stoßen und Treten, trotz ihrer Weh- und Abwehrrufe, so schwere Verletzungen, daß sie nach Räumung der Treppe durch die Polizei wie tot hinweg getragen wurde. Mit noch anderen Verwundeten ward sie nach dem Hospital des Doktor Stede geschafft, und eine halbe Stunde später stand mit tief bedenklicher Miene an ihrem eigenen Krankenlager derselbe Mann, mit dem sie so oft an das Bett der Leidenden und Sterbenden getreten war.

* * * * *

Der Herbst, der wundervolle nordische Herbst, war seit Wochen erschienen, und mit seinen stahlhellen Lüften, seiner Farbenpracht in den Wäldern, seinem scharfen Erdgeruch und seinen unvergleichlichen Abendsonnenniedergängen auch in Rankholm eingezogen.

Wenn sich in der Frühe die ersten Lichtströme über die Erde ergossen, schwammen Schloß, Park und Gärten in einem blauseidenen Dunst. Wenn aber der Kampf zwischen der siegreichen Himmelskönigin und den zarten Nebeln durch ein plötzliches Oeffnen aller goldenes Licht bergenden Portale entschieden war, dann lagen Rankholm und Kneedeholm in einem Sonnenbade von solcher unermeßlicher Schönheit, daß die Gegend alle Reize der drei Jahreszeiten: die grüne Pracht des lebensprühenden Frühlings, die Fülle des blütenschweren Sommers und die krystallhelle Klarheit des farbenleuchtenden Herbstes in sich zu bergen schien.

Und alles war wie ehedem.

In ihrem mit all den herrlichen Dingen angefüllten Kabinett ruhte bei geöffnetem Fenster auf dem Sofa die Gräfin Lavard und las in einem Buch. In seinem geräumigen Arbeitsgemach war, wie sonst, der Graf eifrig mit seinen Beamten beschäftigt, Lucile hielt sich, an Curbière schreibend, in ihren Gemächern auf, und wie immer webten in dem, von Epheu umrankten Mauern eingeschlossenen Schloßhof jene sanften Hausgeister, die von dem Streit und Getümmel draußen in der Welt nichts wußten.

Auch Graf Dehns schlanke Gestalt tauchte, wie damals, in den Wegen des Parkes auf, und nun eben richtete er die Schritte dem Schloßdurchgang zu, trat ins Innere, begab sich in seine Zimmer, und von dort nach Ordnung seiner Toilette, zu der Gräfin.

Einige freie Stunden lagen vor ihnen, und sie wollte die Gräfin heute benutzen, um Axel einen Einblick in die Vergangenheit zu verschaffen. Sie wollte, daß es geschah, bevor Imgjor kam, die nach einer langen, schweren Krankheit so viel Kräfte zurückgewonnen hatte, daß sie in Begleitung des Doktor Stede eine Reise nach Rankholm zu unternehmen vermochte. Hier wollte sie versuchen, ihre Gesundheit völlig zurückzugewinnen.

Stillschweigend war das alte Verhältnis zwischen ihnen wieder eingetreten. Solche Not und solche Trübsal, wie sie über Imgjor gekommen,—führten von selbst einen Ausgleich herbei.

Wiederholt hatten Lavards an dem Krankenbett Imgjors gestanden, und sie hatte ihre Besinnung erst ganz allmählich zurückgewonnen.

"Willst du nach Rankholm kommen, um dich dort ganz zu erholen, Imgjor? Papa schickt dir einen herzlichen Gruß und bittet darum—" hatte Lucile eines morgens gesagt, und der Kranken waren die Thränen der Rührung aus den Augen gestürzt.—

Nachdem die Gräfin sich zurechtgerückt und einen ihrer gewohnten forschenden Blicke auf Graf Dehn geworfen, sagte sie:

"Ich werde mich kurz fassen, Graf Dehn, weit kürzer, als es ursprünglich meine Absicht war. Das Wesentlichste: Imgjors Herkunft, wurde Ihnen schon durch einen Zufall enthüllt. Ich komme nur auf meine Zusage und Ihren Wunsch zurück, weil ich von Ihnen, den ich wie meinen Sohn betrachte, so beurteilt werden will, wie ich dazu ein Recht besitze. Ich will's aber auch, damit Sie meines Mannes Handlungsweise, richtig würdigen.

Endlich spreche ich auch, weil ich die Hoffnung hege, daß Sie diejenigen aufklären, denen ich keine Mitteilungen zu geben vermag. Stolz und Zartsinn verbieten mir, über solche Dinge mit meinen Töchtern zu reden. Es könnte scheinen, als ob ich mich verteidigen wolle.

Zur Einleitung—" hier zog die Gräfin aus ihrem goldumränderten Nähkorb ein kostbar umrahmtes Pastellbild hervor—"betrachten Sie sich dieses Porträt. Sie werden dann leichter verstehen, wie mein Mann dazu gelangte, sich in Leonie Monier zu verlieben, und welche Kämpfe ich mit meinem Ich zu bestehen hatte—"

Graf Dehn griff nach dem Gebotenen und unwillkürlich entglitt seinem Munde ein Laut bewundernden Entzückens.

Imgjor wars, aber in noch höherer Vollendung. Ein so süßes, engelhaftes Lächeln umspielte den Mund des Bildes, aber auch ein solcher schmachtender Glutblick drang aus den Augen, daß man sich von dem Anschauen nicht zu trennen vermochte. In ihrem Kostüm erinnerte sie an die Watteauschen Rokokobilder. Ein langes Mieder, verziert mit Rosenbändern, hob ihre überaus zarte Figur. Um ihren vollendet gebildeten, bis zum Ellbogen freien Arm schlang sich ein schwarzer Sammetstreifen, und in ihrem hochfrisierten Haar saßen neben Blumen kleine blaßblaue Schleifen. Alles aber wurde übertroffen durch die Pracht ihrer schneeigen Büste, die blendenden Farben, den durchsichtig weißen Schmelz ihrer Zähne und die kleinen, zum Liebkosen geschaffenen Hände.

"Nicht wahr? Sie war schön? Man kann etwas gleiches nicht sehen—" stieß die Gräfin in neidloser Bewunderung heraus.

"Und ich kann hinzufügen: sie war wirklich noch schöner. Man lag, wenn sie sprach und lächelte, im Bann ihrer bestrickenden Reize, und nicht der Tochter eines gascognischen Glasschleifers die sie war, glich sie, sondern dem Mitglied einer auf Thronen fixenden Familie.

Aber sie war nicht allein wegen ihrer Schönheit gefährlich, sondern ebensosehr wegen des seltsamen Gemisches ihres Wesens. Herzensgüte, Trotz, liebenswürdige Naivetät und schlaue Berechnung saßen zugleich in ihr und gelangten, den Umständen nach, zum Ausdruck.

Man hätte sie küssen und sie ohrfeigen mögen, einmal wegen ihrer bezaubernden Liebenswürdigkeit, und dann wieder wegen ihres kaltherzigen Starrsinns.

Doch nun hören Sie, wie alles verlief.

Ich lernte meinen Mann, der damals der französischen Gesandtschaft attachiert war, in dem Hause des russischen Fürsten Betzkoy kennen, verliebte mich gleich sterblich in ihn und wurde schon nach vier Wochen unserer ersten Begegnung seine Braut.

Meine Eltern waren überaus glücklich über diese Verbindung, und meine Verwandte, der Vicomte von Choisseuile und seine Frau luden uns zu einem mehrwöchentlichen Aufenthalt auf ihrem in der Nähe von Paris befindlichen Landsitz ein.

Hier verlebten wir in dem ersten Rausch unserer leidenschaftlichen Liebe seelige Tage, durchschweiften zu Wagen und zu Pferde die Umgegend, machten oder erneuerten die Bekanntschaft angesehener und interessanter Personen, welche sich ebenfalls um diese Zeit auf ihre in dieser Gegend belegenen Güter zurückgezogen hatten, fanden aber auch die beste Gelegenheit, unsere Charakter zu prüfen, ihnen gegenseitig gerecht zu werden, und uns immer mehr ineinander hineinzuleben. Mir wurde klar, daß Lavard ein leicht entzündliches Herz besaß, und daß ich infolgedessen nicht die erste sei, der er sich genähert.

Er sprach auch mit voller Offenheit über früheres. Er betrachtete mich nicht als eine prüde Vestalin, sondern als das, was ich wirklich war: ein mit den wirklichen Lebensverhältnissen vertrautes weibliches Wesen, das sehr wohl wußte, daß Männer und oft auch Frauen Versuchungen unterworfen sind und meist schon etwas erlebt haben, wenn sie an den Altar treten.

Als ich eines Tages mit Lavard unter der Linde in dem Garten eines zu dem Besitz gehörenden Pachthofes saß, wo wir, nach unserm anstrengenden Ritt, eines kleinen Imbisses wartend, plauderten, unterbrach er plötzlich das Gesprächsthema, sah mich ungewöhnlich zärtlich an, faßte meine Hände und sagte:

"Ich habe eine Bitte an dich, eine große Bitte, Lucile! Willst du sie mir gewähren?"

"Gewiß, mein teurer Freund, wenn ich es vermag—" entgegnete ich ohne

Besinnen.

"Du sprichst das ja so leicht aus, Lucile! Ich fordere etwas Großes, sehr Großes! Es gehört eine opferstarke Liebe dazu!"

"Um so besser vermag ich dir zu beweisen, wie gut ich dir bin, Lavard—sprich also—natürlich, ein ritterlicher Mann, wie du, wird von einem Mädchen nichts verlangen, was ihren weiblichen Empfindungen widerstreitet—"

Ich weiß nicht, wie ich in meiner Entgegnung zu dieser Einschränkung gelangte. Jedenfalls hatte sie die Wirkung, daß Lavard trotz meiner wiederholten Aufforderungen, nun doch nicht redete.

Und so blieb's, und ich dachte auch schon gar nicht mehr an seinen, wie ich angenommen hatte, launenhaften Einfall, als er eines vormittags, kurz vor unserer Rückkehr nach Paris, im Park des Schlosses hinter den Boskets vor mir niederfiel und mich beschwor, ihm zu gewähren, worum er mich ersuchen werde.

Und da er so erregt war, da sein ganzes Wesen eine solche Spannung verriet, insbesondere aber, weil es mich drängte, ihm zu beweisen, wie sehr ich ihn liebte, sprach ich, ohne vorher zu hören, ein unbedingtes ja!

"Was es auch sein mag, Lavard! Ich werde deinen Wunsch erfüllen. Ich schwöre es dir!"

Nun schnellte er empor, umfaßte mich mit schmeichelnder Zärtlichkeit, zeigte mir dann dieses, eben dieses von Ihnen bewunderte Bild, und sagte:

"Diese weibliche Person, Leonie Monier, eine Nähterin der Vorstadt St. Antoinne, war vor wenigen Monaten noch das, was du mir heute bist, Lucile—

Du begreifst, daß ich mich in sie verlieben konnte! Ich sage, daß ich die Beziehungen zu ihr wieder gelöst habe, weil ihr Charakter ein Zusammenleben unmöglich macht. Ich würde sie sonst trotz ihres einfachen Standes und anderer Umstände vielleicht geheiratet haben.

Es liegen die Dinge nun, wie folgt:

Sie erklärt mir, dann gutwillig ihrer Rechte auf mich sich begeben zu wollen, wenn du dich entschließest, sie zu empfangen und ihr eine noch zu erörternde bindende Zusicherung zu geben.

Natürlich! Sie vermag nichts gegen mich zu unternehmen.

Mich treibt mein Ich, mich veranlaßt die Erinnerung an die Tage, die ich glücklich mit ihr verlebte, aber mich veranlaßt auch ein bestimmter Umstand, derselbe, welcher mit ihrer an dich zu richtenden Bitte zusammenhängt: alles zu thun, was eine freundliche Lösung unserer Beziehungen herbeizuführen vermag!"

"Wohlan, sprich, Lavard. Ich werde hören!"

"Nun denn, Lucile! Leonie Monier ist dieser Tage Mutter eines Kindes geworden. Sie verlangt von uns—und deshalb will sie dich sprechen—die Auferziehung ihres Kindes und die Sorge für dieses bis zu einem gewissen Zeitpunkt. Dann soll's wieder ihr Eigentum sein, oder wir sollen ihr's für eine namhafte Summe abkaufen—"

"Ah—ah—welch ein berechnender Handel, und gar mit dem eigenen Kinde! Hinter diesen engelhaften Zügen sucht man etwas anderes! Und alles hätte ich eher erwartet, als dies. Du erhebst einen Anspruch an mich, zu dem eine starke Selbstverleugnung gehört, Lavard. Und was wird sonst noch folgen?" rief ich, meine Erregung nicht verbergend.

Lavard bewegte die Schultern.

"Die Dinge liegen nicht so ungünstig! Sie ist nicht schlecht. Aber lassen wir das jetzt, und überlasse auch die Erledigung der materiellen Dinge mir, Lucile. Gewähre nur zunächst, warum sie dich bittet—"

Ich zögerte. Dann sagte ich:

"Eines habe ich gewährt, ich versprach die Erfüllung eines Wunsches. Du stellst aber jetzt noch andere, sehr weittragende Forderungen an mich.

Du willst gewiß, daß ich dieses Kind, als unseres annehme—es nach außen so hinstelle—"

"Ja, Lucile! Wir gehen für die Zeit eines Jahres oder länger auf Reisen. Wenn wir zurückkehren, erklären wir, daß wir unterwegs dies Kind gefunden und in unsere Obhut genommen haben, daß Mitleid unsere Triebfeder war—für alles übrige wollen wir die Zeit sorgen lassen."

"Warum stellst du eine so schwere Forderung an meine Liebe, Lavard? Lasse das Kind von anderen aufziehen. Durch sie wird—durch deinen Reichtum unterstützt—dasselbe erreicht. Der Mutter kann's doch nur um das Wohl ihres Kindes zu thun sein. Da sie mittellos und einen leichtsinnigen Charakter besitzt, will sie das Kind vor doppelten Fährnissen behüten. Das verstehe ich! Aber weshalb ein so ungeheures Opfer von mir? Oder ist's dein eigenes Kind?"

"Ja und nein, Lucile! Eben das ist's! Sie, Leonie, behauptet es, obschon sie auch Beziehungen zu einem anderen, einem Jongleur hatte. Nun weißt du alles, nun verstehst du alles. Sei deshalb so hochherzig, wie ich dich schätze. Ist's mein eigenes Fleisch und Blut, dann habe ich unabwendbare Pflichten!"

Diese Worte entschieden, ich empfing nicht nur die junge Frau, sondern ich war auch später einige Zeit in ihrer Nähe. Wir trafen sie in dem französischen Seebade Trouville, wohin sie Lavard zur Kräftigung ihrer Gesundheit gesandt hatte.

Während dieser Zeit lernte ich sie nicht lieben, aber doch ihre guten Eigenschaften schätzen; auch gab ich ihr das Versprechen, das sie verlangte.

Wenig später—das Aufgebot hatte bereits bald nach unserer Verlobung Stattgefunden—wurden wir in der Madeleine getraut, unternahmen darauf eine fast fünfviertel Jahre andauernde Reise, und begaben uns alsdann, mit dem kleinen, inzwischen anderweitig in Kost gegebenen, und nun in unsere Hände gelangten Kinde nach Rankholm.

Wir verfuhren auch unseren Bekannten gegenüber, wie wir es besprochen hatten. Im ganzen wurde wenig nach dem Kinde gefragt. Nach wenigen Monaten war überhaupt nicht mehr von dessen Ursprung die Rede und allmählich sah man es als unser eigenes, als Erstgeborenes an.

So war also gelungen, was meines Mannes Wunsch gewesen, und ich muß gestehen, daß er mir in den zwölf Jahren, während welcher Zeit wir von der

Mutter niemals wieder hörten, täglich seine Erkenntlichkeit in rührendster Weise an den Tag legte.

Dann aber erschien plötzlich, fast ohne vorherige Anmeldung, Mademoiselle Monier, um ihr Kind zurückzufordern, und nun begannen die Kämpfe zwischen uns dreien.

Es ist mir wie heute! Ich war im Begriff über den Schloßhof zu schreiten, als ein Wagen vorfuhr, auch ertönte gleich darauf schon das Läuten der Glocke am Portierhause. Ich aber nahm rasch den Weg in das Schloß, betrat meine Gemächer, wartete hier und überließ es meinem Mann, Frau von Etienne, wie sie sich nach unserer Abrede nennen sollte, zu empfangen.

Auch noch anderes war zwischen mir und Lavard abgemacht. Sie sollte womöglich noch an demselben Tage Rankholm wieder verlassen und sich nach Oerebye begeben. Dort wollte Lavard mit ihr verhandeln. Ihr vorzuenthalten, ihre Tochter schon vorher zu sehen, konnten wir nicht über uns gewinnen, aber es sollte lediglich aus der Entfernung geschehen. Eine eigentliche Annäherung sollte nicht stattfinden. Wir wollten sie bewegen, daß sie uns Imgjor gegen ein ferneres Jahresgehalt und gegen eine einmalige Abfindungssumme für immer überlasse. Lucile hatten wir schon in der Frühe zu Freunden nach Taxholm gesandt. Sie sollte von diesem Besuch überhaupt keine Kunde erhalten. Imgjor bewohnte damals mit ihrer Erzieherin dieselben Räume, die sie jetzt inne hat, und nur hatten angeordnet, daß sie beide bei Tisch nicht erscheinen sollten.

Dies war nicht auffallend, da solches häufiger geschah. Ich hielt Imgjor überhaupt streng, weil ich immer ihrer Mutter Charakter im Auge hatte, weil ich immer darauf bedacht sein mußte, des Kindes sehr stark ausgeprägten Drang nach Selbständigkeit zu dämpfen.

Diese meine große Strenge hat Lucile, weil sie eine ungerechte Ungleichheit der Behandlung darin erkannte, Ihnen gegenüber getadelt, Graf Dehn. Sie that es eben, weil sie meine Beweggründe nicht kannte.—

Doch nun zurück zu dem plötzlich erschienenen Besuch.

Ueber eine Stunde verhandelte mein Mann mit Madame Etienne, ehe er sie mir in meine Gemächer brachte.

Als Frederik ihr Kommen meldete, klopfte mir das Herz. Ohnehin erregt, beschäftigte mich dieses lange Beisammensein meines Mannes mit seiner ehemaligen Freundin, nicht wenig. Mir ahnte auch, daß sie Schwierigkeiten erhob, unsere Wünsche zu erfüllen. Sicher weigerte sie sich, uns ihre Tochter zu lassen, machte die Gewährung von unerfüllbaren Forderungen abhängig. Wie berechnend sie war, hatte sie hinreichend früher bewiesen.

Ich hatte aber Imgjor wegen ihrer trefflichen Eigenschaften so lieb gewonnen, daß ich sie wie mein eigenes Kind liebte. Auch leitete mich bei dem Verlangen, sie bei uns zu behalten, die Ueberlegung, daß ihre Entfernung den Anlaß zu unliebsamen Redereien geben werde. Wir hassen es beide, uns in den Mund der Menge zu bringen.

Endlich wollten wir auch mit dieser Angelegenheit einmal ein Ende haben. Ich wünschte insbesondere, daß Lavard dem Einfluß dieser Person, die, wie ich stets erfuhr, in all den Jahren noch mit ihm korrespondiert hatte, für immer entzogen werde.

Mein Erstaunen maß sich sodann mit meiner Abneigung, als sie mir gegenübertrat.

Sie war zwar noch immer blendend schön, aber sie besaß nichts von dem Wesen einer anständigen Frau, einer wirklichen Dame. Sie war das vollendete Bild einer Halbwelt-Circe. Ihr Kostüm war übertrieben modern, stark parfümiert, und lächerlich kostbar. Ihre Arme waren mit Schmuck behangen, und hinter ihrem sanft schmachtenden Lächeln verbarg sich etwas, das den Weltkundigen nicht täuschte.

Und wirklich besaß sie keine echte Empfindung, ihr Gemüt war verdorrt, sie war nichts anderes, als eine kalt berechnende Kokette.

Es wäre somit ein Vergehen gewesen, ihr Imgjor auszuliefern.

Aber sie von diesem Gedanken abzubringen, war noch die geringste Schwierigkeit. Der große Reichtum meines Mannes konnte noch größere Ansprüche befriedigen, als sie sie erhob und auf deren Erzielung es ihr überhaupt nur ankam. Aber sie hatte schon gleich am ersten Tage Lavard wieder in solche Fesseln zu schlagen gewußt, daß er völlig Wachs in ihrer Hand geworden war.

Er bestritt in heftigen Worten die Berechtigung meiner abfälligen Kritik. Er fand es, da sie es nicht wollte, völlig überflüssig, daß sie nach Oerebye übersiedelte Er verlangte von mir, daß ich sie wochenlang auf Rankholm behalten solle. Sie habe Anrechte auf unsere Gastfreundschaft und unsere Rücksicht; man müsse der Mutter für eine zeitlang ihr Kind gönnen.

Entsetzliche Tage verlebte ich. Lucile, der ich in der Erregung nicht mehr gedacht hatte, kehrte wieder zurück. Imgjor näherte sich der schönen und sie umschmeichelnden Madame Etienne, der Gattin des Baron von Etienne in Brüssel, als welche sie sich auch Imgjor im Einverständnis mit meinem Manne vorgestellt hatte.

Zuletzt war mein Entschluß gefaßt.

In einer Scene, der Lucile zufällig beiwohnte, erklärte ich Lavard, mich von ihm trennen und zu meiner Familie zurückkehren zu wollen, wenn die Fremde nicht innerhalb achtundvierzig Stunden das Haus verlasse.

Lucile führte, weil ihr Vater ihr beipflichtete, mein Verhalten auf Eifersucht zurück. Sie nahm für ihren Papa Partei, schalt mich des Mangels an Liebe und des Mangels an Duldsamkeit, und ich litt zehnfach, da ich meinem Kinde nicht eröffnen konnte, wie die Dinge standen.

Endlich siegte ich. Ich siegte dadurch, daß ich eine Nacht mit dem fremden Weibe rang. Sie wohnte damals in den Gemächern, die jetzt meine Tochter Lucile inne hat. Mir ist's in der Erinnerung wie heute. Der Tag war grau, kalt und nebelig, so unfreundlich, daß man sich nicht einmal zu einem Spaziergang in den Park hinauswagen mochte.

Wir waren deshalb mehr denn sonst und bereits vor dem Frühstück auf einander angewiesen, und dieses engere Beisammensein benutzte Madame Etienne, um allerlei bisher von mir verhinderte Vertraulichkeiten zwischen sich und den Kindern herbeizuführen.

Sie gab sich besonders mit ihnen ab, holte verschiedene wertvolle Gegenstände aus ihren Koffern heraus, die sie ihnen, trotz deren bescheidenen Abwehr, aufdrängte und forderte sie zuletzt gar auf, sie du und Tante zu nennen.

Die Mädchen nahmen dieses als eine Bevorzugung hingestellte Anerbieten natürlich an. Und dies du machte beide natürlich freier gegen den Gast, namentlich die jüngere Lucile. Infolgedessen ließ diese auch eine Aeußerung fallen, die sie sonst sicher nicht gemacht haben würde. Sie wies, und schon lange hatte ich dies kommen sehen und mich davor gefürchtet, auf die große Aehnlichkeit zwischen Madame und Imgjor hin.

"Ihr seht wie Schwestern aus!" betonte sie lebhaft und richtete auch ihre zu meiner Zustimmung auffordernden Blicke auf uns.

In Madame Etiennes Gesicht leuchtete es auf. Ich sah's. Alles, was sie irgendwie mit uns in eine nähere Beziehung zu bringen vermochte, danach griff sie begierig!

Sie wollte nicht nur die größten materiellen Vorteile daraus ziehen, daß sich ihre Tochter bei uns befand, sondern sie strebte,—ihrer abenteuerlichen Eitelkeit entsprechend—auch danach, neben uns eine gleichberechtigte Rolle zu spielen.

Auf ihre Tochter war sie bald maßlos eitel und überlegte dann, ob sie sie doch nicht mit sich nehmen solle, oder sie zeigte eine nicht verhüllte, heftige Eifersucht. Dann ergriff sie,—man sah's—ein durch die Einsicht in ihre eigene Unwürdigkeit noch mehr geförderter Ingrimm gegen ihr eigenes Kind. Dessen reiner Sinn, dessen fester Charakter, dessen ungewöhnliche Wahrheitsliebe, dessen Abscheu gegen nichtssagende Redensarten, aber auch dessen zutage tretendes Mißtrauen gegen ihre aufdringlichen Liebenswürdigkeiten, schufen einen Aerger in ihr, den sie nicht bezähmen konnte.

Und eben dieses Gemisch von Gefühlen und Stimmungen, aber vielleicht auch die Erwägung, daß es ihren Zwecken förderlich sei, uns in steter Unruhe zu halten, verleiteten Madame Etienne an diesem Tage, Luciles Aeußerungen aufzunehmen, statt mit einem flüchtigen Wort darüber fortzugehen.

Sie sagte überlegen lächelnd:

"So, findest du das? Nun, wer weiß, ob die Etiennes und die Lavards nicht, ohne es zu wissen, verwandt sind,—ob sich solches nicht, wenn wir einmal gründlich nachforschen,—herausstellen würde—"

Mein Mann warf ihr einen erschrockenen, und weil er in ihren Banden lag, flehenden Blick zu. Auch nahm er rasch das Wort und wußte ein anderes Thema zu berühren.

Nach Tisch, während wir des Kaffes im Salon warteten, machte sich Madame Etienne an Imgjor heran, prüfte eine Handarbeit, mit der sie beschäftigt war, lobte die Sorgfalt der Ausführung und fragte sie, ob sie nicht Lust habe, sie einmal in Paris, wo sie fürder wohnen werde, zu besuchen. Sie habe dort ein sehr schönes Haus, und sicher würde sich Imgjor vortrefflich in der Stadt des Vergnügens amüsieren.

Es folgte dann noch eine Beschreibung der Räume und der kostbaren Einrichtung, und überhaupt war sie bemüht, Imgjor einen möglichst großartigen Eindruck von ihren Einkünften und ihrer gesellschaftlichen Stellung beizubringen.

Sie bewies, indem sie diese Mittel anwendete, Imgjors Zuneigung zu gewinnen, allerdings eine sehr geringe Fähigkeit, Charaktere zu beurteilen. Es war mir unbegreiflich, daß sie nicht erkannt hatte, daß dergleichen für dieses ernste, reife und in seinem innersten Wesen einfach geartete Wesen gar kein Lockmittel sein werde.

Reichtum und Wohlleben umgaben Imgjor, aber reizten sie durchaus nicht. Ihre Pflicht stellte sie stets über das Vergnügen, und auch die Freuden des Daseins suchte sie lediglich im Verkehr mit der Natur, mit guten, treuherzigen Menschen, in der Pflege geistiger Dinge und im Verkehr mit Tieren, mit Vögeln, Pferden und Hunden, die sie zärtlich liebte und pflegte.

Tanzen, Kokettieren, den Großen nachzumachen, früh schon die Dame zu spielen, sich sinnliche Aufregungen zu verschaffen und den nichtigen Vergnügungen nachzujagen, hatte für Imgjor keinen Reiz.

Und demgemäß antwortete sie auch.

"Nein, nein, gnädige Frau. Ich bleibe lieber hier in der Heimat!" entgegnete sie nach ihrer Art, kurz und ohne für die durch diese Einladung zum Ausdruck gelangte Artigkeit einen besonderen Dank an den Tag zu legen. Auch ließ sie absichtlich das "du" und die "Tante" dabei außer acht.—

"Meinst du denn nicht, daß es für dich vorteilhaft wäre, neues zu sehen, zu lernen, dich zu vervollkommnen, zu erkennen, daß es noch eine andere größere Welt giebt, als das Pünktchen Rankholm! Hältst du dich bereits für vollendet?" warf die Frau, hämisch im Ton, hin.

Sie vermochte ihren Aerger über diese Unbiegsamkeit, über diese offenkundig hervortretende Gleichgiltigkeit gegen ihre Person nicht zu bezähmen.

Schier bersten aber wollte sie, als Imgjor, sich äußerlich sanft fügend, und nur die Schultern bewegend, einer Antwort auswich.

Sie warf schroff gereizt hin:

"Nun, Kind! Antworte! Hältst du dich für so vollkommen?"

"Nein, gewiß nicht, gnädige Frau. Aber ich möchte Reisen nur in Begleitung meiner Eltern unternehmen. Wenn sie nicht dabei sind, wenn ich mit ihnen nicht zusammen genießen darf, haben sie keinen Reiz für mich!"

Diese Erwiderung klang aus dem Munde einer Dreizehnjährigen recht altklug. Sie war nicht artig, aber Inhalt und Form waren zur Belehrung über die Stellung, welche Imgjor ihrer Mutter gegenüber einnahm und einzunehmen entschlossen war, weise gewählt. Diese ihre Antwort traf auch Madame dergestalt, daß sie alle Klugheit außer acht lassend, mit boshaft funkelnden Augen herausstieß: "Na ja! Dann mache, wenn du alles besser weißt, wie du's willst!" Worauf sie dann Imgjor sitzen ließ, sich mit einer gemacht gleichgiltigen Miene zu mir, und als dann grade mein Mann in den Salon trat, mit schmeichelnder Liebenswürdigkeit an ihn wandte und zu einer Partie Schach aufforderte.

Und was ich, obschon ich mir nichts merken ließ, dann sah, das gab mir, neben der Ueberlegung, daß es keine bessere Gelegenheit geben konnte, die Stimmung der Mutter gegen ihr Kind zu unserm Vorteil auszunutzen, den Entschluß, noch an diesem Tage mit den Dingen unter allen Umständen aufzuräumen.

Mit meinem Manne war sie wie eine Braut. Sie sah ihn fortwährend zärtlich an, umschmeichelte ihn, und suchte ihn überhaupt immer mehr in ihre Netze zu ziehen. Auf mich, auf die Kinder, die ich dann auch möglichst bald fortsandte, auf Graf Knut, der zum Plaudern gekommen, nahm sie gar keine Rücksicht.

Sie folgte einerseits rücksichtslos ihren eitlen Plänen, nämlich den Mann, der einst ihr erlegen, abermals dauernd in Fesseln zu schlagen, und andererseits ihrem rachsüchtigen Bestreben, mir möglichst unangenehme Empfindungen zu bereiten.

Da ich die Antwort, die Imgjor ihr gegeben, nicht gerügt hatte, wußte sie mich einverstanden. Das genügte, um den schon in ihr lodernden, heftigen Ingrimm gegen mich noch mehr anzufachen.

Nachdem endlich, nach Verlauf peinlicher Abendstunden, die Uhr elf geworden, Graf Knut sich empfohlen, und auch jene sich zum Aufbruch zu rüsten anschickten, erklärte ich, noch ausbleiben und Briefe schreiben zu wollen.

Mein Mann erhob auch keinen Widerspruch, befahl der herbeigerufenen Kammerjungfer, Madame Etienne in ihre Gemächer zu geleiten, und begab sich,—mir in der gereizten Stimmung, die ihn während dieser Zeit stetig beherrschte, nur eine kühle, gute Nacht wünschend,—ebenfalls in seine Räume.

Ich aber that nicht, wie ich vorgegeben hatte, sondern warf mich aufs Horchen, und sobald ich hörte, daß die Jungfer sich wieder aus Madames Gemächern entfernt, ich auch abgewartet, daß Frederik die Lichter im Flur und auf den Korridoren gelöscht hatte, entzündete ich eine Wachskerze, schritt an die Thür meiner Widersacherin und klopfte.

Ein lebhaftes: "Wer ist da?" erfolgte.

"Ich, Lucile, bin's! Bitte, öffnen Sie!" gab ich zurück.

"Ah! Sie, liebe Gräfin! Ich komme gleich—"

Und so geschah's. Ich fand sie halb angekleidet, forderte sie auf, mir Gehör zu schenken, und setzte mich alsbald ihr gegenüber.—

Alles, was ich auf dem Herzen hatte, sagte ich, nicht gehässig, aber entschieden, klar und knapp. Ich betonte, was wir gewollt, was geworden, wie sie sich dazu verhalten habe, was sie ohne Zweifel beabsichtigte, wie sie meinen Gatten wieder umgarnen wolle und welche beleidigende Rolle gegen mich, und welche aussichtslose gegen ihre Tochter sie spiele.—

Ich deckte ihr rücksichtslos ihr Inneres auf, baute ihr aber wiederum auch Brücken, indem ich sie durch ihre verlorene Jugend zu entschuldigen strebte.

Aber ich nahm auch von der Thatsache, daß sie ihres Kindes Herz schon im Voraus verloren habe und es bei ihrer Veranlagung, ihren Lebensgewohnheiten und Anschauungen nie gewinnen werde, nichts zurück. Sodann bot ich ihr, vorher noch betonend, daß ich eher sie oder mich töten, als daß ich es—schon um der Kinder willen leiden werde—, daß mein Mann zu ihr zurückkehre, eine erhebliche Geldsumme für ihren Verzicht auf Imgjor und ihre Nimmerwiederkehr an.

Noch zögerte sie, sie erging sich in einen Schwall von Worten, in denen sie sich als eine Heilige, und mich als eine ebenso klein Veranlagte, wie thöricht eifersüchtig Geartete hinzustellen suchte. Zuletzt aber, als ich ihr einen großen Teil des von mir in die Ehe gebrachten Vermögens anbot, unterlag sie ihrer Habgier. Die ungeheure Summe löschte alle wirklichen und komödienhaften Regungen in ihrer Seele wie mit einem Regenguß aus. Sie nahm auch die von mir als erforderlich hingestellten Nebenbedingungen ohne Einwand an. Ich erklärte, ihr die Hälfte gleich anweisen, den Rest aber, von dem ihr die Nutznießung der Zinsen werden solle, erst nach einer Prüfung von zehn Jahren auszahlen zu wollen. Wenn sie sich während dieser Zeit ein einzigesmal meinem Mann oder ihrer Tochter ohne meine Zustimmung wieder nähere, gehe sie desselben verlustig.

Schon am nächsten Tage verließen wir zusammen Rankholm, und begaben uns nach der holsteinischen Stadt Rendsburg. Hier ließ ich nach genauer Information einen Rechtsanwalt einen Vertrag in französischer Sprache entwerfen, der alle Punkte feststellte, welche zwischen uns vereinbart waren.

Nachdem dieser in zwei Exemplaren ausgefertigt war, unterschrieben wir ihn beide, reichten uns wie zwei kühle Geschäftsleute die Hand und fuhren am folgenden Morgen,—jeder den Abend allein im Hotel zubringend,—unseren verschiedenen Zielen zu.

Sie reiste, selig befriedigt, ohne den geringsten Schmerz um ihr Kind, nach Paris zurück, und ich trat am Spätnachmittag meinem Manne in Rankholm wieder gegenüber.

Ich fand zu meiner glücklichen Befriedigung keinen Zürnenden, sondern einen durchaus sanft Gestimmten. Er schloß mich unter der Versicherung seiner alten Empfindungen und seines schrankenlosen Dankes für mein energisches Verfahren zärtlich in die Arme, erklärte, daß er schon am Morgen nach Madames Abreise wieder zur Besinnung zurückgekehrt und jetzt förmlich wie erlöst sei.

Der Zauber war gewichen. Geradezu dämonisch hatte sie ihn umstrickt. Als ein schwer Kranker war er in diesen Wochen umhergegangen, und als ein Neugeborener atmete er auf, als dieses ekle Parfüm, als dieses Girren und

Werben, als diese auf seine Sinne berechnenden Künste auf ihn nicht mehr wirkten.

So, lieber Graf, das ist in großen Zügen der Bericht, aus dem Sie ersehen werden, daß Menschen allezeit Menschen bleiben, irren, sich gegen ihre Freunde und die Verhältnisse auflehnen, sich aber wieder besinnen und je nach dem Wert ihres Ich einen zufriedenen Zustand zurückzugewinnen vermögen. Auch ich habe mir mein Glück suchen müssen, und ich habe es gefunden, weil ich das Gute erstrebte für ihn, Lavard, für das Kind, das ich wahrhaft liebte, und für mich selbst!

Mein Schlußwort soll sein:

Möchte es Ihnen nun gelingen, dieses treffliche, wenn auch zeitweise irregeleitete Mädchen heimzuführen, ihr das Glück zu verschaffen, was wir ihr alle sehnsüchtig wünschen!"

Graf Dehn hatte mit außerordentlicher Spannung und mit steigender Bewunderung den Ausführungen der Gräfin zugehört. Als sie die letzten Worte gesprochen, beugte er sich auf ihre Hand herab und drückte einen Kuß darauf.

"Ihnen, Frau Gräfin, nahe bleiben zu dürfen, ist fast so viel, wie der Wert, einer Imgjor Gatte zu werden—" stieß er warmherzig heraus.

Er suchte bei diesen Worten ihr Auge und sie gab ihm den Blick mit dem alten vertieften Ausdruck, der ihr eigen war, zurück.

Und nun wußte er auch ihr Wesen zu deuten, das ihm so oft rätselhaft erschienen war. Die Erfahrungen des Lebens hatten ihr Vorsicht auferlegt. So empfing ihr Blick etwas Spürendes, ein Bestreben, das Innere ihrer Nebenmenschen erst zu durchdringen, bevor sie ihnen ihre Zuneigung und ihr Vertrauen schenkte.

* * * * *

In einem Gehölz, das sich an den Rankholmer Park anlehnte, befand sich neben einer Höhe ein kleiner Thalkessel, und in diesem lag einsam, idyllisch, umschlossen von hohen, grünen Fichten auf der einen Seite, und umzingelt von Buchen, Eichen und dichtem Gebüsch auf der anderen, ein blauer, stiller See. Libellen umschwärmten ihn, und tausend andere, die Wonnen des Daseins genießende, geflügelte kleine Geschöpfe führten schwebende Tänze über seinem silberklaren Spiegel aus. Aber auch eine entzückende Flora hatte hier eine Heimstätte gefunden. Immer neue Gebilde und Farben entdeckte das Auge, und süße Düfte berauschten die Sinne derer, die sich auf den, an den Ufern befindlichen, mit zierlich durchbrochenen Rücksitzen versehenen Waldbänken niederließen.

Zur Linken erhob sich ein hoher, von Epheu anmutig umsponnener Granitstein, auf dessen glatt polierter Fläche zahlreiche Namen in deutscher und lateinischer Schrift eingegraben waren, Namen, deren Inhaber sich hier auf diesem Platze im Laufe der Zeiten niedergelassen oder mit ihren Herzen gefunden hatten.

Gleichsam ein Zauber zog die jeweiligen Bewohner des Schlosses hierher, und ein ähnlicher, heftiger Drang, der Drang nach Vereinsamung leitete auch die Schritte des Grafen Axel Dehn, der nun eben—es war um die Nachmittagsstunde—aus dem Gehölz hervortrat und sich einer der Bänke näherte. Seine Gedanken waren so ausschließlich auf einen Punkt gerichtet, daß er mit bewußten Sinnen keinen Eindruck in sich aufnahm, daß seine Augen alle die Schönheiten, die ihn umgaben, nur mechanisch aufsogen.

Imgjor hatte sich angemeldet und war nun doch nicht gekommen, auch fehlte jede Nachricht von ihr. Den ganzen Mittag hatte sich das Gespräch darum gedreht, zulegt war man zu der Meinung gelangt, daß sie am Abend, den letzten Zug von Norden benutzend, eintreffen würde.

Unerfüllte Sehnsucht macht krank. Von der Höhe der Erwartung herabgestürzt zu werden, völlig in Ungewißheit zu schweben, ist für die stärksten Naturen ein qualvoller Zustand.

Um der grenzenlosen Unruhe leichter Herr zu werden, war Graf Dehn die Treppe zu Imgjors Zimmer hinaufgestiegen. Wie damals hing, obschon sorgsame Hände die Räume für die Kommende neuerdings in Stand gesetzt hatten, der Schlüssel an dem versteckten Haken hinter der Thür. Graf Dehn wagte ihn herabzunehmen und die Gemächer zu öffnen.

Herbstsonnenschein ruhte auf all' den reizenden, unberührten Gegenständen, auf den Möbeln und zahlreichen Kleinigkeiten, den seidenbezogenen Sesseln, und den seidenen Vorhängen. Ein eigener Duft von eingeschlossener Luft und Blumen wirkte berauschend auf die Sinne, ein berückender Duft von Imgjors Wesen, einer, der ihren Kleidern meist entströmt war, haftete noch in den Räumen. Und zu Seiten standen die Flügelthüren zu demselben Gemach offen, in das sie damals ihren kranken Hund gebettet hatte. Graf Dehn richtete, sehnsüchtig angezogen, auch in dieses einen raschen Blick. Die Tapeten befanden aus rosendurchwirkter Seide, die Polsterstühle waren mit weißem Rips bezogen, und alle übrigen Möbel trugen eine blitzend weiße, mit zarten Goldlinien geschmückte Farbe.

Das Heim einer Prinzessin, aber auch das Heim eines sinnereinen, weiblichen Wesens! Nur über dem Ruhelager eines solchen konnte so viel saubere, gleichsam unschuldige Schönheit ausgebreitet sein. Und daneben ein schlanker, von der Decke bis zur Erde reichender Spiegel in weißer

Umrahmung und eine Toilette, umzingelt von Gardinen und Spitzen auf rosenfarbenem Hintergrunde. Und als Graf Dehn aus dem Fenster schaute, lag der Park und lag Kneedeholm vor ihm wie ein Paradies, und hinter ihnen blaute der Horizont, und über allem lag ein stillseliger Friede.

War's möglich, daß irgend jemand, noch dazu ein junges, lebensfrohes Mädchen, das alles freiwillig aufgegeben hatte, um in schlaflosen Nächten neben in Schmerzen stöhnenden Kranken zu wachen, Wunden zu verbinden, in schmutzige Hütten zu kriechen, Arme und Elende zu pflegen, sich zu gemeinen Dienten zu erniedrigen und den Undank der Masse auf seine Schultern zu nehmen?

Wonach Millionen mit den Händen begierig greifen würden, nach einem solchen Wohlleben, einer solchen Heimstätte, einer solchen Welt des Reichtums, der glücklichen Beschaulichkeit und erquicklichen Abwechslung, —das alles hatte sie mit ihrem selbstlosen Herzen als unnützen Tand von sich geworfen!

Und doch liebte sie die Genüsse: die Natur, die Musik, die schönen Künste, doch saß sie beseelit auf ihrem Renner und durchflog die Gegend, faßte, selbst kutschierend, die Zügel und durchmaß das Gutsgebiet mit seinen herrlichen Wäldern, Auen und Seen!

"O, Imgjor, Imgjor, du rätselhafte Seele, du edles, nun doch betrogenes, aus dem Weltgetriebe verbittert und krank zurückkehrendes Herz!"

Und niederknieend in diesen, für ihn heiligen Räumen, flüsterte der Mann: "Gieb ihr, gütiger Gott, ich flehe dich an, die Ruhe ihres Innern und ihre Gesundheit zurück! Schaffe ihr auch ein frohes Genügen hier, die Freude am Menschentum im Kleinen, die Einsicht, daß zwar der Vernunftbegabte den Sinn auf die Sterne richten, aber danach nicht thöricht greifen soll!"—

Während Graf Dehn jetzt hier auf der Bank saß und die Erinnerungen an die letzte Begegnung zwischen sich und Imgjor an seinem Geiste vorüberziehen ließ, überlegte er die Möglichkeit eines Erfolges seiner Werbung oder einer endgiltigen Enttäuschung.

Imgjor Lavard war stillschweigend ausgesöhnt mit den Ihrigen. Alles wartete ihrer bis auf den Grafen Knut drunten im Dorf und den mit gewohnter Ehrerbietung und Dienstfertigkeit einherschreitenden Frederik.

Die Vögel konnte keine Willkommenskonzerte anstimmen, sie waren schon gen Süden gezogen, aber die Lavardschen Fahnen wehten von den Zinnen, und von Oerebye war eine Kapelle bestellt, die Imgjor am ersten Frühmorgen vom Park aus durch sanfte Töne begrüßen sollte.

Und kam sie nun als eine Geheilte, eine Sehnsüchtige, Friedensuchende, oder war doch wieder etwas in ihr aufgequollen, das sie mit der großen Welt in Verbindung hielt?! Niemand wußte es in Rankholm, und auch Graf Dehn wußte keine Schlüsse auf ihr Herz zu ziehen.—

Langsam wanderte er nach dem Schloß zurück. Jetzt sah er, was um ihn her vorging.

Als er aus dem Gehölz heraustrat und sich umblickte, ging die Sonne eben zur Rüste und warf solche zauberischen Lichter auf Wald, Wiesen und Felder, daß er wie gebannt stillstand. Vom Dorf her tönte das Kirchenglöcklein durch die Stille, fröhliches, einmaliges Hundegebell erklang, und auch das sehnsüchtige Brüllen nach Hause wandernder Rinder schlug an sein Ohr.

Das waren die Laute des Landes!

Erst um die Dämmerstunde gelangte er wieder in das Schloß.

Als er das Innere betrat, war's ihm auffallend, daß Frederik und zwei der Diener an Gepäckstücken vor der großen Treppe beschäftigt waren und daß die Thür zur Halle offen stand.—

"Wer ist's, Portier? Die Komtesse?".

"Ja! Zu Befehl, Herr Graf!"

Axel flog die Stufen empor. Sie schon da und er nicht anwesend!

Sturmschnell betrat er die Hintergemächer. Lautes Sprechen drang aus dem Kabinett der Gräfin, demselben, das er damals bei dem ersten Besuch mit klopfendem Herzen betreten hatte.

Und wieder klopfte es heute aus anderen Gründen so ungestüm, daß ihm plötzlich die Kraft fehlte, jetzt, in diesem Augenblick—Imgjor gegenüberzutreten.

Leise schlich er sich wieder aus dem Zimmer fort, eilte in seine Gemächer, riß die Fenster auf und holte tief, tief Atem.

So verharrte er wohl zehn Minuten.

Und dann hörte er Geräusch auf der Treppe, Luciles und Imgjors Stimmen, und dann sagte die letztere:

"Nein, nein—danke, liebste Lucile! Ich habe ja alles; auch bei Kofferauspacken brauche ich keine Hilfe—in fünf Minuten bin ich wieder bei euch.—Lasse nur anrichten, daß Papa nicht länger zu warten braucht!"

Und nun Schritte—ihre Schritte empor!

Ah, wie ihm das Herz hämmerte,—wie die Glieder flogen, wie ihn alles zu ihr hintrieb!

Und als sie dann im Begriff stand, den vor seinen Räumen sich dehnender Vorflur zu betreten, und nun eben emporeilen wollte, öffnete er die Thür, zog ihre Gewalt mit seinen sehnsüchtigen Augen an sich und—stürzte an ihr nieder.

"Imgjor! Imgjor!" bracht aus der heißarbeitenden Brust. Im Nu hatte er sie umschlungen und geleitete sie in sein Gemach.

Und als sie dann dort einander in die Augen schauten und ihm die Worte: "Liebst du mich, Imgjor?" aus der trunkenen Brust zitterten, da riß sie ihn an sich.

"Ach—du fragst—teurer Mann! Hier, hier, dein Kind, deine Demut, deine bezwungene Liebe! Hier deine Imgjor, geheilt, zurückgegeben der Vernunft und dem, den sie liebte, trotz aller Auflehnung und aller Schroffheiten beim ersten Sehen!"

Und der berauschte Mann stöhnte auf und zog das blasse, schöne Geschöpf an das Fenster.

"Hier vor Gottes unvergänglicher Natur schwöre ich dir, daß ich dich zu beglücken suchen werde, wie kein Mann je ein Weib zuvor! Und ist's denn wirklich Wahrheit? Du bist es selbst, du kehrst bekehrt zurück, du, Imgjor Lavard?"

"Ja, mein Freund! Bewahrheitet hat sich an mir des Dichters Wort:

   Wie Ueberfüllung strenge Fasten zeugt,
 So wird die Freiheit, ohne Maß gebraucht,
  In Zwang verkehrt!

Hier in diesem Eden der Schönheit und des Friedens, hier bei denen, deren hohen Wert ich erst durch die Erfahrungen und Vergleiche erkannte, wollen wir leben, wirken und streben, wollen wir uns—und anderen leben! Und nun küsse mich noch einmal, und dann will ich vor dir niederknieen und deine Hände voll Dank berühren, daß du einen solchen Reichtum an Nachsicht und Geduld mit deiner—deiner Imgjor gehabt!"

Und sie that, nachdem er sie umschlungen, wie sie gesprochen, und dann hob er sie empor und trug sie auf den Armen zu ihren Gemächern empor.—

CPSIA information can be obtained
at www.ICGtesting.com
Printed in the USA
LVHW110003080820
662304LV00007B/1065